続タイガー田中

松岡圭祐

角川文庫
24461

目次

1

一九六〇年代も半ばに近づいた昨今、ジャマイカの首都キングストンには、それなりに発展のきざしが感じられる。港の西にひろがるポートモアに、前はなかった白壁の家々が軒を連ねる。

ただし石灰岩の丘を下ると、まだほとんど手つかずのビーチがそこかしこにある。北側の海岸ほど水は透き通ってはいない。それでも青みをたたえて見えるのは、容赦なく照りつける太陽のせいだった。金色《こんじき》の光がひたすら強すぎ、眩《まば》ゆさばかりを射《は》ねかえす。そんな海原は一見美しいものの、どことなく温かみを欠き、そっけなく無愛想でもあった。

ここに来るたび何度か思ったことではある。砂浜に打ち寄せる波にしても、心が癒《い》やされるどころか、ただ終わりのない繰りかえしでしかない。風に揺れる草木の葉音は孤独な囁《ささや》きに似ていた。空虚な響きだけが胸のうちに尾を引く。

海藻が無数に打ちあげられる浜辺から、ほんの少し手漕《こ》ぎボートで海上へ逃れ、四十二歳のジェームズ・ボンドは釣り糸を垂らしていた。

ボートに同乗するのは、六つ年上でテキサス出身の快男児、麦藁《むぎわら》いろの髪のフェリックス・ライターだった。彼は釣り竿《ざお》をボートの竿受けに固定している。右手が鉄鉤《てつかぎ》の義手ゆえ、糸が引いた場合に難儀するからだ。左脚も悪いせいで身体を傾けて座っている。

それでも派手ないろの開襟シャツに身を包んだライターは、飄々《ひょうひょう》とした態度で煙草を吹かしていた。「なあジェームズ。ここのロブスターに俺はうんざりしてる。珍味の魚が釣れてくれねえかな。毒々しい模様の魚もいっぺん試したくなる。安物の白ワインと合わせてよ」

ボンドは海面を漂う浮きを、ただぼんやりと眺めていた。毒をはらんでいるかもしれない魚か。うまくすれば美味の発見、悪くすれば死。命を賭《か》けるのも悪くはない、いまならそう思える気分だった。

潮風の香りが鼻腔《びこう》をくすぐる。南国の花々の甘い香りは、むしろ過剰で、息苦しささえ感じさせる。浜辺を嫌って洋上にでてみたものの、状況はさして変わらなかった。この海のにおいは主張しすぎる。常にねっとりとまとわりつく。環境のすべてを遠ざけたくなる一方、都会に戻って引き籠《こ》もりたいとは思わない。もうそのチャンスもない。

「おい」ライターが目を向けてきた。「なにを黙ってる？　またもの思いにふけってるんじゃねえだろな」

ふと辺りがいろを失った。太陽が雲に隠れたせいだった。空も海もグレーに沈む。ましになったとボンドは思った。くすんだ視野のほうが、もやもやした気分もいくらか落ち着く。

ふだん弱腰な口はきかないが、ライターになら腹を割って話せる。ボンドはつぶやきを漏らした。「ナイトの称号か。グッドナイトは有頂天だったが、俺は嫌な予感がしてた」

沈黙があった。ボートに打ち寄せる小波がかすかな音を立てる。ライターは鼻で笑った。「チャーリー・マイケル・ジョージ勲章にケティ勲章を加えて、サー・ジェームズ・ボンドになるわけだ。きみの秘書メアリー・グッドナイトがはしゃぐのも無理ないさ」

「サーだなんて呼ばれたくない。誰にも呼ばせない。辞退するとMに返事した」

「すなおに受けときゃよかったのにな」

「フォート・ノックスへの襲撃を阻止しても、ねぎらいの言葉ひとつ口にしなかったMだぜ？　それが黄金銃の殺し屋ひとりを退治しただけの俺に、サーの称号？　馬鹿げてる」

「スカラマンガは強敵だったろうが。あいつにはソ連の後ろ盾があった。キューバの秘密警察ともつながってた。この辺りのギャングの総元締めだった。俺たちは総監からもジャマイカ警察メダルを贈られたじゃないか」

「とってつけたような名誉をくれてやって、現役から退かせる。本部からお払い箱。戦後よく耳にした処遇だ。まさかわが身に起きる話とは思わなかった」

「ジェームズ。仕方ないだろ。よく考えてみろ。自分の意思じゃなかったとはいえ、きみがやったことを考えれば……。ＭＩ６本部に勤務する職員たちはどう考える？　きみがなにも気にしたようすもなく、ビルの廊下をうろついて、ミス・マネーペニーに軽口を叩《たた》くのを見たら？　誰も心穏やかにはいられないだろ。ちがうか？」

ボンドは浮きから目を逸《そ》らさなかった。釣れるのを期待しているわけではない。いまはただ顔をあげるのさえしんどい。

やってしまったことを想起するのは辛《つら》い。ひたすら自責の念にさいなまれる。現実でなければと願いたくなるときもある。不可避の運命だった。被害は最小限で済んだ。

それでも絶望に近い心情をひきずらざるをえない。

スミルノフ大佐は宣言どおり、去年の十一月のうちに、ボンドをロンドンへ送りかえした。解放された瞬間のことは思いだせない。気づけばリージェント・ストリートをさまよっていた。ボンドは公衆電話で本部へ連絡をいれ、Mとの面会をとりつけた。

終始夢をみているかのように、おぼろげでふたしかな感覚に包まれていた。MI6はボンド生存の事実すら知らなかった。『タイムズ』紙に死亡記事が載ったときのままの認識だった。そこに耐えがたいほどの薄情さを感じた。にわかに敵愾心《てきがいしん》が喚起されたのはおぼえている。祖国のために命を投げだしてきた諜報員《ちようほう》が、本当に死んだとなればほったらかしか。子供じみた憤りはたしかに湧いた。気づけばペンにみせかけた液化青酸銃を、机の向こうのMに向かって発射していた。

なんという真似をしでかしたのか。思いだすたび自分に殺意をおぼえる。己れのふがいなさが忌々しくてどうしようもない。だが同時に、狙いどおり暗殺を失敗に至らしめられた、そんな満足感もあった。

スコポラミンに耐性がついていた。スミルノフ大佐による暗示にも、深層心理を完全に支配されはしなかった。Mのオフィスに、防弾遮蔽《しやへい》ガラスの下りてくる仕掛けが施されたことに、ボンドも気づいていた。だからこそ強烈な暗示に対し、精神の崩壊寸前まで抗《あらが》うこともなく、あくまで身をまかせられた。

もし暗示が完全に効いていれば、ボンドは無意識のうちにも防弾遮蔽ガラスを回避し、暗殺を成功させていたかもしれない。Mを殺さないうちは暗示も解けず、殺害を達成したのちも廃人と化していた。スコポラミンにはそれだけの魔力があった。

暗殺失敗と同時に意識を喪失した。我にかえったときには、主治医サー・ジェームズ・モロニーのもとにいた。トレーシーを失い、酒浸りの日々を送ったころと同じ、いやそれ以上に厄介な重病患者となっていた。

治療は数か月つづいたが、ボンドの意識が正常に戻っていく過程をまのあたりにし、モロニー医師は驚きを隠せないようすだった。米軍兵士が朝鮮戦争で中国の捕虜となり、収容所から帰されたときには、共産主義者に変貌《へんぼう》していた事件がある。そんな前例と比較してみれば、ボンドの回復力は驚異的だと報告がなされた。

CIAや日本の公安外事査閲局からも、いまさらのごとくMに対し、007を復帰させるよう進言があったようだ。オルブライトやタイガー田中《たなか》にとっては罪滅ぼしだったかもしれない。半年ものあいだ、日本でなにが起きていたかをようやく知らされたMは、きっと面白くなかったにちがいない。

トレーシー死去後の数か月につづき、Mはまたしてもボンドの処遇に困ったことだろう。ライターのいうように、ボンドのしでかした恐るべき行為を考えれば、本部ビル内を自由に闊歩《かっぽ》させるわけにはいかない。

Mはふたたびボンドを荒療治に駆り立てた。本部へは戻らせず、ここジャマイカへ出張させた。任務はギャングの帝王フランシスコ・スカラマンガの殺害。00ナンバーならではの危険な仕事だった。達成できれば汚名返上、できなくとも名誉の殉職。Mの頭にあったのはそれだけだろう。

ボンドは思いのままにささやいた。「名誉の殉職のほうをこそ、Mは望んでいたのかもしれないな。いい厄介ばらいになる」

スカラマンガとの対決が迫る日々では、このうえない昂揚《こうよう》と緊張のおかげで、なにも考えずにいられた。だがスカラマンガを殺し、任務完了から日数が経つにつれ、徐々に冷静さが戻ってきた。叙勲や海外長期休暇の本当の意味がわかってきた。そんないま、どうしようもない心の衰勢に直面している。

ライターは黙って煙草の煙をくゆらせていた。ほどなく左手をボートの底に伸ばし、ラジオのスイッチをいれた。

やたら陽気なスカが流れだした。スカというのはオフビートを強調した、なんともふざけた音楽の一ジャンルだった。ジャマイカではやたら流行《はや》っている。たぶん地元のミュージシャンが、ニューオリンズあたりのラジオ局の電波を拾い、雑音のなかでジャズの二、四拍目だけをきき、変に模倣したのだろう。

ジャマイカン・ジャズとでも呼ぶべき、独特かつ異様な変調を耳にするうち、ボンドも苦笑せざるをえなくなった。「やめてくれ、ライター。消せよ」

ライターは鉤爪《かぎづめ》の義手で釣り竿《ざお》を軽く叩いた。「見なよ。左側にロッドがついてる。左手でリールを巻けるようになった。俺はこいつを借りざるをえない。CIAだった俺も、サインできる右手を失ったとたん、下請け民間企業のピンカートン社へ天下り」

「この国にきみを引き留めたのは悪かった。嫌な思い出ばかりだろうな」

「そうでもないさ。むかつくのは鮫《さめ》だけだ。あとは気にいってる。きみとこうして過ごす時間もな」ライターが吸い殻を海に投げ捨てた。「ジェームズ。お互い若いころは好き放題に暴れた身だ。ほかより第一線を退くのは少々早めかもしれんが、こんなもんじゃないのか」

胸にあいた空虚さを潮風が吹き抜ける。右手がなくなりCIAの正規職員を外れた男。ソ連の洗脳で上司を殺そうとし、二度と本部に招かれない男。職場にとって用済みのふたりがボートの上で、魚一匹釣れずにいる。ライターにいわせれば、そもそもこんなものなのだろう。盛りを過ぎたうえ、五体満足もしくは忠誠心を保証しきれない、宮仕えで給料泥棒のふたりにとっては。

ラジオはいつしかニュースに切り替わっていた。英連邦王国として独立して二年、まだアイルランド南部コーク県の発音に、アメリカ英語も交ざる。そんなジャマイカ流の英語が報じた。「東京オリンピックまであと一か月に迫り、米ソはそれぞれ三百人を超える選手団の派遣を正式に公表しました。中国は台湾問題をめぐりIOCと対立、今回は早期から参加を見送っており……」

ライターがラジオを一瞥《いちべつ》した。「中ソの足並みが揃わないな。前は同じ共産圏で仲よくしてたのに」

ボンドはいった。「フルシチョフと毛沢東《もうたくとう》の仲が最悪だ。政治面でも軍事面でも、いまは協力関係にない」

「北ベトナムを後押しする二大国が喧嘩《けんか》別れするなら、こっちにとっちゃありがたい状況だな」ライターがボンドの釣り竿を見て、ふいに身を乗りだした。「おい。引いてるぞ」

釣り竿がしなっている。ボンドは両手でしっかり握った。身体の中心に近い位置で安定させる。慎重にリールを巻きつつ、少しずつ釣り竿を持ちあげていく。糸が切れない範囲で魚の体力を削ぐ。

ライターが寄り添ってきた。「オリンピックまでひと月か。代々木《よよぎ》競技場の工事は完成したのかな」

ボンドは暴れる釣り竿に取り組んでいた。「よく代々木競技場なんて知ってるな」

「いまだからいうが、俺も東京にいたのさ」

「ああ。新宿御苑《しんじゅくぎょえん》にいたのはやっぱりきみか。後ろ姿を狙撃しなくてよかった」

「きみが俺を？　冗談だろ」

「あのときはスメルシュのアバーエフ氏だったのさ」ボンドは魚の逃げようとする方向に合わせ、釣り竿の角度をしきりに調整した。泳がせながら目で行方を追う。スナイパーによる狙撃と同じだ。

リールを強く巻きすぎない。魚が引くタイミングでは、常にドラグをわずかに滑らせ、かかる力を緩和させる。引きが弱まればまたリールを巻く。徐々に魚を手もとへと引き寄せる。

ライターがタモ網を用意した。水面から魚が見えてくる。ボンドは釣り竿をぐいと持ちあげた。大きなキングフィッシュが跳ねあがったのを、ライターが巧みに下からタモ網で掬《すく》いとった。

「やったな！」ライターが歓声を発した。「こりゃでっかい魚だ。ふたりじゃ食いきれないほどだぜ」

「ヒラマサ」

「なんだって？」

「キングフィッシュを日本語でヒラマサというんだよ。タイガーが教えてくれた」

「ああ。タイガー田中か。神風の元パイロットっていうから、鬼畜米英の頑固爺《じい》さんかと思いきや、意外と話のわかる熱い男だったな」ライターはふと思いだしたように問いかけてきた。「きみはあの娘さんにはどういう……」

かすかにクラクションがきこえた。浜辺のほうに目を向ける。制帽に開襟シャツ、半ズボンを制服とする警官が、停車中のパトカーから降り立った。

真っ黒に日焼けした中年男の顔は、あるていど距離を置いても、なお見覚えがあるとわかる。何年か前、総監官邸で会ったときには部長だった。今度のスカラマンガ事件では対面がなかったものの、キングストンの地方分署の署長になったときいた。

ドッド署長がなにやら大声で呼びかけている。ボンドはラジオのボリュームをさげた。

「ボンドさん！」ドッド署長の声が耳に届いた。「一緒においで願えませんか。ストラングウェイズさんが見つかりました」

思わずライターに視線が向く。ライターも目を瞠《みは》りボンドを見かえした。ジョン・ストラングウェイズ。何年も前に行方不明になった男だ。

2

キングストン近郊にひろがるブルーマウンテンの麓《ふもと》、豊かな緑に溶けこむ湖がある。いかにも自然湖のようだが、正確には人工の貯水池だった。

市街地に飲料水を供給するため、十数年前に完成したモナ貯水池。そのほとりに建つ鉄筋コンクリート造の管理事務所を、ボンドはライターとともに訪ねた。

地階には軽い異臭が漂っていた。これでも消臭剤が効いているにちがいない。床の上に白骨死体が二体並んで横たわる。衣服や所持品はそのわきにあった。

複数の署員が囲むなか、ドッド署長がいった。「けさ貯水池の底から見つかりました。何年もかかって、やっとですよ。背中と腰、骨盤に弾痕《だんこん》がありました」

ボンドはふたつの亡骸《なきがら》を見下ろした。「よくばらばらにならなかったもんだ」

「それに包《くる》まれてたんです」ドッドが壁を指さした。漁猟用の大きな網がかけてある。制帽を脱ぎ、頭の汗を拭《ぬぐ》いつつドッドがいった。「骨は人体の形状に並べ直しました。

部分的には上下だとか、まちがってるかもしれません。詳しい鑑定はこれからなので」

ライターがドッド署長を見つめた。「ジャマイカ警察本部に、イギリス海軍出身の鑑識が複数いたはずだが。彼らの目にはまだ触れていないと？」

「きょう午後から来ます。でも頭骨のあらゆる形状……両目のあいだの長さとか、顎《あご》の幅とか、それに歯科医の記録との照合ですね。なにもかも行方不明のジョン・ストラングウェイズ氏と、秘書のメアリー・トルーブラッド嬢に一致します」

ものいわぬ二体の骸骨《がいこつ》をボンドは眺めた。文字どおり変わり果てた姿で発見された。ボンドのキングストン滞在中に見つかるとは、これも因果だろうか。いや、こう頻繁にジャマイカを訪れていれば、さほど意外なことでもない。モナ貯水池の捜索はこの数年間、絶えずおこなわれてきた。発見は時間の問題だった。

ライターがボンドにささやいた。「きみらＭＩ６のカリブ海域支局で、主任だった男だな。俺が右手を鮫に食いちぎられたあとも、いろいろ世話してくれた」

「ああ。その五年ぐらい後にも関わった。ジャマイカ近海のクラブ島を、ドクター・ノオが支配してたころだ」

ストラングウェイズと秘書は、ドクター・ノオの手下どもに射殺され、モナ貯水池に沈められた。そのこと自体はノオ本人の口からボンドがきいた。だが死体が未発見のうちは、たとえわずかであっても希望は持てる、ずっとそう思ってきた。日本でボンド自身に起きたことを振りかえるまでもなく、死は確たる証拠をまのあたりにするまで受けいれられない。

しかしいま真実は揺るぎないものになった。ストーニー丘の麓、ジャンクション街道にある洒落《しゃれ》た白い屋敷に暮らす、愛嬌《あいきょう》のある男。彼は英国海軍の元少佐でもあった。初めて会ったときは三十代半ばだった。失踪《しっそう》時は四十前後か。ミスター・ビッグの事件で、ライターが犠牲になり病院へ運ばれたのち、ジャマイカへ飛んだボンドを支援してくれた。彼の手助けなしに復讐《ふくしゅう》は果たせなかった。

ライターが物憂げにつぶやいた。「葬儀のやり直しか。参列できるのは支局員たちぐらいかな」

ドッド署長が戸惑いをしめす。ボンドは苦笑してみせた。「フェリックス。カリブ海域支局といっても、ストラングウェイズが主任兼支局長で、あとは秘書と無線機だけさ。それで支局のすべてだったんだ」

いまも同じ立場のイギリス人がひとりと秘書だけだろう。ジャマイカはずっと英領、植民地だった。それゆえ総督や副総督のほか、海軍関係者らが送りこまれたほか、MI6からも職員一名の出向があった。

ボーキサイト鉱山がある以外は、コーヒーや砂糖、ラム酒と果物の輸出ぐらいしかない、きわめて素朴な国だ。情報収集も現地の警察に協力を求めるぐらいで済む。本国はそんな見方だった。

しかしその素朴な地域ゆえ、じつは悪の温床になりやすかった。ミスター・ビッグやスカラマンガのような大物ギャングがはびこり、離島にドクター・ノオの一味が巣くったりした。三人ともソ連の息がかかっていた。ストラングウェイズと秘書にしても、いわばイギリス本国による油断ゆえ、ドクター・ノオの餌食になったといえる。ジャマイカでの血で血を洗う抗争に、ボンドは何度となく身を投じてきた。

ライターが遺品類に歩み寄った。「数年も水に浸《つ》かっていたわりには、衣服は原形を留《とど》めてるな」

海や自然湖ではなかったおかげかもしれない。ストラングウェイズの着ていたスーツは、失踪時の情報と完全に一致していた。リッチモンド通りのクイーンズ・クラブで、彼は夕方から友人たちとカードゲームに興じ、定時連絡のため席を外した。最後に目撃されたストラングウェイズの装い一式が揃っている。

ふと腕時計が目についた。それを拾いあげる。あきらかに男性用だった。金属製のバンドが錆《さ》びついている。ガラスは割れていない。防水ではないらしく、針は十二時二十一分で止まっていた。日付を表示する機能はない。

ライターがきいた。「なにか気になるのか」

「ああ。バンドが細すぎる気がする。ストラングウェイズの手首はもっと太かった」

ドッド署長がうなずいた。「鋭いですね。それはジャケットのポケットに入ってたんです」

「ほう」ライターが眉《まゆ》をひそめた。「ポケットに？　手首に嵌《は》められない腕時計を、懐中時計よろしくポケットにいれて使ってたとか？」

奇妙なのはバンドばかりではない。十二時二十一分で静止した針もそうだ。

支局からロンドンへの定時連絡は、ジャマイカ時間で午後六時半きっかりにおこなわれる。本部への無線通信が入らなければ、ただちに非常事態発生のあつかいになる。あのときも連絡の断絶を受け、ボンドはジャマイカに派遣された。

だが失踪当日のストラングウェイズは、時間ぎりぎりまでカードテーブルにいた。午後六時半の寸前までだ。同じくゲームに興じていた友人たちがそう証言している。

殺害後ただちにモナ貯水池に運ばれ、水中に投げこまれたわけではないのか。時計が止まったのは十二時二十一分。最低でも六時間近く、どこかに監禁されたか、死体が隠されていたかだ。

しかしそれなら実行犯らは、なぜストラングウェイズの所持品を奪わなかったのか。ここには財布までが残っている。紙幣は根こそぎ盗まれたか、ふやけて散乱してしまったかもしれないが、硬貨は並べてあった。

ドクター・ノオによれば、手下たちは貧しい現地民だったような口ぶりだった。そいつらはストラングウェイズのポケットのなかさえあらためなかったのか。急いで死体を始末したかったのならありうるものの、大きく時間差があるのが気になる。

ボンドはドッド署長に腕時計をしめした。「これ、もらってもいいかな？」

「どうぞ。あなたがたの備品でしょうし……」

靴音がきこえた。ひとりのスーツが階段を下りてきた。頭髪の薄い丸顔だが、あきらかにイギリス人だった。年齢は三十代前半だろうか。男が恐縮ぎみに握手を求めた。

「ボンドさんですね？　カリブ海域支局の主任臨時代行、ヒューバートです」

「どうも……」ボンドはヒューバートの手を握った。

ヒューバートはライターとも握手を交わした。戸惑うようすもなく、最初から左手を差しだした。ボンドがライターと一緒にいるのも承知していたらしい。

白骨死体を神妙に見下ろしたのち、ヒューバートがボンドに向き直った。「彼が亡くなってからの数年間、主任の座は空席でして。私も今月のみの担当で派遣されました」

「いちおうロス中佐が正式な主任になったはずだ。肩書きはジャマイカ支局長だったが、役職は同じだったな。しかし……」

スカラマンガに殺された。ヒューバートの表情が曇りだした。「ロス中佐も亡くなったので、また臨時代行が転々とし、いまは私なんです」

今度はロス中佐の死体が、東トリニダードのピッチ湖の底から見つかるかもしれない。スカラマンガが語ったとおりなら、いずれそうなるのだろう。やはりジャマイカへの単身出向は危険きわまりない。本部の職員らも及び腰だからこそ、臨時代行がつづくばかりで、正式な後釜《あとがま》が見つからないと考えられる。

ヒューバートがおずおずといった。「つきましてはジャマイカ支局長兼、カリブ海域支局主任をですね、あなたに継いでほしいとMが」

ぴりっと不快な電気が流れた気がする。ボンドはつぶやいた。「なんの冗談かな」

「冗談では……」ヒューバートは笑いかけたものの、ボンドの顔にただならぬものを感じたらしく、また表情をこわばらせた。「この地における実績を踏まえ、あなたを就任させようとの決定が下ったとのことでして」

「決定だと。Mがひとことそういっただけだろう」

「ええ、それはたしかに……。でもMI6の人事においては、絶対的な影響をおよぼしますので」

ライターがなだめるように語りかけてきた。「ジェームズ、悪くない話だ。支局長なんだから給料もあがる。こりゃ栄転だよ」

「なにが栄転だ」ボンドは吐き捨てた。「左遷そのものだ」

兆候はあった。長期休暇先がジャマイカに固定された、その理由がこれだ。過去ボンドは何度となく、ジャマイカで任務に就かされてきた。だからといって、ここで実績を積んだ自覚などない。出張させられ、人殺しどもと鉢合わせし、そのたび必死に生き延びた。ただそれだけのことだ。

スカラマンガを葬り去ったいま、これ幸いとばかりにジャマイカ支局長の座をあてがい、ロンドンの本部から永久に遠ざける。もはや英領ジャマイカですらない、英連邦加盟国の僻地《へきち》に残る、たったひとりきりの支局。やはり叙勲は餞別《せんべつ》でしかなかった。

もういちどストラングウェイズの白骨死体を見下ろす。いまこの場で辞令をきかされるとは、あまりに悪趣味だ。昇進だといわれて飛びつく馬鹿がどこにいる。

腕時計を持った手をズボンのポケットに突っこむ。ボンドは階段へと歩きだした。

「釣った魚を捌《さば》かなきゃいけないんでね。別荘へ戻る」

「あのう」ヒューバートが呼びとめようとしてきた。「ボンドさん……」

ライターがヒューバートに黙るよう目配せしたらしい。それっきり静かになった。

ボンドは振りかえらず階段を上っていった。薄汚いゴミ《グッドリダンストゥバッドラビッシュ》をうまく取り除けた、本部の連中はそう胸を撫《な》で下ろしているだろう。せいせいした《グッドリダンス》、か。こちらからいってやりたい。Mの本音がわかったいまこそせいせいする。

3

九月十五日、午後三時すぎ。埼玉の空は薄曇りだった。明暗の落差はあまりない。陸上自衛隊大宮《おおみや》駐屯地、鉄骨製の監視櫓《やぐら》の上に、二十六歳の田中斗蘭《とらん》はいた。手すりに囲まれた高所に、迷彩服ではなくレディススーツでたたずむさまは、遠目にもきっと浮いているだろう。いかにも部外者然とした見てくれにちがいない。一緒にいるふたりの男性も同様だった。

ひとりめのスーツは、斗蘭の上司にあたる三十三歳、宮澤邦彦《みやざわくにひこ》課長。もうひとりの白髪頭は、六十二歳の田中虎雄《とらお》局長。斗蘭の父でもある虎雄は、いまこちらに背を向け、手すりから西方の空を眺めている。

櫓の下には広大なコンクリート敷の空間がひろがる。ヘリコプターが数機待機しているものの、いずれも武装はしていない。車両の大半も幌《ほろ》つきトラックだった。

六年前に立川《たちかわ》駐屯地から通信補給処が移駐、武器補給処大宮支処が設置された。現在も戦力を常駐させる基地というより、物資補給の役割をいろ濃くしている。内陸部に位置するせいもあるのだろう。おかげでここはさほど物騒でもなく、ただ平穏な空気が流れている。見かける自衛隊員らの歩調もせわしなくない。

周辺は緑に覆われていた。木々はまだ青々としているが、部分的に黄いろや紅いろに染まりつつある、中間色の葉を目にする。ジョウビタキやモズの鳴き声がこだましていた。

宮澤が腕時計を見た。「そろそろ到着だな」

櫓の下にも迷彩服らが増えてきた。整列が始まっている。厳粛な雰囲気でヘリコプターの到着をまつ。

五日前、福岡県粕屋《かすや》郡粕屋町で自衛隊ヘリコプターの墜落事故が発生。乗員全員が死亡した。その犠牲者の遺族たちと、自衛隊の関係者らが、事故現場での慰霊を済ませたのち、ここへ帰還してくる。

斗蘭は宮澤にきいた。「事故原因の解明は進んでいるんでしょうか」

「まだだな」宮澤が暗い表情で応じた。「入ってくる情報はどれも、とるに足らないものばかりだった。機体のトラブル、天候の悪化、いずれもしっくりこない」

「犬山《いぬやま》のほうもですか」

「同じだ。なぜ事故が起きたのかさっぱりだ」

九月十日に発生した自衛隊機の事故は、福岡のヘリ墜落だけではない。同日の愛知県犬山市上空で、F86戦闘機どうしの空中衝突事故があった。一日にふたつの航空機事故を起こした自衛隊に、世論も騒然となっている。

のみならずこのところ日本国内で、軍用機の事故が多発していた。二件の自衛隊機事故が起きた九月十日、そのわずか二日前。九月八日に米軍厚木《あつぎ》基地のF8戦闘機が、神奈川県大和《やまと》市上草柳《かみそうやぎ》に墜落した。離陸直後の低空飛行だったため、二百メートルほども木々や民家を薙《な》ぎ倒し、舘野《たての》鉄工所の工場棟に衝突。アセチレンガスに引火し大爆発を生じた。パイロットは墜落前に機体から脱出し無事。だが全焼した工場棟で従業員ら五人が死亡、付近の住宅四棟が全壊した。

斗蘭ら公安外事査閲局の数名は、工場棟から立ち上る黒煙を肉眼で目撃することになった。なぜなら、それ以前に起きた別の軍用機事故を受け、現場に急行するところだったからだ。F8戦闘機墜落のたった四十三分前、ごく近くの旭町《あさひちょう》、相模《さがみ》川河川敷に米軍のF105戦闘機が墜落。こちらは乗員の脱出が間に合わず、ふたりが命を落としていた。

そもそもF105墜落の一報が入った時点で、公安外事査閲局に現場急行の命が下ったのは、テロの疑いが濃厚だったことにある。なにしろ今年は米軍厚木基地周辺での軍用機事故が多発していた。そのいずれも原因究明が困難ときている。

F8とF105の墜落が起きた五か月前、四月五日午後四時二十八分。嘉手納《かでな》飛行場から厚木基地へ向かう、やはりF8戦闘機が墜落。現場は原町田《はらまちだ》一二七四番地。爆発により民家七棟が吹き飛び、ほかに三十棟が半壊。市民七人死亡、三十二人が重軽傷。犠牲者の弔問には、厚木海軍航空司令官や憲兵隊司令官らが訪れた。ジョンソン大統領からの弔辞も届いた。

斗蘭は宮澤にささやいた。「きょう聖火ランナーが関西地方に到達しました」

「ああ、知ってる。九月七日に沖縄、九日に鹿児島。予定どおりのペースだ」

「東京オリンピック開会式の十月十日まで、あとひと月を切っています。羽田《はねだ》の入国者に目を光らせないと……」

「むろんそっちもやる」宮澤がじれったそうに応じた。「だがこっちも無視できない。なぜオリンピック前にこうも軍用機事故が多発する？　米軍機ばかりかと思いきや、今度は自衛隊機だ。原因を解明しないまま開会式を迎えられるか」

どの事故も機体は粉々に破損し、手がかりはほとんど残っていなかった。福岡のヘリ墜落においても、整備士など関係者らの証言以外、原因を探るすべはない。きょうもこうして何度めかの事情聴取に出向いてきている。関係者一同が福岡からヘリで戻りしだい、詳細をきかねばならない。

父はずっと背を向けている。ヘリが飛んでくるはずの方角を、長いこと無言で眺めつづけていた。

事故の多発を受け、最近の父は気が鬱《うつ》しているようすだった。職場でも口数が減り、窓から空ばかりを見つめていた。

神風特攻隊の記憶が重なるのだろうか。四十過ぎの父に対し、特攻隊員らはみな年下だった。再会できないと知りつつ、彼らが飛び立つのを見送った。

終戦後も父は軍用機のパイロットに対し、特別な感情を抱いていたようだ。いま尊い命が次々と失われている。あろうことか市民まで犠牲になっていた。かつて特攻の訓練を受けながら、発進の機会を得られないまま、日本が降伏する日を迎えた。そんな父が公安外事査閲局の長となり、国家の平和維持に腐心している。諜報《ちょうほう》活動が専門であっても、心が痛まないはずがない。

それにしても公安外事査閲局ばかりが、なぜこんなに奔走せねばならないのだろう。斗蘭は愚痴をこぼした。「内事はのんびりテレビでも観てるんでしょうか」

「当たりだよ」宮澤は淡々といった。「公安内事査閲局は大半の職員を、映らないテレビの対策に動員してる」

「なんですかそれ。ふざけてるんでしょうか」

「ふざけちゃいないよ。政府の決定方針にしたがって動くのが、内事外事とも公安査閲局の任務だ」

「政府の方針なんですか」

「ああ。七年前に一割以下だったテレビの普及率が、いまや九割以上に達しようとしてる。国民への情報伝達の速度と拡散力、いずれも新聞とは比較にならない。テレビは国家戦略上、きわめて重要なツールになる」

斗蘭の軽蔑《けいべつ》はおさまらなかった。「職場のテレビもよく壊れてますけど、ああいうのをひとつずつ直してまわる気でしょうか」

「テレビの物理的な故障なら、それこそ町の電気屋の仕事だよ。ただテレビ放送というシステム自体がまだ新しく、予測不能の技術的トラブルが毎日のように発生してる。いまもなお原因不明な障害が多い」

「原因不明な障害……。東京タワーの不調とか？」

「かもな。なんにせよ、それらを東京オリンピックまでに是正するのが、国にとっての最大の課題だと」

あきれてものもいえない。斗蘭は毒づいた。「米軍機や自衛隊機が次々と墜《お》ちているのに、テレビの映る映らないが国家の懸念事項ですか」

「仕方ないんだよ。報道をいち早く知れるテレビは、うちにとってもおおいに有益だ。東西統一ドイツ選手団が三百七十四人も来日するなんて、テレビのニュースで初めて知ったよ。アメリカが三百六十一人、ソ連も三百二十二人も来る」

「数字を報道で知るなんて、公安査閲局として屈辱的ではないですか」斗蘭はため息をついてみせた。「ベトナム情勢がどんどん悪化してるのに、ソ連や東欧から見知らぬ群衆が押し寄せるなんて」

父の虎雄は振り向かないまでも、横顔をのぞかせていった。「テレビが報じないことのほうが多い。世間がなにを知り、なにを知らされていないか、テレビはその尺度になる」

ふたたび父が曇り空に目を戻した。斗蘭は黙って宮澤と顔を見合わせた。

それが公安査閲局にとっての、テレビの正しい活用法だというのか。国内外の情勢を深く知る職員にとって、新規に得たい情報はなにひとつブラウン管に映らない。不本意だった。斗蘭は宮澤にささやいた。「ボンドさんがその後どうなったか伝えてくれるのなら、ニュースも観る価値ありますけど」

宮澤が苦笑した。「無茶いうなよ。諜報員の動向を報じられちゃ、われわれも困るだろ」

「そうですけど……。CIAから入ってくる噂では、ロンドンに現れたボンドさんが、Mの暗殺に失敗したとか」

「ああ。洗脳から醒《さ》めたとはきいた」

斗蘭は父の後ろ姿に問いかけた。「復帰の嘆願書は送ったんですよね?」

父はなおも振り向かなかった。ため息をついたのが気配でわかる。低い声で虎雄が告げた。「その後、Mはボンドをあらためて、決死の任務に送りだしたそうだ」

「任務の結果は……?」

「成功裏に終わったとはきいとる。叙勲の話もあったとか」

ほっと胸を撫《な》でおろしたくなる。斗蘭はなおも問いかけた。「なら無事に復帰ですか」

「さあ」父は含みを持たせるようにつぶやいた。「どうだろうか」

なぜ疑問に思うのだろう。斗蘭が訝《いぶか》ったとき、かすかにヘリの音を耳にした。空の彼方《かなた》に目を凝らす。小さな機体が西から東へと旋回してくる。

眼下で自衛隊員らが整列していた。ヘリの着陸地点が大きく空けてある。出迎えの準備が整ったようだ。

父の虎雄がようやく振りかえった。「私もつい先日、米軍基地でC130の操縦訓練を受けてきた」

斗蘭はきいた。「C130の？　なぜですか」

「あんな大型輸送機こそ墜落したら困る。だがもし軍用機が操縦不能に陥るのなら、どんな可能性があるのか知りたかった」

「原因に見当はつきましたか」

「いや。C130はじつによくできとる。容易なことでは墜落するとも思えん。米軍機のほとんどがそうだ」険しい目つきで田中虎雄局長が告げた。「宮澤、まずは整備士の事情聴取だ。斗蘭は遺族をあたってくれ。乗員の日常生活に特異な事象がなかったか……」

そのとき斗蘭は父の肩越しに、信じられない光景をまのあたりにした。「まさか……。嘘!?」

点のように見えるヘリの機体が垂直落下していく。木立のなかに閃光《せんこう》が走った。爆発とともに太い火柱が立ち上る。音のほうは数秒遅れて到達した。衝撃波のような轟《ごう》音《おん》が櫓《やぐら》を揺るがした。

父が目を剝《む》き、東の空に向き直った。宮澤もあわてたようすで手すりに駆け寄った。大宮駐屯地は沈黙していた。整列中の隊員らが凍りついている。茫然《ぼうぜん》自失のさまはしばしつづいた。だが警報がけたたましく鳴り響くや、集団はいっせいに散り、それぞれの持ち場へと駆けだした。

「宮澤」父が緊迫の声を響かせた。「本部に連絡。管共課から内閣官房に通達させろ。墜落の周辺空域に怪しい機体なし。高射砲や対空ミサイル等《とう》、発射があったと思えず。銃声や砲声も耳にせず」

墜落の情報自体はただちに政府にも伝わる。公安査閲局としては国防の観点から、より重要な事項を報告せねばならない。すなわち敵の攻撃の有無だった。宮澤は階段を駆け下りだした。

まだ衝撃がおさまらない。斗蘭は手すりに歩み寄り、父と並んだ。噴火のごとく立ち上る黒煙を遠目に眺める。自分のつぶやきを斗蘭はきいた。「ご遺族や整備士たちが……」

眉間《みけん》に深い縦皺《たてじわ》を刻みつつ、田中虎雄が唸《うな》るようにいった。「これがただの事故のはずがない」

4

ボンドは夜明け前のテラスにでていた。粗末なテーブルと椅子しかないものの、いまは居心地よく感じる。

ラム酒ばかりが入手しやすい土地柄だが、ゆうべバーボンが買えたのはありがたい。炭酸水と氷は手つかずだった。気づけばひと口め以降も、ずっとストレートで流しこんでいる。

キングストンの未明を静寂が包みこむ。ほの暗い空に淡い紫と藍《あい》いろが溶けあっていた。ほどなく黎明《れいめい》の光が訪れるだろう。風はほとんど感じない。空気が滞留し、湿度がしっとりと肌にまとわりつく。夜露をまとった草木が、ほのかな輝きを放っている。

いったんグラスを置き、テーブルの上から腕時計を手にとる。ストラングウェイズのポケットにあった、ひどく錆《さ》びついたしろものだった。竜頭が固くなって回りもしない。しばし指先でもてあそんだのち、またテーブルに戻し、代わりにグラスをとりあげる。その繰りかえしでしかない。

いまさらストラングウェイズのことをあれこれ考える。彼と同じ役職に左遷を食らったからだろうか。スミルノフ大佐がボンドをふたたび洗脳するのなら、今度こそ絶好の機会にちがいない。そんな皮肉な思いが脳裏をよぎる。

Mはボンドを遠くへ飛ばした。カリブ海域支局主任だったストラングウェイズは、彼自身の境遇について内心どう思っていたのだろう。カリブを拠点にする海賊そのものといった豪快さが彼にはあった。ただしときおり短気な性格ものぞいた。かならずしも役職に満足していなかったせいではないのか。ろくな医療もなく、ハリケーンの脅威にさらされてばかりの島にいれば、人事に恨みのひとつもおぼえて当然だ。

シガレットケースに補充できる手持ちの煙草を切らして久しい。ライターのくれたチェスターフィールドの一カートンも、もう半分以上を消費していた。ボンドは一本を口にくわえ、ロンソンのライターで火をつけた。肺の底まで煙で満たす。刺激などほとんど感じない。それでもなにもないよりはましだった。

また腕時計に手が伸びる。六時半に失踪《しっそう》したはずが、文字盤は十二時二十一分で静止。今度こそその謎に取り組もうと居住まいを正す。しかし数秒で、さっきから何度となく、同じ決心のもとにこの遺品を眺めたことを思いだす。なにも進展はありはしない。熟考してみたところで無駄か。

ふと注意が喚起された。腕時計の裏蓋《うらぶた》がわずかに浮きあがっている。親指の先を這《は》わせ、軽く力をこめてみると、裏蓋がぽろりと外れた。

暗がりのなかでも、すでに異様な感覚にとらわれていた。闇にうっすらと浮かぶはずの内部、角穴車《かくあなぐるま》や輪列《りんれつ》受け、ガンギ車といった精密部品がまったく目につかない。皿のように凹《へこ》んだ鉄板が内蔵されているだけだ。

ボンドは立ちあがった。腕時計を水平に保ちながらドアを入る。ハリケーンに耐える鉄筋コンクリート造の平屋には、テラスに面した書斎があった。卓上の照明を灯《とも》し、デスクにおさまる。

腕時計のなかにメカニズムはいっさいなかった。小皿の真んなかに約〇・二インチ四方の、極小の黒い正方形がある。ピンセットでそれをつまみとった。

たぶんマイクロフィルムだろう。ボンドのなかに昂《たか》ぶるものがあった。腕時計は最初から稼働する仕組みを有さなかった。これを隠し持つためのしろものだ。

錆びていなければ竜頭ぐらいは回っただろう。人目に触れそうなときにはその都度、時刻を手動で合わせれば不自然さをなくせる。ストラングウェイズは殺される六時間以上前から、この証拠品をポケットにいれっぱなしにしていたと考えられる。彼が腕時計の裏蓋を開けた形跡はなかった。マイクロフィルムの存在にはまだ気づいていなかったか。Q課の細工とは思えない以上、そもそもストラングウェイズの持ち物ではなかったのだろう。どこでなんのために入手したのか。

ボンドは熱いシャワーを浴び、眠気と酔気をいっぺんに覚ました。陽が昇るや、幌《ほろ》屋根を外したサンビーム・アルパインに乗り、キングストンの中心街へ向かった。ドッドが署長を務める分署とは別の、警察本部所管の科学分析施設を訪ねた。

コロニアル様式の古風な建築物だった。午前中いっぱいまたされたのち、雑然とした研究室に通された。警察の鑑識課員として働くグレイヴズ元中佐には、出勤早々にマイクロフィルムを預けておいた。

五十代前半のグレイヴズは、朝方こそ不機嫌そうにしていたものの、いまは目を輝かせつつカーテンを閉めた。暗くなった室内で、スライドにマイクロフィルムをセットし、電源をいれる。「さあ観てくれ。このマイクロフィルムには、ずいぶん面白いものが焼き付けてある」

白いスクリーンに投映された画像を観る。ボンドは思わず息を呑《の》んだ。記憶に残っている図面だった。あの事件の報告書をまとめるにあたり、資料の束に繰りかえし目を通した。最も印象的だった図解と、寸分たがわぬものが映しだされている。

ドアをノックする音がした。どうぞとグレイヴズが応じる。開いたドアに制服警官が立った。制服警官に通されてきたのは、片足をひきずるテキサス男だった。暗がりのなかでライターがいった。「朝っぱらから電話がくるとは思わなかった。ようやく野暮用を済ませて飛んできた。いったいなんだ」

ボンドは応じた。「ストラングウェイズの腕時計の中身さ。マイクロフィルムが入ってた」

スライドの光線を浴びたライターが目のいろを変える。「これか？　ピンカートン社の資料室で似たようなもんを見たな。ＣＩＡからまわってきた図面だが」

「ああ。きみは関わらなかったが、ミスター・ビッグとスカラマンガのあいだに起きた、もうひとつのジャマイカの重大事件さ。クラブ島で最も肝心な地下施設の断面図だよ」

ドクター・ノオが個人で所有するクラブ島は、太古からの鳥の糞《ふん》が大量に堆積《たいせき》していた。それが巨額の富を稼ぐビジネスになっていた。珊瑚礁《さんごしょう》に鳥の糞がこびりつき、数千年から数万年を経て化石化すると、グアノなる資源に変質する。

燐酸《りんさん》質グアノといえば、非常に高価な燐鉱石《りんこうせき》に代わるリン資源だ。そもそも燐鉱石がなかった時代には、グアノをめぐって戦争まで起きた。一八七九年、チリとペルー・ボリビアのあいだで争われた硝石《しょうせき》戦争が有名だった。

怪しい中国人ドクター・ノオ、正しくは中国とドイツの混血。グアノ採掘と輸出の拠点にしたクラブ島で、ノオは王のような暮らしを満喫していた。ビジネス自体は合法かと思われた。ところが実際には、想像を絶する犯罪が裏で実行されていた。

ライターが腕組みをした。「図面には見覚えがあるが、この線画のタッチには馴染《なじ》みがない。しかも文字はぜんぶロシア語だな」

ボンドはうなずいてみせた。「これはロシア人技術者の描いた原図だよ。鹵獲《ろかく》電波発信装置の設計図だ」

投映された地下坑道の断面図には、大がかりな機材が記されていた。発電機と磁電《マグネト》管《ロン》、高周波結合器、冷却器、煩雑な制御回路。電波送受信用の巨大アンテナも地下坑道内に横たわる。装置の操作要員として二名の座席があった。

ジャマイカ沖のクラブ島から、ウインドワード海峡方面へ約三百マイルの距離に、タークス諸島がある。アメリカの誘導ミサイル実験場として知られる島群だ。

ドクター・ノオはモスクワからの報酬と引き替えに、タークス諸島でのミサイル発射実験に対し、クラブ島から鹵獲電波を送りつづけた。あらゆるミサイル実験が水泡に帰した。スナーク多段式ミサイルは、南大西洋の海面に落ちるはずが、ブラジルの山林に墜落した。ほかにもズニやマタドール、ペトレル、レギュラス、ボマーク。ミサイル防衛と技術開発分野における、アメリカの損害は計り知れない。

ライターがつぶやいた。「キューバ危機より数年早く、ドクター・ノオは中米で妨害工作を働いてた。たぶんソ連にとっては、カストロのミサイル基地建設に道を拓《ひら》く意図があったんだろうな」

のちにカリブ海域防衛隊がくだんの坑道を発見した。MI6から派遣された技術班が、装置の全容を解明しデータに残した。いま投映されている図面は、MI6とCIAが共有する資料にそっくりだった。ボンドは唸《うな》った。「ストラングウェイズはどこでこの腕時計を……」

スライドの背後に控えるグレイヴズが声を張った。「彼はドクター・ノオの手下に襲われ、命を落としたんだろう? 抗《あらが》ってる最中に腕時計をもぎとったんじゃないか」

いや。ストラングウェイズの背中と腰、骨盤に弾痕《だんこん》があった。撃たれたのは背後からだ。三発も食らっていれば、襲撃者と争えたとも思えない。なによりドクター・ノオが現地民の手下に、こんな重要なマイクロフィルムを持たせる理由などない。

ボンドはライターを見つめた。「ストラングウェイズが探りをいれだしたから殺したと、ドクター・ノオはいってた。彼は独自に動いてたんだ。不審なロシア人から押収した腕時計について、中身を調べる前に殺された気がする」

「ありうるな。警察署に持ってく直前だったかもしれん。しかし殺し屋は腕時計を取り返さなかったのか？」

「俺がクラブ島にいるあいだ、ロシア人らしき連中なんて、いちども見かけなかった。ドクター・ノオとは非接触の原則だったんだろう」

「なるほど。ドクター・ノオの雇った殺し屋とは、司令塔も命令系統も別。ロシアの技術者は、あくまでモスクワの意図で動いてた人材か」ライターは義手の鉤爪《かぎづめ》でこめかみを掻《か》いた。「なあジェームズ。鳥の糞の山からドクター・ノオをひっぱりだしたのは、たぶんロシア人たちだろう。腕時計の持ち主はそのうちのひとりか？」

ボンドは鳥の糞を運搬するクレーンを操作し、ドクター・ノオの頭上にぶちまけてやった。大量の糞に押し潰《つぶ》され、あの中国人は息絶えたかに見えた。しかしカリブ海域防衛隊による捜索で、糞の山のなかにドクター・ノオの死体は発見できなかった。死んでいたとしても、ロシア人どもが運びだすであろうことは、ボンドにも予想がついていた。

どうも心穏やかならざるものがある。死亡記事が新聞に載り、殉職と信じこまれた身としては、何人《なんびと》の絶命もすなおに受けとれない。ブロフェルドも水蒸気爆発に消し飛んだはずが、じつは生き延びていた。ドクター・ノオについても嫌な胸騒ぎを禁じえない。

ましてドクター・ノオは、若いころにいちど党《トン》の殺し屋に襲われ、左胸を刺されている。ところがドクター・ノオは特殊な体質だった。なんと心臓が右胸にあったため、辛くも一命をとりとめた。

ボンドは投映図面に顎《あご》をしゃくった。「これを持ってた以上、ストラングウェイズが接触したロシア人は、装置のメンテナンスを担当する技術要員だったんだろう。鳥の糞の山からドクター・ノオを掘り起こす力仕事とは、たぶん無縁だ」

ライターが肩をすくめた。「ドクター・ノオって男はたしか、中国の犯罪組織を裏切って、金を持ち逃げして独立したんだよな。フルシチョフと毛沢東は犬猿の仲だ。中国と縁が切れても、ソ連とはうまくつきあえたわけか」

なんにせよ過去の話ではある。装置はすべてイギリスが撤去し、クラブ島もジャマイカ自治政府の管轄になった。ボンドはつぶやいた。「この設計図はもう現在の脅威ではなくなってる。ストラングウェイズの死と同じく、昔話のひとつにすぎない」

グレイヴズがカーテンを開け放った。強い陽射しがにわかに室内を照らしだす。白く爆発したような視野のなかで、グレイヴズがスライドの電源を切った。「新発見をお望みか？　なら判明したことを挙げてみよう」

マイクロフィルムを挟んだマウントをスライドからとりだす。マウントをふたつに開き、ピンセットでマイクロフィルムをつまみとる。グレイヴズがそれを顕微鏡に載せた。

「さて」グレイヴズは椅子に腰掛け、顕微鏡をのぞいた。「何年も水中に沈んでいたわりには、このマイクロフィルムの解像度は驚くほど鮮明だ。酢酸セルロースを原料にしたマイクロフィルムは、ふつう高温多湿の環境で劣化しやすい。モナ貯水池に浸《つ》かっていて、こんな保存状態はありえん」

ライターが腑《ふ》に落ちなそうにいった。「ずっと沈んでたのはたしかだ。死体のポケットのなかにあったんだからな」

「そこが驚異的なんだよ。純粋な酢酸セルロースではなく、別の成分が加えられ、耐久性が向上してる。イーストマンコダック製じゃこうはいかん。富士フイルムの技術だ」

「富士フイルム？」ライターがきいた。「日本企業か？」

「そうとも。カビによる乳剤の化学的分解もないし、フィルム上の銀にも錆《さ》びは見あたらない。高度で緻密《ちみつ》な製造工程だ。富士フイルムだよ、まちがいない」

ボンドはデスクに歩み寄った。「富士フイルム製のマイクロフィルムは、アメリカやヨーロッパでも買えるんだろう?」

「現在はな」グレイヴズが顔をあげた。「イーストマンコダックのマイクロフィルム部門は一九二八年にできた。三五年からニューヨーク・タイムズの縮刷版も製作してる。一方で日本の富士フイルムがマイクロフィルムの製造に着手したのは五六年、海外への一般輸出販売が六〇年ぐらいからだ」

「六〇年ではドクター・ノオの事件よりあとになる。ストラングウェイズの死はそれ以前だ」

「だからこのマイクロフィルムは、富士フイルムが正式に売りだす前に、製造段階で入手した可能性が高いんだ。専用の撮影機材と投影機もセットでな」

「ああ」ボンドは納得した。「日本はソ連の目と鼻の先にある。ソ連の産業スパイが最新技術を横取りした。というより機材とマイクロフィルムを盗んだんだろうな」

グレイヴズはにやりとした。「ロシア人にここまで高度なコピーは無理だろうからな。日本の工場から奪ったんだ」

ライターがボンドを見つめてきた。「ドクター・ノオに日本とのつながりが?」

「まだそこまではいえない」ボンドは応じた。「富士フイルムから泥棒を働いた連中の同志が、ロシア人の技術要員で、クラブ島に出入りしてたってだけだ」

「だがジェームズ。CIAはドクター・ノオと各国のつながりを慎重に洗いだした。出生は中国。母は中国人だが父はドイツ人。若くしてアメリカの党《トン》へ出向。裏切って持ち逃げした金を、英米とスイスの切手に替えたのち、世界をまわった。パキスタンやビルマ、トルコ、スペイン、デンマーク、ルーマニア……」

「ソ連とメキシコ、キューバ、パナマもだ。事件までの十四年間、ジャマイカのクラブ島に引き籠《こ》もった。燐酸《りんさん》質グアノの輸出先はコロンビアやエクアドル、オーストラリア。もっとも、それらの国の輸入量と、クラブ島からの輸出量が合わないから、ほかにも輸出先があったと推察されてる」

「クラブ島にはハイチからも労働者を招いてた。ハンガリーから建設業などの技術者を呼んだこともあった。サウジアラビアからイタリア経由で、鉄鋼業製品の輸入も確認されてる」ライターが語気を強めた。「CIAはドクター・ノオのあらゆる関係国を網羅したはずが、間接的とはいえ日本は初耳だ」

たしかにCIAが網羅にこだわるのなら、ドクター・ノオの秘密をおさめたマイクロフィルムが富士フイルム製、その事実も無視できないのだろう。いままで捜査線上にあがっていなかった国が関わっているとすれば、そこに未知のヒトやカネの流れが潜んでいてもおかしくない。ドクター・ノオという存在にはまだ謎も多い。些細《ささい》な手がかりも見過ごせない、それがライターの主張のようだ。あながち的外れでもなさそうだった。

ライターがきいた。「Mを通じて日本に問い合わせてもらうか?」

「いや」ボンドは内心うんざりした。「どうせMからCIAに渡る話だ。日本はCIAの縄張りだからな。そのCIAは下請けのピンカートン社に委ねるだろう。新発見といっても、とっくに解決済みの事件の、小さなひっかかりでしかないんだし」

グレイヴズが不満顔でぼやいた。「なんだ。昼飯の時間も惜しんで働いてやったってのに、ひどい言いぐさだ」

苦笑したライターがボンドに向き直った。「CIAの下請け社員ならここにいるよ。俺から日本にアプローチしていいのか?」

「ああ、かまわない」ボンドはあっさりといった。「きみにまかせるよ、フェリックス。新宿御苑で田中父娘と意気投合してたろ?」

5

九月十八日の正午をまわった。法務省庁舎の三階の窓から、十七階もの高さを誇るビルが見えている。二年前に完成した合同庁舎だった。計画中の霞《かすみ》が関《せき》ビルディングが完成すれば、じつに三十六階もの高さにおよぶという。

気に病むのはテロだと田中虎雄局長は思った。日本の中枢を担う省庁が、ミサイルや戦闘機の的になりやすくていいのか。たった十九年前までの度重なる空襲を、政治家の誰もがすっかり忘れ去っている。嘆かわしいことこのうえない。危機意識を忘却する速さは国民性だろうか。いずれまた大地震が起きるとわかっていながら、復興が都心一極集中で進むのも、いまひとつ理解しがたい。

田中のおさまるデスクの前に、職員たちの事務机がいくつも突きあわされている。通夜のような静けさだった。公安外事査閲局のオフィスは長いこと沈黙に包まれていた。

無口にならざるをえない理由を、あえて自問する必要はない。三日前の九月十五日、大宮駐屯地から望む埼玉県岩槻《いわつき》市内で、またも自衛隊のヘリが墜落した。田中らが櫓《やぐら》の上から目撃したとおりだった。九月十日に福岡県粕屋郡粕屋町で発生した墜落事故、その遺族や同僚らが、またも犠牲になってしまった。

こんな悲劇の連鎖があるだろうか。まるで戦時中だ。悪夢を二度と繰りかえさせない、その一心で諜報《ちょうほう》組織を率いてきたはずが、軍用機事故のあきらかに不自然な連続多発について、ずっと原因を特定できずにいた。局長としてこれほど歯がゆいことはない。

宮澤が書類の束を手に歩み寄ってきた。「ソ連と東欧諸国の選手団、名簿の詳細です。選手以外のコーチやトレーナー、医療関係者や栄養士、通訳、報道対応担当、機材運搬や設営班、事務班など網羅してます」

田中は老眼鏡をかけた。おびただしい数の氏名が並んでいる。ため息とともに田中はつぶやいた。「民間航空機は無事故だというのに、軍用機ばかりが墜落しとる。共産圏から続々と来日するこのなかに、工作員が潜んでいないとどうしていえる」

「可能性は否定できません。ジャーナリストなどは何か月も先行して日本に来ていますからね。中国や北朝鮮は不参加ですが、競技視察のため代表の数名は来日してます」

ソ連と東ドイツ、ポーランド、チェコスロバキア、ハンガリー、ルーマニア、ブルガリア。東側のスパイや工作員が一気に雪崩れこんだかもしれない。アメリカにとっても危機的状況のはずが、今回は本土からＣＩＡ職員が大量に送りこまれる気配はなかった。去年ブロフェルドの陰謀にまんまと乗せられたのを踏まえ、本部は慎重な姿勢を崩そうとしない。

馬鹿げていると田中は思った。ブロフェルドは死んだ。スペクターはもはや存在しない。米軍機と日本の自衛隊機ばかりが狙われているのに、いまこそＣＩＡが諜報活動に全力を注がなくてどうする。少人数体制で日本支局を置く一方、公安査閲局に対しては活動の制限を設ける。甚だ理不尽な所業だった。

ところがけさアメリカから、予想もしなかった情報がもたらされた。正確にはジャマイカにいる元ＣＩＡのフェリックス・ライターが、ピンカートン社経由で書類を米軍機に預け、日本のＣＩＡ支局に託した資料一式だ。

斗蘭は自分の机でずっと書面に目を落としている。フェリックス・ライターから届いた報告書と、マイクロフィルムの図面の写しについて、穴が開くほど見つめていた。田中はずっと娘の発言をまっていたが、いっこうに返事はなかった。咳《せ》きばらいとともに田中はうながした。「斗蘭。それをどう思う」

ようやく斗蘭の顔があがった。「富士フィルムのマイクロフィルムが使われたというだけで、ドクター・ノオの鹵獲《ろかく》電波発信装置と同じ仕組みが、日本で用いられたとするのは早計です。ただしソ連のスパイがこちらの想像以上に、日本の工業技術に目をつけている証《あかし》にはなります」

「軍用機の連続墜落が、鹵獲電波のせいである可能性はあるのか」

科技課の三十七歳、丸眼鏡の山根《やまね》秀樹《ひでき》が挙手した。「ありえます。どの機体も墜落直前、突然の通信不能に陥り、近隣の管制レーダーにもノイズが走ったとの報告があります。軍用機はフライ・バイ・ワイヤ飛行制御システムを導入していますし、鹵獲電波により狂わされたことは充分に考えられます」

宮澤が山根に問いかけた。「自動操縦が解除されても、手動で操縦できるのでは?」

山根は否定した。「鹵獲電波が図面どおりの出力なら、高度計や気圧センサーもすべて機能を失っただろう。ひとたび飛行が乱れたのち、立て直しのためのデータが得られない。ヘリでも戦闘機でも致命的だ」

斗蘭がふたたび図面を見た。「ロシア語の記述は、市販の機器類をどのように装置に流用するか、こと細かに指示してますよね」

科技課の別の職員、古賀《こが》弘幸《ひろゆき》がうなずいた。「問題はそこだ。装置の中核となる部分はソ連国内で製造するが、周辺機器類はそれぞれの国で調達できる。わが国の工業用機材から家電まで、うまく活用すれば、密輸する装置自体は図面にある半分で済む」

二年前のキューバ危機を振りかえるまでもない。ソ連は核ミサイルや兵員、発射台、警備用の戦車まで、輸送船でこっそりキューバに陸揚げしていた。事態に気づいたアメリカが海上封鎖に踏みきる前に、ミサイル基地の工事は着実に進められていた。それよりずっと小さな装置の搬入なら、いまの日本に対しても容易に密輸入しうる。とりわけ海外からの人や物資の流入が絶えない、東京オリンピック開幕前夜であれば。

田中は重苦しい気分になった。「厚木基地や大宮駐屯地周辺、福岡県粕屋郡に電波が届く場所に、その図面のような地下坑道が掘られ、装置がひそかに設置されるというのか……？」

古賀が向き直った。「地下とはかぎりません。ドクター・ノオが地下坑道に装置を隠したのは、クラブ島にほとんど建物がなかったからでしょう。日本は市街地だらけです。アンテナを横たえる都合上、約二十メートルの長さが必要ですので、一般的な住宅には不向きですが……」

山根がつづけた。「図面にある地下坑道の該当部分は、長さ約二十メートル、幅約二・九五メートル、高さ約二・六メートルで、およそ一五三・四立方メートルです。工場棟のようにまっすぐ長い平屋のなかであれば設置可能です」

田中は山根にきいた。「電波の届く範囲は？」

「地下約十メートルにあったドクター・ノオの装置でも、約五百キロ離れたタークス諸島のミサイルを迷走させています。東京から大阪までは優に届くわけです」

宮澤が難しい顔になった。「ジャマイカ沖の洋上はともかく、そんなに強力な電波を日本列島で発信させたら、標的の軍用機のみに影響が留《とど》まるはずがないだろう」

さらに科技課の新人、二十代半ばの塚本義男《つかもとよしお》がうなずいた。「そうです。それゆえのテレビ放送電波の乱れです」

「テレビ……」宮澤が目を瞬《しばた》かせた。

「内事の報告書と照らし合わせました。西日本を中心にした広範囲に、テレビ受信画像の乱れが発生しています」

山根が強調した。「とりわけ映りが悪くなったのは、いずれも墜落の発生と同時か数分前からです。ただし……」

「なんだ」田中はきいた。

「離れた場所の飛行物体に鹵獲電波を発信するには、高度な調整が必要になります。たとえば装置の出力は無限でなく、発電機との兼ね合いもあるので、効果的な一瞬のみ、一方向に狙いをさだめ発信する必要があります」

「図面にある座席の二名が、そのエンジニアか」

「彼らは計器類を注視しつつ、しかるべき指示に基づき操作するだけです。ミサイルや軍用機の進路を鹵獲電波で狂わせるには、電波工学の電磁気学、電気回路学のほか、航空力学と流体力学、揚力や抗力、翼型理論、飛行性能などに精通する者が、随時総合的に判断し、命令を下さねばなりません」

「司令官の存在が不可欠か。するとその役割を果たしとったのは……」

「ドクター・ノオでしょう。ボンドはクラブ島で、それらしきロシア人を見かけなかったとの報告がありますから、ほかに考えられません。ドクター・ノオに相応の知識があったからこそ、ソ連は巨額の報酬を払ってでも、彼に計画を一任したんです」

田中は唸《うな》った。「地下坑道を貸しとっただけの大家ではなかったんだな」

「局長」古賀がいった。「タークス諸島の誘導ミサイル実験失敗が、すべてドクター・ノオのしわざだとすると、恐るべき実行力です。同じ装置を使っても、そこまで的確に遠方の飛行物体を狙い撃ちにできる技術となると、そう真似できるものではありません」

「……なにがいいたい」

「わが国の軍用機事故の多発が、同じく鹵獲電波によるものだと仮定すれば、その精度はドクター・ノオの能力に匹敵します」

宮澤が顔をしかめた。「MI6もCIAも死亡とみなしてます。ドクター・ノオの死体が見つからなかったとしても、圧死もしくは窒息死した可能性が濃厚だと」

別の職員が抗弁した。「誰も鳥の糞《ふん》の山に埋もれた経験はありません。絶命に至るかどうか不明では？」

沈黙が降りてきた。田中は無言でうつむいた。厄介な問題だが否定しきれない。死亡が認定された者の生存が次々にあきらかになる。最初はボンド。次がブロフェルド、イルマ・ブント。ついにはドクター・ノオなる中国人までが生きていて、日本に潜伏しているかもしれないというのか。

中ソは目下のところ対立状態にあり、両国間の軍事面での協力はないとされる。ドクター・ノオは中国の裏切り者で、ソ連と結びついている。アメリカはキューバにミサイルが配備されるまで、核攻撃について実質的な脅威を感じていなかったようだが、日本はちがう。北方領土をソ連に実効支配されているうえ、本土もごく近い。いつでもミサイル攻撃に晒《さら》されうる。そんな日本でオリンピックを前に、軍用機の不審な墜落が多発している。そこにドクター・ノオが絡んでいる可能性もなきにしもあらず、そんなきな臭い状況になってきた。

「あの」宮澤がおずおずと沈黙を破った。「ボンドさんを呼んでみてはどうかと……」

斗蘭が素知らぬ顔で視線を逸《そ》らす。ほかの職員らも目を泳がせている。だがどの表情にも、どこか納得のいろが浮かんで見える。よくいってくれたと宮澤を讃《たた》える空気すら漂う。

田中も苦言は呈さなかった。内心それが賢明な選択に思える。けれども実際に要請するとなると、さまざまな問題がつきまとう。田中はボンドをめぐり、MI6の激しい怒りを買った立場だ。

宮澤が察したように気遣いをしめした。「CIA経由で要請しましょう。それもライターさんからピンカートン社、CIA本部に話を通してもらって、そこからMI6にお伺いを立てれば……」

田中は片手をあげ宮澤を制した。職員らが注目するなか、田中は言葉を濁さざるをえなかった。

アメリカの縄張りたる日本としては、まずCIAに相談すべきとの意見は筋が通っている。諸外国の窓口はCIAだと、ワシントンから毎度のごとく諭されてもいる。だが田中の胸のうちに躊躇《ちゅうちょ》が生じていた。公安外事査閲局。外事というからには、みずから積極的に海外と関わっていかねばならない。いつまでもアメリカの属国のような立場に甘んじてはいられない。

田中虎雄は夜十一時近くまで職場に居残った。局長執務室に籠《こ》もり、革張りの肘掛《ひじか》け椅子におさまっていた。

ひとり黙って卓上電話を見つめた。時間厳守と伝えられている。早まって電話をかけるのは慎まねばならない。

静寂の響きは耳鳴りに近い。オリンピックまでひと月弱、いろいろなことがありすぎる。公安外事査閲局長としては、総理との面会も頻繁にあるが、そちらでも一大事が起きていた。

6

九日前、すなわち九月九日、池田勇人《いけだはやと》総理が国立がんセンターへ入院した。喉頭癌《こうとう》がかなり進行している事実は本人に知らされていない。総理自身は前癌症状だという認識だった。医師からそう告げられたからだ。

身内や閣僚のみならず、公安査閲局の外事と内事、ふたりの局長にも真実が通達された。総理の死の可能性は、政局変動の要因になるがゆえ、諜報《ちょうほう》機関には正確な情報がもたらされる。

田中は総理と病室で面会した。池田総理は笑顔だった。オリンピックを無事に完了してほしい、繰りかえしそう頼んできた。本分を尽くしておりますと田中は返事し、深々と頭をさげた。

池田総理は田中に信頼を寄せてくれた。戦犯に問われた過去があるのを承知のうえで、局長への登用にためらいをしめさなかった。シャターハント博士ことブロフェルドの暗殺を、ジェームズ・ボンドにまかせる案も、総理が池田だったからこそ提言できた。田中がそういうのならまかせる、それが池田の回答だった。ボンド失踪《しっそう》を機に生じた幾多のトラブルを、池田はどんな思いで見守っていたのだろう。すでに病には苦しんでいたはずだ。にもかかわらず総理から田中へは懲戒も訓告もなかった。池田は総理の責任において田中を、対外諜報活動のトップとして続投させた。蒔《ま》いた種は自分で刈りとれ、無言のうちにそう伝えてきている気がした。池田総理らしい配慮だった。田中は恩に応《こた》えるべく全力で臨んできた。

もの思いにふけっていようと、時間を忘れるほどではない。絶えず時計に目が向く。ようやく十一時になった。田中は受話器をとった。指定された番号に国際電話をかける。

呼びだし音が数回、電話はつながった。女性の落ち着いた声が英語で告げる。「ユニヴァーサル貿易社長執務室、マネーペニーです」

こちらも公安外事査閲局が対外的に掲げる民間企業名を口にする。「旭《あさひ》商事の田中です。午後三時に電話するようご連絡を賜りました」

「おまちください」

静寂が流れる。ロンドンはいま午後三時だった。Mがその時間でなければ都合がつかない、彼の幕僚主任ビル・タナーを通じ、事前にそう伝えられていた。

新たに受話器をあげる気配があった。田中以上に年齢を感じさせる低い声が電話にでた。「Mだが」

「田中虎雄です。このたびはお時間を割いていただき……」

「タイガーか？　そう呼んでもいいな？」

「……はい」

「結構。タイガー、こうして私たちが直接言葉を交わすのは、本来なら御法度だ。CIAに話を通しておいたわけでもあるまい？」

かつて大西瀧治郎《おおにしたきじろう》提督を前にしたときと同じ緊張感がある。田中はきびきびと応じた。「はい。しかしながら私どもは独立国家でして、諜報機関としてCIAの支局でもないため、直接お話できないかと考えたしだいでして」

「私たちからすれば、きみらがCIAの監督下にあるからこそ、間接的ながら安心してつきあえる。野放しの状態ではまたどうなるかわからんというのが本音だ。理解できるかね」

わざと不躾《ぶしつけ》な言葉を選んだ気がする。こちらを怒らせて出方を見ようというのだろう。日英の敵対関係の終焉《しゅうえん》から、まだ二十年も経っていない。今年の四月、ようやく日本人の海外旅行が自由になった。沖縄の本土復帰が叫ばれているものの、いまだ実現の見通しは立たない。敗戦国にはあらゆる制限が設けられている。

Mことサー・マイルズ・メッサヴィー海軍提督。情報によればもう七十代のはずだ。田中がロンドンの大使館付き海軍武官補になり、じつは日本のスパイとして働いていたころ、Mはもう四十代後半だった。当時から海軍では相応の地位にいたのだろう。それ以前、田中がオックスフォード大学に入ったときには、Mは三十前後の働きざかりだったはずだ。

これまでMという人物に面識はなかった。片や海軍が留学生として受けいれ、内勤を許した日本の若造、じつは日本のスパイ。その後の太平洋戦争で、Mはいくつかの海上作戦の指揮をとったとされる。田中にとってMの信頼を勝ち得るのは、至難のわざにちがいない。

Mがきいた。「きょうはなんの用だ？」

「このたびはご迷惑をおかけし、平に陳謝いたします」

「なにについての謝罪かわからん」

「ジェームズ・ボンド中佐に対し、勝手なお願いごとをしまして」

「ああ、たしかに勝手だ。きみらの国では外国人に人殺しを依頼できる法律があるのか」

「深く反省しており……」

「もういい」Mが遮った。「ボンドが生存し、きみらのもとへ戻ってからも、CIAに口止めされていたといいたいんだろう。都合のいいときだけアメリカの傘に隠れる。それで私にいったいなにを話そうというんだね？」

田中は言葉に詰まった。Mの怒りは相当のものだった。現時点でも対話を不愉快にとらえている。このままでは信頼の構築など夢のまた夢だ。

深呼吸したのち田中は切りだした。「私としては反省の証《あかし》に、両国の諜報機関が一致協力し、共通の懸念事案に対処し、これを排除できればと考えております」

「トリニティー・カレッジで難しい言いまわしをおぼえたのはよくわかった。私はまわりくどいのは好かん。共通の懸念事案とはなんだ？」

「ドクター・ノオです」

電話の向こうから沈黙がかえってきた。もの音がきこえる。パイプで灰皿を軽く叩《たた》く音、そんなふうに思えた。

Mの声はそっけなくたずねてきた。「友人かね」

「恐れながら申しあげます。私たちはジャマイカに滞在中のフェリックス・ライター氏から、ピンカートン社とCIAを通じ、文書を託されたのです。ライター氏とともにボンド氏がおり、ともに精査した情報を送ってこられたようで」

「ボンドからはなんの報告もない」

「ジョン・ストラングウェイズ氏のご遺体が……」

「ああ、そこだけはきいとる。短い電文で知っただけだがな。だが彼の遺体がモナ貯水池に沈んどるのは、もう十中八九まちがいないとされとった。いまさら発見されたからといって、なぜドクター・ノオの件が蒸しかえされる?」

「生存の可能性が浮上したからです。クラブ島で用いられたのと同種の鹵獲《ろかく》電波発信装置が、日本で使用されたかもしれません。すでに日米の軍用機が複数、墜落の被害に遭っております」

「根拠はあるのか」

「うちの科技課の分析では、鹵獲電波以外に墜落の原因は考えにくいと……。クラブ島にあった装置の設計図が、日本企業から盗まれたマイクロフィルムに記録されていた点を踏まえても、技術者に近しい人間が、日本で産業スパイ行為を働いたと推察されます。オリンピック開催都市がテロの標的になることは、充分ありうるのではないかと」

Mがひとりきりでないことに田中は気づいた。誰かがぼそぼそと喋《しゃべ》る声がきこえたからだ。幕僚主任のタナーか、あるいは別の側近だろうか。

しばし小声での会話がつづいた。やがてMが電話越しにいった。「大勢の選手団を派遣しとるソ連が、日本でオリンピックを襲うというのか？」

「大勢が押しかけたからこそ、工作員も容易に入りこめると考えられます。鹵獲電波発信装置を使いこなし、軍用機を次々と墜落させるのは、奔放な知識の持ち主でなければ無理だそうです。ドクター・ノオの死体は未発見ときいております。可能性は否定できないのではないでしょうか」

「……それで私になにを求めとる？」

「クラブ島におけるドクター・ノオ関連の事件での功労者、ジェームズ・ボンド氏に、ふたたび日本においで願えないかと。むろん今回はあなたからの正式な任務としてです」

「彼はジャマイカで重職に就く予定だ。他国への出張は今後ない」

やはりそうだったかと田中は思った。叙勲とともに名誉の引退。ボンドはMI6本部から遠ざけられている。

田中はいった。「ボンド氏にとってドクター・ノオの事件は、ジャマイカでの重要な任務だったはずです。ノオが日本に来ているとあれば、ジャマイカにおける任務の継続という意味を持つのではないでしょうか」

「人事はこっちできめる。だいたいドクター・ノオの生存が決定的になったわけじゃないだろう。ソ連がクラブ島の地下坑道に築いた装置が、日本でも使われたかもしれん、それだけだ。ドクター・ノオが巧みに装置を使いこなしていたからといって、ほかの誰にも真似できんとまではいえん。日本にいる根拠がどこにある」

頑固そのものだと田中は思った。「ミスターM。仮にドクター・ノオの関与がなく、装置のみがクラブ島との共通項だったとしても、やはり当時の事件を担当したボンド中佐こそ、日本の危機に対処できると思います」

「日本の危機に対処すべきはきみらだ。私たちが諜報員《ちょうほう》を派遣する義理がどこにある」

「同じ西側陣営です」

「CIAに頼め。どうしてもというのなら私から伝えておいてやる」

「ボンド中佐がいちど解決できた事件です。私たちは彼を頼りたいのです」

「ブロフェルドのときもそうだったんだろう。こっちに連絡もせず身勝手だ」

「だからこそお詫《わ》びを申しあげたうえで、今回お願い申しあげております」

「彼はジャマイカ支局長兼カリブ海域支局主任となる。出張は許可できん」

「誰よりも現役にふさわしい人物がボンド氏だと思っておりますが」

「現役?」Mがきいた。

「ソ連軍人が私の娘を人質にとったため、彼は身代わりにソ連の捕虜になりました。私と娘にとって恩人です。常人なら逆らえない洗脳からも立ち直ったのです。彼はどうしても自己制御のきかない暗殺の衝動について、あなたを死なせない範囲で実行したのでしょう」

「私を死なせない範囲だと?」

「それにより暗示を果たしたことになり、無意識の領域が納得し、洗脳が解けたんです」

「こっちの主治医はちがう見解だ。彼は心の隙につけいられた」

「お言葉ですが、ボンド氏は優秀な人材だったでしょう。もう少し部下を信用なさってはいかがですか」

「人事について私に意見する気かね。半年も事実を伝えもせずに」

「事実を伝えられなかったことは申しわけなく思います。しかしそれでもボンド氏を信ずるべきではなかったのですか。洗脳状態の彼はあなたにいったでしょう。ウラジオストクの海岸で警官に捕まって、そこからKGBに送られ、半年のあいだずっと囚《とら》われの身だったと」

「よく知っとるな。われわれの極秘文書をこっそり入手し、マジック45で解読したのなら、信頼関係の構築からはほど遠いと考えるべきだ」

「ボンド中佐がソ連に渡って、海岸をふらついていたら警官に逮捕された？　そんな情けない話、絶対にありえないと思いませんでしたか。半年も捕まったまま洗脳されっぱなしだったなど……」

「疑う理由がどこにある」

「日本からソ連へ渡航するすべは一般市民にありません。旅行の自由化はつい最近です。ましてソ連へなど、記憶喪失の男に可能なわざではないでしょう」

Mがわずかに言い淀《よど》んだ。「それはきみらの見解にすぎん」

「私に彼のような部下がいたら、そんな嘘は断じて信じません。きっとなにか事情があると疑います。あなたは諜報員を日本に送るべきだったのではないですか。たとえＣＩＡの縄張りであっても」

また沈黙があった。先方でぼそぼそと話す声が耳に届く。田中の脈拍は亢進《こうしん》していた。言葉が過ぎただろうか。だが真意を伝える以外、ものの言いようはなかった。

ほどなくＭの声が低くつぶやいた。「私たちからすれば、そっちは黄泉《よみ》の国だ。はるか遠く、死人が命を吹きかえす、ふしぎな冥土《めいど》の世界だな。ボンドにブロフェルド、今度はドクター・ノオとまでいいだした。……タイガー」

「はい」

「イギリスを裏切った敵国のスパイが、終戦とともに心を入れ替えたと、私が信じるべきだと思うか」

「……信じていただきたいと心から願っております」

Ｍが軽く鼻を鳴らすのがきこえた。「きみはボンドがまだ現役にふさわしいといったな。それも本心か？」

「本心です。なんでしたらこちらにいただけないかと」

「アメリカの野球選手が日本に招かれたようにか？」

多少なりともＭが態度を軟化させた。冗談を口にしたのがその表れだと田中は思った。「ええ。ジョー・スタンカは南海《なんかい》ホークスで活躍してます」

「野球はよく知らん。ナショナルリーグも日本に選手を譲る気はないだろう」Mは少し言葉を切った。「だがそんなにほしがられると、私としてもボンドが惜しい気がしてきた。左遷も同然に干していたのでは、外国のハイエナが群がってくる。価値のある部下なら、うちで使わんとな」

田中は日本人の常として、誰もいない部屋で電話の相手に頭をさげた。「ありがとうございます」

「まだ日本に寄越すときめたわけではない。人事はしばらく考える。それでいいか」

「はい。重ねてよろしくお願い申しあげます」

「タイガー」

「……はい」

「話せてよかった」Mが椅子の背から身体を起こす気配があった。「ではまたな」

通話が切れた。田中はため息をつき、受話器をゆっくりと戻した。

撃ち合いから生還したときと同じぐらいの興奮の持続、それに疲弊を感じる。体力が消耗しきっていた。いつしか額に滲《にじ》んでいた汗を拭《ぬぐ》う。

充実感とともに空虚さがある。なにも進展しなかったのではないか。いや、なにをうったえているかは通じたはずだ。もしジェームズ・ボンドがふたたび来ることがあれば、命を差しだしてでも彼に報いる。ここは冥界《めいかい》ではない。二度と絶望への道は歩ませない。

7

マイアミも九月になると、日没の時刻は少しずつ早まる。午後八時、オーシャンフロント・リゾートの屋外は真っ暗だった。

ボンドはライターとともにコテージのひとつにいた。プールに面したテラスが開放的な一方、隣のコテージとは距離が開いていて、適度にプライバシーが確保されている。ジャマイカからわずか三時間、バカンスを装ってマイアミ警察の資料を借りにきた身としては、適度に人目を引かずに済む。

居間のテーブルに書類が山積みになっているものの、まだ紐解《ひもと》く気になれない。開襟シャツに薄手のジャケットを羽織り、ウィスキーグラスを片手に、ボンドはテラスの柱に寄りかかっていた。

マイアミ警察にドクター・ノオの捜査資料が多く残っている理由は、例の沼地用の車両にあった。ベニヘラサギという鳥を追い払う目的で、竜の頭をつけた大型のバイブロサイス車。物理的に鳥の群れを蹴散《けち》らすために、強力な火炎放射器も装着していた。クオレルを焼死させた、あの忌まわしい兵器だ。一部の現地民は竜が棲《す》む島と本気で恐れをなした。

ドクター・ノオはあのバイブロサイス車を、フロリダの企業に発注していた。クラブ島がノオの支配下にあったにせよ、ジャマイカの領海内に存在する以上、自治政府の司法権がおよぶ。事件後に違法な改造車の存在があきらかになり、マイアミ警察も全面的に捜査に協力した。

ライターが左手で内線電話の受話器をとった。「ルームサービスか？　ステーキを二人前頼む。レタスにホワイトドレッシングのシーザーサラダ。バッファローウィングにガンボのスープ。ワインはロマネコンティで頼む」

ボンドは面食らった。受話器を置いたライターをボンドは振りかえった。「ずいぶん豪勢だな。なんの祝いだ」

妙に上機嫌そうなライターが、後ろ手になにかを隠し持った。「リゾートはひさしぶりだぜ？　はしゃがずにいられるかよ。それに……」

「なんだ」

「贈り物だ、ジェームズ。俺からじゃなくてロンドンからな」

差しだされた透明ポリ袋を一瞥《いちべつ》するや、ボンドは思わず絶句した。ホルスターにおさまったワルサーPPK。装弾済みのマガジンがホルスターに輪ゴムでとめてある。それにパスポート。国章の入った便箋《びんせん》が折りたたんだ状態でおさまっている。Mの命令書にちがいなかった。

ボンドは受けとったポリ袋を開けた。真っ先に便箋を開く。第三者には意味不明のアルファベットと数字の羅列だが、ごく簡単な暗号文だ。現場の職員なら自然に読みこなせる。十数行の文章のうち、最後の一文のみが目を引いた。

007として日本行きを命ず　　　　M

ため息とともにパスポートを開く。いかにも使い古しっぽいが、新しく偽造された諜報《ちょうほう》員用のパスポートだ。ユニヴァーサル貿易の社員、ジェームズ・ボンド。顔写真の隅に刻印が捺してあった。

ライターが目を輝かせ、ニヤニヤしながら見つめてきた。「旅に必要な物は、ぜんぶこのマイアミで揃えりゃいいぜ」

思わず顔がほころぶのを堪《こら》えきれない。パスポートで軽くライターを小突きながらボンドはいった。「ジャマイカを発つ前からわかってたんだな」

「そんなとこだ」ライターも笑った。「ヒューバートが預けてきたんだよ。彼はキングストンの滞在が長引いて不満顔だったけどな」

ボンドは苦笑してみせた。「青天《せいてん》の霹靂《へきれき》だよ、フェリックス。一緒に行ってくれるんだろうな？」

「もちろん同行するさ。例によってCIAが下請けに仕事を押しつけてきたんでね。だが用心しろよ。その命令書にもあるが、日本で軍用機の墜落が多発してるらしい。米軍機も自衛隊機もだ。公安外事査閲局は、クラブ島にあったのと同じ装置のしわざと睨《にら》んでる」

これは面白いことになった。ボンドは著しく昂揚《こうよう》する気分を自覚していた。オリンピック直前の日本にソ連が目をつけたか。たしかに在日米軍や自衛隊基地の空軍力を低下させれば、極東の軍事バランスが崩れ、ソ連としては突破口を開ける。人員や物資をオリンピックに乗じ、搬入できる機会を得たのも大きいのだろう。

ライターはボンドの手からグラスをひったくった。「モルトなんかやめとけ。せっかくの祝いだ、バーボンで乾杯しようぜ」

「アメリカンウィスキーの甘さが年々苦手になってる」

「馬鹿いうな」ライターはミニバーのカウンターに入った。新たにふたつのグラスを下ろし、エヴァン・ウィリアムズの赤ラベルを傾ける。琥珀《こはく》いろの液体を注ぎこんだ。

東京オリンピックはたしか現地時間の十月十日からだ。MI6本部がボンドの死亡を信じているあいだ、ひそかに半年間も滞在したおかげで、地理や交通事情にもあるていど詳しくなっている。いまにして思えば任務の前哨戦《ぜんしょうせん》として悪くない経験だった。

ライターがグラスふたつを手に戻ってきた。ひとつをボンドに手渡す。グラスを掲げながらライターがいった。「なにに乾杯する?」

なんでもいいとボンドは思った。「タイガーとその娘に」

「田中父娘に」ライターがグラスを打ちつけた。

ふたりでバーボンを呷《あお》る。雑味が感じられるのがボンドにはかえって好ましかった。

「バーボンは熟成年数より蒸留所の質だな。悪くない」

「そうだろ?」ライターは目を細めた。「なあジェームズ。日本側はドクター・ノオの生存を気にしてるってよ。ブロフェルドが生きてたこともあって、公安査閲局は心配性が過ぎるかもな」

「死者が生きかえったという意味じゃ俺も同じさ。びっくりを通り越して、タイガーには日常に感じられてきてるんだろう」

「盆とやらもたしかひと月前だったしな。メキシコでいう死者の日と同じ行事らしい」

ボンドは頭の片隅でずっと事件を分析しつづけていた。「フェリックス。クラブ島の鹵獲《ろかく》電波はタークス諸島まで届いた。ソ連も装置を日本に運びこまず、領土の南端あたりから発信してるんじゃないのか」

ライターはテーブルへ向かいだした。「俺も同じことを考えた。だが見てみろよ、これを」

マイアミ警察から借りた資料ばかりではなかった。ライターが開いたファイルには日本周辺の地図が載っていた。ソ連のあらゆる場所を中心に、コンパスで書かれた円がいくつも連なっている。どの円も日本列島から離れていて、かすりもしていなかった。

「ご覧のとおりだ」ライターが地図をテーブルに置いた。「装置の電波が届くのは約三百マイル。ところがウラジオストクから札幌《さっぽろ》あたりでも五百マイル。墜落事故が頻発したのは厚木周辺から福岡までだ。たとえソ連が北方領土で装置を稼働したとしても、さすがに西日本まで電波は届かない」

「なるほど、ソ連本土からの発信は無理か。だが装置を積んだ船舶が近海まで来てた可能性もある。全長六十六フィートを超える貨物船なら載せられるだろう」

「いえてるな。日本海の警備がどうなってるかわからんが、墜落現場から直線距離で三百マイル以内に近づければ……」

ドアをノックする音がした。廊下から声がきこえる。「ルームサービスです」

「来た」ライターがさも嬉《うれ》しそうにドアを開けにいった。「もういいにおいがしてくる。たまらんな」

ボンドは笑ってみせたものの、気を緩ませずテラスのほうへと戻った。さっき置いたワルサーPPKをホルスターごと手にとる。ベルトをホルスターに巻きつけ、ジャケットのポケットにおさめる。客室係の目に触れさせたくない。

ワゴンを押しながら黒人の客室係が入室してくる。気温が高いがブレザーにベスト、蝶《ちょう》ネクタイ姿だった。料理にはいずれもボウル型の蓋《ふた》がかぶせてある。ワインクーラーをサイドテーブルに移した。

ライターが伝票にサインしながらいった。「あとはこっちでやる」

チップを受けとった客室係が引き下がる。退室するとドアを閉じた。

「さて」ライターが嬉々《きき》としてワゴンをダイニングテーブルへ押していった。「ご馳《ち》走《そう》をたっぷり賞味させてもらうか」

ボンドはチェスターフィールドを一本くわえた。煙でワインの味わいを損ないたくない。火をつける前にテラスに向き直る。

そのときプールサイドの暗がりに注意を引かれた。人影が駆けていく。やけにあわただしい。ブレザーの背中、さっきの客室係だ。

とっさにボンドは室内を振りかえった。「フェリックス、ワゴンから離れろ！」

びくっとしたライターだったが、俊敏に身を翻した。近くのソファを跳び越えにかかる。その瞬間、室内が真っ白に染まった。閃光《せんこう》につづきワゴンが砕け散り、眩《まばゆ》いばかりの炎が放射状にひろがる。ライターは衝撃波に吹き飛ばされ、ソファの向こうへ転がり落ちた。熱風が渦巻き、轟音《ごうおん》がコテージを揺るがす。内装や調度品の破片がいっせいに飛んでくる。ボンドはその場に伏せていた。

肉を焼く香りに、あらゆる物が焦げるにおいが交ざりあう。ダイニングテーブルのあった辺りに火災が発生していた。ソファの陰に砂埃《すなぼこり》だらけのライターが横たわっている。呻《うめ》きながら身じろぎした。

ボンドは駆け寄ろうとした。「だいじょうぶか、フェリックス」

だが近くに置かれたグラスに、わずかな反射を見てとった。燃え盛る炎が、屋外まで赤く照らしだすなか、不審な動きがあったとわかる。ボンドはテラスの外を振りかえった。

プールサイドに立つ客室係がブレザーの下から銃を抜いた。動作がグラスに映りこむほど大きく激しかったのは、ヘアードライヤーほどもある銃をとりだすのに、男が手間取ったからだ。

片手撃ちも可能な短機関銃だった。敵がコッキングするあいだに、ボンドはテラスの柱の陰へと走った。掃射音とともに閃光が連続し、辺りを青白く点滅させる。ボンドは跳躍し、ガラス片だらけのテラスの上で前転し、柱の陰に逃げこんだ。至近の着弾が無数の木片を撒《ま》き散らすなか、ワルサーPPKを引き抜く。マガジンを叩《たた》きこむやスライドを引いた。

短機関銃の弾幕が柱を刻んでいく。敵の狙いがさだまってきたものの、ボンドのなかに動揺はなかった。掃射音からするとポーランドのラドム製PM63だ。長いマガジンを装着していたが、それでも二十五発でしかない。こんなに撃ちまくっていればほどなく弾は尽きる。

空虚な金属音とともに掃射が途切れた。ボンドは柱から身を乗りだした。敵はマガジンの交換にかかっていた。すかさずボンドは敵の胸もとめがけ、PPKのトリガーを三回、つづけざまに引いた。

初弾で着弾の位置を確認、反射的に狙いを調整し、二発目と三発目を命中させる。敵は大きくのけぞり体勢を崩すと、棒のごとくプールへと倒れていった。水面に全身を叩きつけるや、高々と水柱があがった。

額から汗が滝のごとく滴り落ちる。火災による熱風のせいだった。猫が暖炉の灰をかぶったようなありさまのライターが、書類の束を抱えながら這《は》いだしてきた。

「畜生」ライターが悪態をついた。「肉がウエルダンどころじゃなくなった。なんてもったいねえことを」

ボンドはライターが起きあがるのに手を貸した。油断なく辺りに視線を配る。隣のコテージにいた宿泊客が、茫然《ぼうぜん》とこちらを眺めるのが見えた。遠くの本館からは警備員が駆けだしてくる。

もう長居はできない。ボンドは周囲を警戒しながらいった。「どこか安宿に移ろう。地元の警察に拘留されてる場合じゃない」

「だな」ライターが忌々しげに同意した。「二十四時間逃げきっていれば、CIAが裏から手をまわしてくれる」

ふたりは同時に駆けだした。コテージを側面から後方へまわりこみ、一帯に漂う黒煙を突っ切った。敷地を囲む柵《さく》の非常口がどこにあるか、宿泊前に確認を怠ったことはない。

走りながらライターが吐き捨てた。「厄介だな、ジェームズ。どこで情報漏れがあったんだか。マイアミでこれじゃ先が思いやられる」

そうでもないとボンドは思った。全力疾走のなかで生気が戻ってくるのを実感する。やはり現場の空気感こそしっくりくる。ボンドには命懸けの任務が性に合っていた。ジャマイカでの隠居暮らしはヒューバートに譲った。共産圏にかぎりなく近い極東への旅こそ、どんなリゾートよりも心が安らぐ。

8

斗蘭は高所が苦手だった。夜の暗がりをともなっていればなおさらだ。

星空に目を向ける気にはなれない。東京タワーの外階段を、特別展望台よりもさらに高く上った途中。周りは縦横の鉄骨が囲むのみで、ほとんど吹きさらしも同然になっていた。地上から二百六十三メートル。最頂部まで百メートルを優に切っている。塔そのものが横風に揺らいだ。都心の窓明かりは、まるで無数の光点の集合体のごとく、はるか眼下の彼方《かなた》にある。

とても手すりを離れる気にならない。そんな斗蘭と対照的に、スーツと作業着の男たちは、軽い足取りで階段を上下する。公安査閲局でも外事ではなく、内事のほうの科技課だった。作業用の白色灯が照らすなか、手すりから余裕で身を乗りだし、アンテナや配線をあれこれいじりまわす。見ているだけでもてのひらに汗が滲《にじ》んでくる。同じ外事でも斗蘭の上司、宮澤は案外飄々《ひょうひょう》としている。怖々としている斗蘭に気づいたらしい。半ばあきれたような目で宮澤がいった。「神戸《こうべ》ポートタワーの屋上からワイヤーを滑降したろ」

「あのときは必死だったので」

「いまも真剣に取り組んでもらいたいんだがな。これも重要な任務だ」

内事との情報の共有なら、課長がやりとりをすればいい。斗蘭は内心そう思った。けれどもそんな口をきけるわけがない。環境を意識しないよう努めつつ、斗蘭は階段を駆け上った。内事科技課で放送電波対策班を束ねる四十一歳、曽我部《そがべ》健《けん》に声をかける。「不具合は見つかりましたか」

スーツ姿の曽我部は首を横に振った。「ないな。アンテナに故障はまったくみられない。関東全域のテレビ電波に異常を生じたタイミングを考慮すれば、やはり軍用機への鹵獲《ろかく》電波という線が濃厚だ」

宮澤も階段を上ってきた。「まさかとは思いますが、このタワーに鹵獲電波を発信する仕組みがあった可能性は?」

曽我部が顔をしかめた。「まったくありえんよ。見ればわかるだろう。鉄骨ばかりでスカスカの塔だ。長さ二十メートルの坑道内いっぱいに横たえるほどの装置を、どこにどう設置できる? オリンピック前だけに警備も絶やさない。部外者がトランシーバーひとつ持ちこめやしない」

門前払いにされた宮澤が当惑顔で黙りこむ。斗蘭は代わって曽我部に問いかけた。「埼玉県岩槻市でのヘリ墜落を最後に、鹵獲電波の影響は途絶えてるようですが、なにか対策を講じたのですか?」

「いや。うちは放送に関する機器類を総点検し、なんの異常もないことを再確認しただけだ。軍用機の墜落も起きていないし、鹵獲電波自体が発信されていないんだろう」

「発信がやんだ理由はなんでしょうか」

「わからん。そいつは別方面から調べることじゃないか」

宮澤が微笑した。「少なくともオリンピックのテレビ中継は問題なさそうですね」

「国内はな」曽我部が苦い表情になった。「問題は海外だ」

斗蘭はきいた。「どういうことでしょうか」

階下に靴音が響いた。曽我部が見下ろしながらつぶやいた。「ちょうど報告がきたようだ」

上ってくるスーツは斗蘭も顔見知りのアメリカ人だった。医師免許を持ちながら分析官も務める変わり種だ。CIA日本支局の三十代、額が広く小太りのカーティス・ハリントンが、愛想よく英語で挨拶《あいさつ》した。「やあ、みなさんお揃いで」

曽我部がハリントンと握手を交わした。「宇宙中継のほうですが、原因は究明できましたか」

「予想どおり人工衛星の不具合だ」ハリントンが答えた。「シンコム一号は電気系統の故障で連絡が途絶えた。二号は静止軌道上に乗れず失敗に終わった」

シンコムとはアメリカの宇宙中継用衛星だ。一号から三号まで、すべての衛星が静止軌道上に乗って、初めてＮＨＫ地上波からの世界同時中継が実現する。

周りの職員らが表情を曇らせる。曽我部も苦言を呈した。「それでは困ります。世界七十か国がオリンピック中継を視聴できるはずだったのに」

ハリントンが苦笑した。「そうはいっても故障は仕方がない」

宮澤が口をはさんだ。「また鹵獲電波が原因ということは……？」

冷ややかな空気が漂う。ハリントンが宮澤に目を向けた。「赤道上の高度二万二千二百三十六マイル、静止軌道上にある衛星だよ？　三万五千七百七十八キロメートルだ。ドクター・ノオの鹵獲電波が届くのは五百キロだろう」

曽我部もあきれぎみに付け加えた。「まさか装置を積んだ衛星が宇宙にあるとはいわないよな？　一号と二号のあいだの距離も果てしなく開いてるのに」

「はあ」宮澤が弱腰に抗弁した。「しかしソ連のことですから、なにをしでかすかわからないのでは……」

ハリントンが首を横に振った。「鹵獲電波の影響が疑われる要素はゼロ。単純に機械の故障だ。破壊工作ではなく技術的欠陥を生じた。これはもう証明されてる」

斗蘭はハリントンを見つめた。「八月にシンコム三号が打ち上げられ、無事に静止軌道に乗ったとききましたが」

「乗ったとも」ハリントンが平然と見かえした。「三号は問題なく機能してる。ただしこの三号は電話通信用でね。送受信できるデータの量がきわめて少ない。映像中継は不可能だ」

曽我部がじれったさをのぞかせた。「ハリントンさん、不可能では困るんです。オリンピック中継の世界同時視聴が無理となると、日本は大きく国益を損ないます。どうしても実現させろと政府からもせっつかれていまして」

「そうはいってもできんものはできん。とはいえ、私たちも無責任にきみらを突き放すつもりはない」

「……とおっしゃると？」

「ＣＩＡから非公式ながらユーゴスラビアの諜報機関《ちょうほう》に連絡をとり、専門の技術チームの派遣を要請した。電波工学の研究で博士号をとった技術者の集まりでね。世界じゅうの無線通信問題を解決してまわってる」

斗蘭は驚いた。「ユーゴスラビアですって？」

「いいたいことはわかる。ユーゴスラビアは共産圏に含まれるが、東西両陣営いずれにも属さない中立的スタンスを堅持してる。ソ連の影響から距離を置き、独自の自主管理社会主義を確立してるんだ」

「ええ」斗蘭はうなずいてみせた。「労働者が企業の運営に直接参加するので、中央集権的な統制は緩めですよね。でも……」

「西側諸国も一定に評価する政治体系だ。信頼できない中ソや、ほかの東欧諸国とはちがう。その電波工学の天才の集まりはＹＲＲＴといってね。マサチューセッツ工科大に留学していたヤネス・ゴリシェクをリーダーとするチームだ。ＣＩＡも何度か頼ってる」

曽我部が難しい顔できいた。「その人たちを日本に呼ぶべきとおっしゃるんですか」

「もう来てるよ」ハリントンがあっさりといった。「この下、特別展望台にいる」

「なんですって」

「きみらの簸川茂《ひかわしげる》局長に話を通してある。きいていなかったのか？　まあいい。とにかくYRRTと意見交換してくれ。健闘を祈るよ」

アメリカとしてできることはやった、そういいたげなハリントンが手を振り、階段を駆け下りていった。

残された日本人らが複雑な顔を突きあわせる。斗蘭は本音を口にした。「ユーゴスラビアの専門家チームだなんて……。一気に胡散臭《うさんくさ》くなった」

曽我部が険しい表情になった。「うちの局長が許可したことだ。問題ないだろう」

そういいながらも不満のいろがありありと浮かぶ。斗蘭は曽我部に申し立てた。

「海外の専門家を呼ぶのなら外事を通していただくべきだったかと」

「オリンピックのテレビ中継問題は内事の任務だ。CIAがそれを受け、ユーゴスラビアの専門家らを招いた。なんの問題もない」曽我部が階段を下りだした。「行くぞ。YRRTと面会する」

内事のスーツや作業服が曽我部につづく。斗蘭と宮澤が戸惑いがちに取り残された。

いつしか高所恐怖も頭から吹き飛んでいた。斗蘭はささやいた。「課長。内事はなぜ疑いを持たないんでしょう。CIAの紹介とはいえ、こんな時期に社会主義国から部外者を招くなんて」

「テレビ中継の滞りない成功を、最重要課題としてる内事だ……。藁《わら》をもつかむ思いなんだろう。とにかく私たちも特別展望台へ行ってみよう」

「そうですね」斗蘭は宮澤とともに階段を下りだした。

公安査閲局は外事と内事で、それぞれに局長がいる。多少張り合う関係になりがちなのが歯がゆい。田中虎雄は内事に情報を隠したりしないが、籔川茂のほうは外事を敵視しているふしがある。しかも今回は部下の曽我部にすら事実を明かさなかったらしい。CIAの決定には逆らいづらいのだろうが、黙ってことを運ぶのは感心できない。

階段を延々と下り、地上二百五十メートルの特別展望台に入った。広々としたガラス張りの空間で、三六〇度パノラマを眺望できる。この時刻にはむろん一般客の立ち入りはない。

曽我部ら内事の一行は、すでにYRRTの面々と顔を合わせていた。作業着姿のユーゴスラビア人が二十人ほど立っている。年齢はみな三十代ぐらいだろうか。作業着の上腕にYRRTと記されたワッペンが刺繍《ししゅう》してある。

リーダー格は七三分けの髪に面長、鋭さを秘めた青い目に鷲鼻《わしばな》、角張った顎《あご》の持ち主だった。男は上機嫌そうに曽我部と握手しつつ、訛《なま》りのある英語で自己紹介した。

「ヤネス・ゴリシェクです。籔川局長とはさきほど本部でお会いしました」

「曽我部です。……本部へ行かれたのですか?」

「ええ、招かれたのでね。曽我部さんという優秀な技術者が東京タワーにおいでだというので、私どももさっそく合流しようかと」ゴリシェクは窓の外を見た。「いやあ、それにしても立派な電波塔だ。三百三十三メートル。建って六年とは信じられない」

「それはどうも」曽我部がゴリシェクに問いかけた。「籔川のほうからなにか指示はありましたか」

「なにも」

「……なにも?」

「アメリカのシンコム一号二号の不具合により、宇宙中継が不可能になってるところを、なんとかせよといわれてきただけなのでね。そのために全力を注ぐだけです」

「そうですか。遠路はるばるどうも……。それでなにか見込みはありますか」

「まだなにも」ゴリシェクの顔には微笑が留まっていた。「これからあなたがたと現状を把握し、対策を精査して、ともに方針を決定していくしだいです。はい」

ゴリシェクのみならず、YRRTの面々はみな薄ら笑いを浮かべている。友好的と解釈していいのだろうか。曽我部も疑問に思ったようだが、自身の心を納得させるように何度かうなずいた。

斗蘭はすなおに歓迎できなかった。隣にいる宮澤に小声で問いかけた。「身元を調べたほうがよくないですか」

「そうだな……」宮澤もため息まじりにささやいた。「海外から来た団体である以上、素性の確認は外事が受け持つべきかもしれん」

YRRTへの拙速な依頼と招待は、オリンピック開会式が刻一刻と迫るいま、一日も早く中継の問題を解消せねばという、政府の焦りの表れかもしれない。かならずしも籔川局長の責任ではない可能性も高い。池田総理が病に伏している現在、複数の閣僚が強引に押しきったとも考えられる。

斗蘭は愚痴をこぼした。「また仕事が増えた」

「ぼやくな」宮澤は咎《とが》めながらも厄介そうな顔をしていた。「どうせオリンピックが終わるまではてんてこ舞いだ」

早くボンドさんが来てくれないだろうか。斗蘭は胸の奥でそうひとりごちた。また軍用機を狙った鹵獲《ろかく》電波が、いつ再開するかわからないのに。

エレベーターの扉が開いた。息を弾ませながら現れたスーツは斗蘭の同僚だった。課報課に属する二十代後半、桂木誠也《かつらぎせいや》が駆けてきた。「課長。すぐ羽田へお願いします。斗蘭も」

宮澤が眉《まゆ》をひそめた。「こんな時間からか？　なにがあった？」

「税関が不審物を発見しました」桂木の表情はひどくこわばっていた。「中身は黄金の弾だとか」

9

サンフランシスコ国際空港は昼間から雨だった。五年前にボーディングブリッジが世界で初めて導入された空港だけに、搭乗口から屋内通路のみを歩き、飛行機に乗れる点は好ましかった。

ボンドはまだ機内にいなかった。空港内にファーストクラス向けのラウンジがあるが、そんな特権階級の乗客には交ざりあえない。デイリー・テレグラフ紙の一介の記者にすぎない以上、同じく東京オリンピックの取材に向かう団体に加わり、エコノミークラスへの搭乗をまたねばならない。

ラウンジほど豪勢ではないが、いちおう記者専用に開放された広間に、大勢のスーツが詰めかけている。ここからドアの外にでれば、すぐ搭乗口がある。

ライターは右手の形状をした義手に付け替え、両手に手袋を嵌《は》めていた。広間の受付に告げる。「シカゴ・トリビューンのアーチボルド・ダウディングだ。彼はデイリー・テレグラフのロードリック・エアルドレッド」

Mから新たなパスポートを贈られたばかりだというのに、この出国時にはいっさい提示できない。ボンドがとりだしたのは、けさCIAのフロリダ支局が用意してくれたばかりの、偽名のパスポートだった。顔写真は撮り直した。紺色の表紙に、金で紋章のエンボスを施した英国旅券だが、勤務先は大手新聞社になっている。

なかへどうぞと受付がいった。ボンドはライターとともに、報道関係者で賑《にぎ》わう広間の奥へと歩を進めた。

やはり愚痴をこぼしたくなる。ボンドは小声でいった。「ロードリック・エアルドレッド。もっとましな偽名は思いつかなかったのかな」

ライターが苦笑を浮かべた。「ジェームズ・ボンドほど平凡な名はこの世にないからな。そっちのほうがかえってめだつだろ」

「Mのプレゼントが無駄になった」

「マイアミで襲撃された以上は仕方ないんだよ」

「もう敵に情報が漏れてるわけか」

「そうとも。ジェームズ・ボンドとフェリックス・ライターの名義で搭乗した飛行機が、羽田への着陸寸前に鹵獲電波で墜落したんじゃ、死に際に情けない気分になるぜ。なんのために狭っ苦しいエコノミーに十五時間も耐えたんだかって」

「ハワイ経由ならもう少しのんびりできたのに」

「俺たちゃ仕事で日本へ行くんだよ。もうバカンスは終わりだ。気を引き締めなきゃな」

アメリカ西海岸の時刻で九月二十一日。各国の選手団はとっくに日本入りしている。記者団も団体として訪日することで、入国手続きがスムーズにおこなえる。所属する会社はさまざまでも、記者としてひと括《くく》りにされていれば、個々の存在がめだたずに済む。おそらくソ連に目をつけられている以上、これが最も安全な渡航方法にちがいなかった。

周りの記者たちに倣い、バーカウンターでチーズとクラッカー、瓶ビールを受けとる。賑わいから距離を置いた窓際で、ボンドとライターは並んで椅子に腰掛けた。

取り皿にもビールにも手をつけず、隣の空席に置く。ボンドは脚を組んだ。「敵に動きを察知されたのは、俺たちがマイアミ警察にドクター・ノオの捜査資料を要求したせいかな」

ライターが応じた。「ソ連がそれだけ神経を尖《とが》らせてる証《あかし》かもな。鹵獲電波発信装置が日本にあると白状してるようなもんだ。俺たちの乗る旅客機が墜落させられる前に、もういちど捜査資料に目を通しておくか」

縁起でもない冗談だが、くだんの怪人物について知りすぎて困ることはない。ライターがアタッシュケースからとりだしたファイルをボンドは受けとった。

MI6からCIAへ伝えられた報告書は、ボンド自身がドクター・ノオ本人の口からきいた情報に基づいている。裏付けがおこなわれたのはたしかだが、ボンドにとって耳新しい話ではなかった。その点、マイアミ警察の捜査資料は、別角度から調べただけに読みごたえがある。

ライターがいった。「クラブ島の購入時、不動産の名義はジュリアス・ノオとなってた。ジュリアスはドイツ人の父親の名を継いだんだな。ノオというのはどこから思いついた？」

ボンドは答えた。「あらゆる権力への反発に由来するとか本人がいってた。イエス様の逆をいこうって発想かな」

「党《トン》から金を持ち逃げしたが、殺し屋に捕らえられ拷問を受けた。あくまで吐かなかったせいで両手首を切り落とされたって？　一気に親近感が湧くな」

「あいつも義手をつけてた。ミルウォーキーの大学に入ったときには、蠟細工《ろうざいく》の手に手袋を嵌めてたとか」

「ミルウォーキーに中国人がいればめだつだろ」

「ドクター・ノオは背が高かった。俺より六インチは上でね。心臓が右にあったおかげで生き延びて以降、整形手術を施したときに、背を伸ばす処置を受けたと話してた」

「背が伸びる方法なんて本当にあるのか」

「踵《かかと》の高い靴を履いてるともいってたし、実際の身長がどれぐらいかはわからない。なんにせよドイツの血も混じってるから……」

「そこまでしていればアジア人っぽくはなかったか」ライターは手もとの書類に目を落とした。「大学では薬学部だったんだな。鹵獲電波を操る知識はどこで学んだ？」

「世界じゅうをめぐったとき、ソ連には長期間にわたり滞在してる。そのときだろう」

「クラブ島に落ち着いて、グアノの輸出で儲《もう》ける前に、若くしてよく旅費が尽きなかったな。持ち逃げした金をぜんぶ切手に替えちまうとは大胆な投資だ」

「戦争でインフレになったせいで、もともと高価だった外国切手の値段が高騰した。抜け目ない男だ」

「その段階で鹵獲電波について学習したってことは……。ソ連がのちにクラブ島という立地に目をつけて、ドクター・ノオに装置の設置を持ちかけたんじゃなかったのか」

「ああ。ソ連を訪ねた若き日のノオ氏が、みずから先行投資を求めた可能性がある」

「自分から積極的に売りこんだわけだ。こりゃスメルシュの手先になってたイギリス人やドイツ人どもとはちがうな」

　ボンドはうなずいてみせた。「もっと独立精神旺盛《おうせい》で主体性があって、能動的に悪事を働く手合いだよ。失うものはなにもないから面倒な存在だ」

　ル・シッフルやミスター・ビッグ、ヒューゴ・ドラックス、オーリック・ゴールドフィンガーやスカラマンガに至るまで、KGBの外国人協力者はおもに金で東側につなぎとめられていた。しかしドクター・ノオは、ソ連の資本によりミサイル実験を妨害したものの、権限は常に自身が有していた。国家が取引相手として一目置かざるをえない個人。国際犯罪者としてとてつもない大物に成り上がったといえる。

　ボンドはファイルの表紙を閉じた。「死んでる可能性に賭《か》けたいね」

「まちがいなく殺害したといいきれる状況じゃなかったのか」

クレーンが掬《すく》いあげていた鳥の糞《ふん》を、ドクター・ノオの頭上にぶちまけてやった。奴が埋もれた糞の山は高さ約二十フィートにもおよんだ。だがクレーンの操縦席から目視しただけだ。糞の山の中心にとらえていれば、まず圧死したにちがいないが、奥に寄っていたなら直撃を免れたかもしれない。本来は島にいなかったロシア人どもが駆けつけるより早く、現地民の手下がひきずりだした、そんな状況も否定しきれない。

広間の記者たちがぞろぞろとドアに向かい始めた。搭乗時間が迫っている。ライターが書類をアタッシュケースに戻し、やおら立ちあがった。「こんなのが生き延びてない世界なのを祈るよ。飛行機が羽田の滑走路に無事着陸するまで、たぶんハラハラしどおしだな」

ボンドも席を立った。油断なく周囲に視線を走らせる。こちらに目を向ける怪しい存在はいまのところ見あたらない。とはいえ気は抜けない。日本人は平和の祭典を謳《おう》歌《か》しているだろうが、あの列島は事実上、東側から西側を守る防波堤だ。決壊させるわけにいかない。

10

夜が明け始めていた。羽田空港の税関事務所内にある一室には、長テーブルだけが据えられ、椅子はひとつもない。蛍光灯に照らされたテーブル上には、弁当箱ぐらいの小さな段ボール箱が開梱《かいこん》されていた。

斗蘭は、上司の宮澤のほか公安外事査閲局の面々とともに、立位で長テーブルを囲んだ。父の田中虎雄も斗蘭より早くここに到着していた。

CIA日本支局からは、さっき東京タワーで会ったカーティス・ハリントンと、五十代のコンラッド・エイムズが来ている。ふたりとも諜報《ちようほう》員ではなく分析がおもな仕事だった。ふだんCIA本部は日本支局の職員に危険な仕事をさせたがらない。諜報活動は日本の公安査閲局に委ね、そこから情報を逐一吸いあげる。

CIAも立ち会う状況下では、会話はすべて英語で交わされる。外事諜報課の桂木が神妙な声を響かせた。「チェコスロバキアからの航空便で、板橋《いたばし》郵便局に九月二十六日の指定で届くことになっていました。局留めでそれ以上の宛先《あてさき》はありません。受取人はアルファベット表記でカズマサ・ヤマダです」

段ボール箱の中身はほとんど緩衝材で、X線を通さない鉛のケースがおさまっていた。そのなかから重要なしろものがテーブル上にとりだされている。斗蘭はそれを見下ろした。

光り輝く七つの物体。貴金属のアクセサリーのように美しかった。形状は口紅に似ている。とても銃弾とは信じられない。

手袋を嵌《は》めた指先で一個をつまみとる。サイズは四十五口径専用か。薬莢《やっきょう》は真鍮《しんちゅう》のニッケルメッキだが、目を引かれるのは弾頭だった。金《きん》でできているようだ。それも輝かんばかりの黄いろを帯びていながら、鏡のような反射率を誇っている。十八金にちがいなかった。

しかもその弾頭の先端に、十字に切りこみが入っていて、奥にはいっそうの輝きが潜む。宝石のごとく魅惑の光をおぼろに放つのは、二十四金すなわち純金だった。

科技課の山根がいった。「重くて柔らかい純金の芯《しん》を、十八金で包みこんだ弾頭です。いわゆるダムダム弾と同じく、人体に命中すると貫通しないまま、内部で純金の芯が潰《つぶ》れて平らにひろがり、殺傷力を著しく高める仕組みです」

ＣＩＡのエイムズが苦々しげな顔になった。「純金と十八金の比率が、悪魔的なほど完璧《かんぺき》に計算されてるしろものだ。被弾した者の体内で、弾頭はじつに四倍の直径まで拡張する。通常のダムダム弾の比ではない」

ダムダム弾は、オランダのハーグにおける第一回万国平和会議で、使用を禁止されている。むろん無法者ばかりの殺し屋の世界に通じるものではない。

「しかし」同じく科技課の古賀が一発の弾を手にとった。「こんなに重い弾を発射するなど、通常の四十五口径には不可能でしょう」

ハリントンが応じた。「専用の黄金銃だ。ジャマイカにいた殺し屋、フランシスコ・スカラマンガが持つ、世界にただひとつの特注拳銃《けんじゅう》でな。縄張りでは〝黄金の銃を持つ男〟の異名で恐れられてた」

エイムズがうなずいた。「銃身を長く延ばしたコルト四十五口径リボルバーで、シングルアクションなんだが、拳銃それ自体が真鍮でできている。このため素材からして金いろを帯びていたが、スカラマンガは異名が気にいったのか、さらに金メッキまで施していた。殺し屋なのにわざわざ武器の視認性をあげるとはふざけてる」

古賀が唸《うな》った。「なるほど。真鍮製の薬室や銃身なら、こんな弾丸の発射時でも、火薬の爆発をしっかり封じこめられるでしょうね。すべてのエネルギーが弾頭の撃ちだしに集約される。……とてつもなく重い拳銃でしょうが」

「スカラマンガは難なく使いこなしていた」

宮澤が動揺をしめした。「ドクター・ノオにつづき、今度もまたジャマイカの大物犯罪者ですか？　まさかノオの一味だとか……」

「いや」エイムズが声高に遮った。「スカラマンガはドクター・ノオとつながりがない。同じジャマイカの悪党だったが縄張りは重ならなかった。なによりスカラマンガの死体はジャマイカ警察に回収され、FBIも確認している」

「ああ……。じゃドクター・ノオとスカラマンガのあいだに共通項はないわけですか」

「……ないわけではない。どちらもジェームズ・ボンドによって殺害されたと記録にある。スカラマンガは今年に入り、息絶えた直後に死体が回収された。ドクター・ノオのほうは未発見だ」

斗蘭は胸騒ぎをおぼえた。スカラマンガがボンドに殺されたのは今年か。するとボンドが洗脳から解けたのち、Mにあたえられた決死の任務とは、スカラマンガとの対決だったのか。

この銃弾が七発も郵送されてきた以上、どうしてもききたいことがある。斗蘭はCIAのふたりにたずねた。「スカラマンガの死後、黄金銃はどうなったんですか?」

アメリカ人たちは難しい顔を見合わせた。エイムズが斗蘭に向き直った。「現場となった荒野の渓谷に、スカラマンガが乗っていた汽車が脱線し転落した。だが車中から黄金銃は見つからなかった。逃げ延びたスカラマンガが、ボンドにとどめを刺されるまでの道のりにも、部品ひとつ落ちていないとわかった」

斗蘭はきいた。「誰かが持ち去ったんでしょうか」

「なんともいえん。スカラマンガはいちおうフリーランスの殺し屋だが、ソ連の暗殺依頼を引き受けていたことで知られる。あるいは後見のロシア人が事態を察知し、地元警察より早く現場を捜索したかもしれん。確証はないが」

「死んだスカラマンガに代わり、黄金銃を託された誰かが日本に潜伏し、二十六日に板橋郵便局でこれらの弾を受けとる段取りだったとみるべきでは……」

田中虎雄が低くつぶやいた。「一発で標的を確実に殺害させうる武器だ。暗殺目的と考えるべきだろう」

ふと斗蘭の脳裏に閃《ひらめ》くものがあった。「聖火リレーは二十六日、どの辺りまで来ますか？」

外事の職員らがカバンから書類をとりだし、日程表に指を走らせる。桂木が緊迫の声を発した。「二十四日に川崎《かわさき》から東京都へ。二十五日には品川《しながわ》区、港《みなと》区、渋谷《しぶや》区、新宿区、千代田《ちよだ》区、文京《ぶんきょう》区、台東《たいとう》区。二十六日に墨田《すみだ》区、江東《こうとう》区、足立《あだち》区、北《きた》区。……そして板橋区」

室内の空気が張り詰めていく。斗蘭はさらにきいた。「板橋区内の具体的なルートは？」

「中山道《なかせんどう》、国道十七号線を走る」桂木がこわばった顔をあげた。「板橋郵便局前を通るぞ」

誰もが愕然《がくぜん》としていた。宮澤が頓狂《とんきょう》な声を発した。「聖火ランナーが標的か？　でもリレーに参加するのは地元の高校生や陸上クラブの面々だろう」

外事の職員のひとりがうなずいた。「翌二十七日は最終区間なので、国立競技場まで著名人らが聖火を手に走る予定だ。だが二十六日は一般市民ばかりだな。要人が見物に来ることも予定されていない」

虎雄が硬い顔でいった。「それでも土曜だ。沿道は黒山の人だかりになる。そのなかに標的がいるのかもしれないが、そうでなくとも聖火ランナーを黄金銃で射殺すれば……。軍用機墜落に匹敵する混乱が生じる」

その場かぎりの恐慌では済まないだろう。純金と十八金からなる特殊な弾丸が使用された、警察がそう発表すれば、ニュースは世界へ飛ぶ。各国の諜報《ちょうほう》機関はスカラマンガの黄金銃だと認識し、それぞれの政府に対し、選手団引き揚げを助言するかもしれない。オリンピックの開催は確実に危ぶまれる事態となる。

桂木が焦燥のいろとともに提言した。「聖火リレーのコースを変更し、詳細を当日まで伏せましょう。この郵便物を確保した以上、暗殺者が黄金銃を使用するのは不可能と思われますが……」

古賀が冷めた顔で遮った。「暗殺者が一発も弾を持っていない前提ならな」

むっとした桂木が反論した。「聖火リレーで賑《にぎ》わう当日、沿道の郵便局でわざわざ荷物を受けとるんですよ。弾の追加補充だけならそんな危ない橋は渡りません」

「まて」田中虎雄が段ボール箱に顎《あご》をしゃくった。「梱包《こんぽう》をもとへ戻し、予定どおり発送させよう」

斗蘭は絶句した。一同もぎょっとする反応をしめしている。

桂木が虎雄を見つめた。「現地で暗殺者が受けとりにくるのをまつのですか？　危険すぎます」

ＣＩＡのエイムズも血相を変えていた。「タイガー、馬鹿な真似はよせ。聖火リレーの沿道にどれだけの群衆があふれるか、これまでを見てもあきらかだろう。身動きできないほどの混雑だ。荷物の受取人をその場で拘束するのは容易ではない」

公安外事査閲局の長は譲る姿勢をみせなかった。眉間《みけん》に深い縦皺《たてじわ》を刻み虎雄がいった。「ドクター・ノオとスカラマンガにつながりはないようだが、それでもどちらもソ連の後ろ盾があり、ボンドに倒されている。軍用機墜落につづき、これはボンドをおびき寄せるための罠《わな》ではないのか」

ハリントンが真顔になった。「たしかに鹵《ろ》獲《かく》電波のあと、聖火ランナーの死体から黄金銃の弾が見つかれば、ボンドはじっとしていられないだろう。彼はジャマイカに左遷状態だときいたが……」

エイムズがハリントンを見つめた。「ドクター・ノオとスカラマンガ、どっちもジャマイカでボンドが担当した事件の主犯格だ。ボンドがジャマイカ駐在になっていようとも、Mによって日本への派遣がなされる公算が高くなる。ソ連なら鹵獲電波発信装置が用意できるし、黄金銃を回収していてもおかしくない」

「ソ連がボンドを引き寄せようとしているわけか。距離的に本土からごく近い日本に」

「ああ。洗脳失敗を知り、ふたたび命を狙いだしたんだろう」

斗蘭は宮澤にきいた。「ボンドさんはまだ来ないんでしょうか」

宮澤が首を横に振った。「なんの連絡もない。ライターさんと一緒に行動してるはずだが、出発したとの情報もきこえてこない」

ハリントンが斗蘭に告げてきた。「CIA正規職員なら絶対に報告があるし、公安査閲局にも伝えるきまりだ。だが下請け……ピンカートン社に勤める元職員の渡航については、支局が手助けした場合、本部まで情報が来ないこともある。内部の情報漏洩《ろうえい》が疑われる場合などだ」

エイムズが苦い顔で吐き捨てた。「MI6もとぼけてばかりだ」

山根がおずおずと田中虎雄局長に進言した。「せめて撃てないよう弾を細工するべきでは？」

「駄目だ」タイガーは頑《かたく》なにいった。「暗殺者は受けとった直後、一発の弾を分解して調べるつもりだ。コルトの六連発リボルバーなのに、七発送らせているのはそのためだ。どの弾が調べられるかわからない以上、細工など施せない」

ハリントンが声を荒らげた。「タイガー、ぜひ再考を。この弾を無事に送り届けるなど、ソ連を利する行為です。あまりに無謀ではないですか」

「無謀といえば」虎雄が冷静に応じた。「鹵獲電波がまたいつ軍用機を墜落させるかわかったものではない。しかもこのタイミングで黄金銃だ。黒幕がソ連なら、早期に犯行の全容を炙《あぶ》りだす必要がある。なにもかも不明なまま、オリンピック開会式を迎えるなど、公安外事査閲局の名折れだ」

エイムズが一同を見渡した。「きみらはどうだ。まさか局長に賛成じゃあるまいな」

沈黙が生じるなか、斗蘭は発言した。「わたしは局長と同じ意見です。敵がわが国に入りこんでいるのなら、いつでも大量虐殺は起こりえます。犯人を突き止める機会を逃せません」

ＣＩＡのふたりが困惑をのぞかせた。日本側の職員ひとりずつに目でたずねる。だが日本人はみな、斗蘭の父と同様の頑固さをしめしていた。

じれったそうに頭を掻《か》きむしり、エイムズが怒りをあらわにした。「トップの一存に従順なのが真面目さの証《あかし》と考え、それ以上の思考を自発的に停止するのなら、己を省みたほうがいい。それで先の戦争は敗北したんだからな。その荷物は没収する」

虎雄が静かに反発した。「日本に届いた荷物の違法性を、日本の税関が発見したんだ。アメリカに権限はない」

エイムズは顔面を紅潮させていたが、ほどなくハリントンをうながし、ふたりでドアへ向かいだした。去り際にエイムズは怒鳴った。「われわれはいっさいなにも関知していない。すべてあなたがたの責任だ。それを忘れるな」

ドアが乱暴に叩《たた》きつけられる。室内は静まりかえった。誰もが暗い顔で視線を落とす。虎雄だけは背筋を伸ばしていた。

斗蘭は手袋のなかで純金と十八金からなる弾をもてあそんだ。分の悪すぎる賭《か》けだ。勝ち目はあるのだろうか。

11

九月二十六日、午前十一時十五分。秋晴れの空に雲がたなびいている。気温は二十三度と伝えられていた。

板橋二丁目、片側三車線の中山道こと国道十七号は、交通規制により車両が姿を消していた。都会のビルの谷間に位置する主要幹線道路としては、まずめったに見られない光景でもある。一方で歩道は人垣どころか、身じろぎひとつできないほど高密度の群衆で満たされている。制服警官らによる厳重な警備がなければ、たちまち路上に雪崩れこみかねない混みぐあいだった。

斗蘭も一般市民に紛れる都合上、ロープで規制された混雑のなかに身を置かざるをえなかった。場所取りをした見物客の背後に、なんとか通行できる幅が確保されている。そこをぞろぞろと抜けていく集団の列に加わる。立ちどまらないでください、拡声器が繰りかえしそう呼びかける。

一緒に歩調を合わせる父はスーツだが、斗蘭は見物客を装うため、いかにもよそ行きのワンピースをまとっていた。トランシーバーは携帯していない。通信機器が殺し屋の目に触れないはずがない。

父が歩きながらささやいた。「まずいな。ランナーへの狙撃どころか、乱射しただけでも大混乱になる。だが……」

「ええ」斗蘭はうなずいた。「プロの暗殺者としての矜持《きょうじ》や自尊心から、無差別殺人は控えるでしょう。標的を確実に仕留めようとするはずです」

そうであってほしいという願望をこめたものの見方だ、斗蘭は自分の考えについてそう思った。父も同じ心境にちがいない。資料で読んだスカラマンガのような性格の持ち主であれば、暗殺の美学へのこだわりもあるだろう。しかしソ連の息がかかった殺し屋が、全員そのような芸術志向かどうかはわからない。KGBがどのような命令を下しているかもさだかではなかった。六連発の回転弾倉を埋めるだけの弾数、プラス一発が郵送されたのも気がかりだった。

沿道のあちこちに公安外事査閲局の職員が紛れている。互いに目を合わせたりしない。殺し屋の注意を引くのは、むろんのこと御法度だが、所轄警察にも睨《にら》まれるわけにいかなかった。刑事警察にはいっさい事情を伝えていない極秘の任務だからだ。

歩道沿いに大きな郵便局の建物が見えてきた。板橋郵便局だった。外壁はさほど古びていない。六丁目から局舎が移転してきて、まだ十年経っていない。

父が鋭く指示した。「局内を見張れ。私は裏にまわってみる」

「了解」斗蘭は混雑を抜けだし、ひとり郵便局の出入口へと向かった。

守衛の制服が立っていた。聖火リレーの見物客が、郵便局内の座席で休むことがないよう、来訪者に用件をたしかめている。斗蘭にも準備があった。肩に吊《つ》ったハンドバッグから小包をひっぱりだしてみせる。守衛がうなずき通してくれた。

斗蘭は軽々しく片手で扱ってみせたが、実際には小包はずしりと重かった。中身は九発の弾をこめたオートマチック拳銃《けんじゅう》、S&WのM39だからだ。宛先《あてさき》が記してある小包は、日本国憲法二十一条と郵便法八条により、職務質問では開封できない。所轄警官の目を避けるには最適の偽装だった。

ワンピースの裾《すそ》の下、太股《ふともも》に装着するホルスターを、装備課が斗蘭に何度も提言してくる。馬鹿げていると斗蘭は思った。立ったり座ったりすれば見える。歩くときにも邪魔になる。現場にでない職員はもっと女とつきあうべきだ。

郵便局内のロビーに足を踏みいれた。待合椅子は空席だらけだった。銀行のような内部だが、カウンターの向こうの職員は、そこまで業務に追われているようすでもない。電話がときどき鳴るものの、局員が受話器をあげ、板橋郵便局ですと静かに応対する。外の喧噪《けんそう》とは対照的に、ここにはのんびりした時間が流れている。

職員に用件をたずねられる心配は当面なさそうだった。斗蘭は待合椅子の最後列に腰掛けた。客は高齢者がほとんどで、全員が日本人に見える。周囲を警戒する素振りは見あたらない。

斗蘭は腕時計に目をやった。十一時二十三分。聖火リレーというのは、一日じゅう駆けつづけるわけではない。ふつう朝から日中にかけて走り、予定をこなせば宿泊になる。板橋区の通過も間もなくだった。

カウンターの向こうでドアが開き、若いスーツが入ってきた。いかにも郵便局員のように振る舞っているが、じつは斗蘭の同僚、桂木誠也だった。こちらに視線を投げかけもせず、事務机のひとつにおさまり、書類仕事を始める。目が合わずとも斗蘭の存在は確認済みだろう。

六四年現在、郵便局員は国家公務員だ。公安内事査閲局が協力し、郵政省の人事に工作を施し、桂木を割りこませた。ここの局長以下、全員が桂木の素性を知らない。ただの臨時職員だと考えている。

桂木がカウンター内にいるということは、まだカズマサ・ヤマダなる人物が、くだんの荷物を受けとりに来ていない。聖火リレーの通過まで間もないというのに、本当に現れるだろうか。

また電話が鳴った。事務机のひとつで女性の局員が受話器をあげた。

斗蘭の注意は自然に喚起された。二十代とおぼしき女性はなにも喋《しゃべ》らない。無表情に受話器を耳にあてているだけだ。

やがて女性が無言のまま受話器を戻した。ゆっくりと立ちあがり離席する。向かったオフィスの壁際に、無数の鍵《かぎ》が縦横に下がっていた。そのうちひとつを手にとる。奥のドアへと向かっていく。

気になる行動に斗蘭は腰を浮かせた。桂木に目で呼びかけようとする。しかし桂木は書類に取り組んだまま、いっこうに顔をあげようとしない。女性の不審な動きをまるで意に介さない。

斗蘭は女性から視線を外さず、カウンターへと歩を進めていった。しだいに歩調が速まる。女性がドアの向こうへ消えていくと、斗蘭は駆けだした。靴音に周りが振り向くなか、たちまち斗蘭は全力疾走に転じ、その勢いのままカウンターを跳び越えた。

どよめきが局員らにひろがる。ようやく桂木の顔があがった。だが斗蘭は声ひとつかけず、ただドア前まで猛然と駆け抜けていった。

ドアを開け放った。様相は一転し、雑然とした通路に外気が吹き抜ける。クルマのエンジン音がこだましていた。郵便配達員があわただしく出入りし、通路をさかんに右往左往する。どの部屋にも整理棚やロッカーが並んでいた。郵便局の裏手に、配達用のクルマやバイクが並ぶ駐車場があり、バックオフィス全体がそこに面しているようだ。

斗蘭は通路を足ばやに突き進みつつ、ハンドバッグのなかの小包を破り、M39のグリップに手をかけた。親指を安全装置のレバーに這《は》わせ、いつでも拳銃を抜けるよう身構えておく。

背後でドアの開閉音がした。桂木があわてぎみに追いかけてくる。「なにがあったんだ？」

「局留めの郵便物、どこに保管してあるの？」

「この突き当たりのドアだ。でも鍵がなきゃ入れない」

女性局員が鍵を盗んだことさえ、桂木はまだ気づいていない。斗蘭が苦言を呈そうとしたとき、突き当たりのドアが開いた。問題の女性局員が姿を現した。小脇に抱えているのは、例の小さな段ボール箱だった。純金十八金の銃弾が入っている。

静止した女性局員と、斗蘭はまっすぐ目が合った。なおも女性局員は無表情のままたたずみ、瞬《まばた》きひとつしない。

桂木が驚きの声をあげるより早く、斗蘭はM39を引き抜いた。だが女性局員はいきなり横方向の通路へと駆けこんだ。駐車場へ逃げようとしている。

すかさず斗蘭は追走を開始した。角を折れてくる配達員とぶつかりそうになり、反射的にすばやく避ける。駐車場から配達員らが続々と通路に入ってくる。そのわきをすり抜けるにあたり、また拳銃をハンドバッグに戻さざるをえなくなった。通報される事態は極力避けねばならない。

ぐいぐいと必死に進むうち、やっと通路の出口に達した。そこは荷さばき用のプラットホームで、駐車場のアスファルト面よりも、舞台のように高くなっていた。トラック数台が後ろ向きにプラットホーム前に停車し、荷台に郵便物を詰めこんでいる。駐車場もあわただしかった。赤い郵便バイクや小型トラックがしきりに敷地を出入りする。

そんななかを女性局員の背が逃走していく。まだ胸の前に小包を抱えているようだ。いくつかある門のうち、ひとつへとまっすぐ向かっていく。どの門の外も国道十七号ではなく、一本裏に入った路地に面している。

斗蘭はプラットホームから飛び下り、全力疾走で女性局員を追った。「まって。とまって！」

振り向くのは配達員ばかりだった。女性局員は歩を緩めることもなく、敷地外へ飛びだしていく。路地に消えた直後、急ブレーキの音が甲高く響き渡った。鈍い衝突音がこだました。

はっとして斗蘭は無我夢中で駆けていった。門の外にでるや衝撃的な光景に立ちすくんだ。

郵便局の赤塗りの小型トラックが停まっていた。ボンネットが凹《へこ》んでいる。撥《は》ね飛ばされた女性局員が、路上に仰向《あおむ》けに転がっていた。ふたりの配達員がトラックから降り立ち、動転したようすで女性のようすを見ている。

「やっちまった」配達員のひとりがおろおろと声を発した。「け、警察を……」

「馬鹿」もうひとりが怒鳴った。「救急車だろ。さっさと行くぞ」

ふたりは小型トラックを放置したまま、自分たちの足で路地を駆け戻っていった。郵便局に入れば電話があるというのに、よほど取り乱しているのか、おそらくどこかの公衆電話へと走り去っていく。

斗蘭は女性局員に駆け寄り、傍らにひざまずいた。女性局員は目を閉じていたが、頬に手を這わすと、ぴくっと痙攣《けいれん》するように反応した。まだ息があるとわかる。

抱きかかえていた段ボール箱は近くに落ちていた。斗蘭はため息をついたものの、安堵《あんど》にはほど遠かった。女性局員はこれを誰に渡そうとしたのだろう。前方から路地を駆けてくるのは斗蘭の父だった。背後から桂木が追いついた。

田中虎雄が息を弾ませながらきいた。「どうしたんだ」

「たぶん洗脳です」斗蘭は応じた。「配達車が撥ねました。救急車を呼びに行ったようです」

桂木が段ボール箱を拾いあげた。「荷物は無事か。早く郵便局内に戻したほうが……。この場が暗殺者の目にとまったらまずい」

ふと虎雄の鋭い視線が段ボール箱をとらえた。「それは保管してあった物と同一か？」

斗蘭のなかにじわりと緊張感がこみあげた。桂木の手から段ボール箱をひったくる。重さは前と変わらなかった。伝票も共通している。しかし箱が少しばかり新しいような気がした。

ただちに開梱《かいこん》する。緩衝材に埋もれた鉛のケースをとりだす。開けてみると、なかには文鎮ばかりがおさまっていた。

すり替え用の同じ箱を用意していたにちがいない。斗蘭は文鎮を路上にぶちまけた。

「さっきの配達員が……」

センターベントの制服の下に箱を隠していたのだろう。斗蘭は立ちあがった。郵便局からでてきた別の配達員らに、桂木が救急車を呼ぶよう頼む。斗蘭はひとり路地を駆けだした。また右手をハンドバッグにいれ、M39のグリップをつかむ。

路地は行く手で中山道方面へ折れていた。両端は民家の生け垣やブロック塀だった。

その先には表通りの賑《にぎ》わいがあった。歩道に群衆の背が連なるのが見える。聖火リレーを待ち望む見物客たちのなかに、斗蘭はふたたび飛びこんだ。

父の虎雄もすぐに合流した。ほどなく桂木も駆けてきた。三人で途方に暮れながら人混みを見まわす。制服警官の声が飛んだ。立ちどまらないでください。

散開するしかない。手分けして捜すべく斗蘭たちは動きだした。脈拍が急激に加速する。斗蘭はあちこちに目を配りつつ先を急いだ。グリップを握る手に汗が滲《にじ》む。純金十八金の銃弾が奪われた。いつ黄金銃が火を噴くかわからない。

12

田中虎雄は見物客の群衆を搔《か》き分け、なんとか道路沿いの最前列まで達した。周りが多少なりとも身を引き、進路を空けてくれるのは、死にものぐるいの態度を見てとられたからだろう。人目につくのは好ましくなかったが、いまだけはやむをえない。

聖火リレーが近くまで来ているらしく、警備の制服警官らが整列しだした。観衆がおおいに沸いている。もう国道十七号には入ったようだ。全員が片側三車線の彼方《かなた》に視線を向けている。

もう一刻の猶予もならない。かといってひとりずつ容姿を確認する以外に方法はなかった。だが誰を捜せばいいのだろう。箱を持ち去った配達員ふたりの顔を見たのは斗蘭だけだ。田中虎雄にとっては見知らぬ男たちのうえ、もし制服から着替えていれば目にもとまらない。黄金銃が殺し屋の手に渡ったと考え、金いろの武器が突きだされた瞬間を押さえるしかないのか。しかし沿道のどこに潜んでいるかわからない。発見できたとしても遅すぎる。

焦燥が募るなか、ふと田中の耳に、軽く弾《はじ》ける火薬の音が届いた。喧噪《けんそう》のなかできくと、まるで徒競走のスタート合図のようだ。周囲の群衆も一瞬だけ声のトーンを低くしたが、すぐにまた談笑のざわめきが戻った。

一般市民にはせいぜい爆竹か癇癪玉《かんしゃくだま》、あるいはパンクの音にきこえたのだろう。田中にとってはちがった。銃声とは概して軽いものだ。距離を置けばよけいにそう思える。しかし人を殺傷しうる弾丸の発射音も、ほぼ同一なのを忘れてはならない。

田中は急ぎ混雑に身をねじこませ、強引に群衆のなかを突き進んだ。発砲は沿道ではない。裏路地からこだました。銃撃を誰かが目撃したのなら、すでに騒動が起きている。混乱が見受けられない以上、人目には触れない場所で撃ったと推察できる。

ようやく人混みを抜けだした。歩道から路地へと駆けこんでいく。表通りに向かう人々がちらほらいるほかは、路地は閑散としていた。警察官も見当たらない。田中は油断なく路地を駆けていった。周りに誰もいなくなった時点で拳銃《けんじゅう》を抜いた。

この歳にあって聴覚が正しく機能しているのを祈るしかない。銃声がきこえたのはたしかにこちらの方角だった。しだいに歩を緩め、慎重に前進していく。息切れがしていた。年齢を呪うしかない。若いころならこんな切羽詰まった事態には、そもそもなりえていなかった。

ほどなく民家の生け垣に、不自然に植栽を割ったような痕跡《こんせき》が見てとれた。コソ泥が強引に生け垣を突破すると、こういうありさまになる。田中は拳銃をそちらに向け、一歩ずつ近づいていった。

なかから男の呻《うめ》き声がきこえる。ひとりではなくふたりのようだ。田中は生け垣の割れ目に踏みこんだ。

住宅の外壁に背をもたせかけ、郵便局員の制服ふたりが尻餅《しりもち》をつき、すっかりへたりこんでいた。田中の銃口をまのあたりにするや、どちらも恐れおののいた態度をしめし、両手をさかんに振った。言葉にならない狼狽《ろうばい》の声を発し、撃たないでくれとうったえている。

ふたりの頭のあいだ、外壁に弾痕《だんこん》があった。強力な弾が撃ちこまれたとわかる。ライフルのように大穴が開いていた。まだうっすら煙が立ちのぼっている。発射された直後らしい。

田中はすぐさま足もとを見下ろした。小さな段ボール箱が開梱されていた。鉛のケースも開けられている。なかに弾は一発も残っていないが、近くに使用済みの薬莢《やっきょう》が一個落ちていた。地面には郵便局員の制服ふたり以外の足跡がある。日本では市販されていない軍用ブーツ、サイズもかなり大きい。

この住宅は留守中もしくは空き家らしい。住民が銃声をききつけ騒いでいるようすはない。田中はふたりに詰問した。「女を轢《ひ》いて荷物をすり替えたな」「か、勘弁してくれよ」ひとりが泡を食った表情で弁明した。「轢くつもりなんてなかった。荷物を交換して、ここへ持ってくるよう頼まれただけだ」

田中はなおもふたりに銃を向けつづけた。「誰に依頼された?」

もうひとりが戦々恐々と応じた。「外人だよ。配達を終えて戻ろうとしたら、急に飛びだしてきて、金を握らせて……。こんな目に遭うならやめときゃよかった」

言いぐさからすると、このふたりは本物の郵便局員のようだ。外国人の殺し屋は、弾を分解し真贋《しんがん》をたしかめるような手間をかけなかった。銃声が轟《とどろ》くのも恐れず、ここで一発を撃った。

　黄金銃はオートマチックでなくリボルバーのため、薬莢は自動排出されない。使用済み薬莢が一個落ちているからには、撃ったぶんの一発をここに捨て、未使用の弾に入れ替えたとわかる。いま殺し屋の黄金銃は六発がフルに装塡《そうてん》されている。

　田中は問いただした。「外国人の特徴は？」

「あの……。金ピカですごく長いピストルを持ってやがって……」

「そんなことはわかっとる。人相と服装は？」

「髪が女みてえに長くて、茶いろに染めてて……いや、地毛かもしんねえけど。青白い顔で鼻はやたら高くて、危ねえ目をしてた。歯並びは悪かったよな」

　もうひとりがつづけた。「あんたより背丈があって、銀いろの袖《そで》のジャンパーに、なんていうんだろ、外人がよく穿《は》く青いズボン……」

　田中はきいた。「ブルージーンズか」

「そう、それ。裾《すそ》を長靴に押しこんでやがってよ」

「よくわかった」田中は身を翻した。「ふたりとも郵便局へ戻ってろ。この辺りに長居するな」

　生け垣から路地に戻ると、通行人の往来があった。田中はとっさに拳銃をスーツの下のホルスターにおさめた。ふたたび国道十七号へと駆けていく。

群衆は最高潮に沸いていた。路上を先導の白バイがゆっくりと近づいてくる。そのあとにパトカーや大会運営の車両がつづく。聖火ランナーはその後ろにちがいない。田中は人混みのなかを無理やり突き進んだ。こんなときにかぎって職員の姿がいっさい見あたらない。だが田中の目は部下を探してはいなかった。発見すべきは外国人だ。さっき裏路地で試し撃ちをしてから、そう時間は経過していない。そんなに遠くには行けないはずだ。

暗殺者がどこで狙撃するのが最も効果的か、その立場になったつもりで想像しつつ、位置を絞りこんでいく。国道十七号の片側三車線は、ほぼ直線道路だが、警備状況にはばらつきがある。郵便局前から埼玉方面へ少し下った辺りが最も手薄だった。

伸びあがって群衆の後ろ姿をたしかめる。いた。褐色の長髪が背丈のぶんだけ突きだしている。沿道の最前列ではない、二列目か三列目だ。狙撃の瞬間には、前方の人々の隙間に身を乗りだすつもりだろう。

田中は人混みのなかに力ずくで捻《ね》じ入った。苦言を呈されようとも、いちいちかまっている場合ではない。梃子《てこ》でも動かしえないほどの人の密集地帯を、ほとんど体当たりも同然に、無理やり切り拓《ひら》いていく。

その強引さのせいで、田中の周辺は小さな騒動になりかけていたが、褐色の長髪が振り向く気配はなかった。外国人がジャンパーのなかに右手を滑りこませた。武器を抜こうとしている。

人々が歓声とともに小さな国旗を振りだした。路上に聖火ランナーが現れた。右手に火のついた松明《たいまつ》を掲げ、観衆に手を振りかえし走ってくる。ペースはさほど速くない。暗殺者の前に達するまで、あと数秒の余裕がある。

ついに田中は外国人の斜め後方に達した。男の目は聖火ランナーに釘付《くぎづ》けになっている。右手がジャンパーの下のホルスターから拳銃を抜いた。動作がやけにゆっくりとしているのは、異常に長い銃身のせいだろう。銃身だけで三十センチ弱はある。田中は鳥肌が立つのをおぼえた。金いろに輝くリボルバー。黄金銃だった。

即座に田中は両手で黄金銃をつかんだ。銃ごと暗殺者の手を押し下げる。ほぼぴったりと身体を寄り添わせた。

暗殺者がこちらに顔を向けた。互いの鼻息が吹きかかるぐらい至近で睨《にら》みあう。男の顔は郵便局員が語ったとおりだったが、緑いろの目で無精髭《ぶしょうひげ》を生やし、顎《あご》に傷痕《きずあと》があった。むしろそれらの特徴のほうが田中の記憶に一致した。

田中は力のせめぎあいに、負けじと歯を食いしばりながらも、暗殺者の正体に息を呑《の》んでいた。

ブシェチスラフ・ベンディーク。顔写真いりの手配書を見たおぼえがある。年齢は三十七歳、チェコスロバキアの殺し屋だ。日本にも過去に二度入国している。五年前のBOACスチュワーデス殺人事件の真犯人は、報道関係が騒ぎ立てるカトリック神父ではなく、この男と目されていた。

ベンディークは目を剝《む》き、並びの悪い前歯をのぞかせ、黄金銃を持ちあげようと全力で抗《あらが》ってきた。ふたりは向かい合わせにほぼ密着状態だったが、周りは聖火ランナーに気をとられている。あるいは男どうしの小競り合いには誰も興味をしめさない。群衆は気づいていない、これが世界を震撼《しんかん》させる事態に発展しうることを。

銃口は常に真下に向けさせておかねばならない。田中は弾倉を横からつかんでいた。ベンディークの親指は撃鉄を起こそうとしているが、シングルアクションである以上、弾倉が動かなければ撃鉄は引けない。ダブルアクションのように撃鉄とトリガーの両方を警戒する必要はなかった。田中はベンディークの親指の上に右手を覆いかぶせ、撃鉄が起こされるのを完全に防いだ。

若いころの田中なら腕力勝負で負けるはずがなかった。だが現在、さして筋肉質でもなさそうなベンディークの手は、徐々に上昇してきている。さすがに六十二と三十七の差は埋められない。ベンディークの緑いろの目が勝利を確信しだした。黄金銃はもう胸の高さまで上がっていた。あと少しで手を振りほどかれる。

ところがそのとき、別の手が伸びてきて、ベンディークの黄金銃をつかんだ。宮澤がすぐわきに来ていた。満身の力をこめ田中に手を貸してくる。ふたりがかりで黄金銃を押し下げる。ベンディークのまなざしに焦りが生じた。

おそらく聖火ランナーが横切ったのだろう、周りがいっせいに両手を上げ、絶叫に近い歓声を響かせた。ベンディークはその瞬間、宮澤の下腹部に膝《ひざ》蹴りを浴びせた。よろめいた宮澤だったが、混みあっているせいで、この場にうずくまることもできずにいる。ベンディークの目が路上に向いた。田中もその視線を追った。だが聖火ランナーはもう通過していた。

ベンディークは憤怒をあらわにした。後方の人々を突き飛ばし、力ずくで進路を拓《ひら》くと、無理やり逃走しだした。一帯がどよめくと同時に、混雑が少しばかり緩和された。

それにより宮澤はひざまずいた。田中は姿勢を低くし宮澤に問いかけた。「だいじょうぶか」

宮澤が苦悶《くもん》の表情でいった。「行ってください、早く」

田中は即座にベンディークを追走し始めた。さっきよりは人の隙間を縫う速度もあがっている。聖火ランナーが通過し、群衆の密度が低下しつつあるからだ。だがその条件はベンディークにとっても同じだった。褐色の長髪の後ろ姿が、さっきとは別の路地に駆けこんでいくのが見えた。

ただちに田中も路地へと飛びこんだ。沿道から散開しだした人々が歩くなかを、ベンディークの背が逃走していく。さらに狭い脇道に入っていった。田中は猛然と追いあげた。

小路にはほかにひとけもなかった。田中は拳銃《けんじゅう》を抜き、英語で怒鳴った。「とまれ、ベンディーク！」

十字路に差しかかったベンディークは角を折れようとしている。だが田中を一瞥《いちべつ》するや立ちどまり、黄金銃を向けてきた。ひやりとした寒気が田中を包んだ。敵の銃口が正円を描いている。

ところが脇道から人影が跳躍し、長く伸びる脚で飛び蹴《げ》りを食らわせた。斗蘭が黒髪をなびかせながら着地したとき、ベンディークはもんどりうって地面に倒れた。

なおもベンディークは黄金銃を投げださなかった。四つん這《ば》いでふたたび逃走しだすと、加速しながら上半身を起こし、さらに小路を駆け抜けていった。

田中は娘と顔を見合わせた。斗蘭は別の脇道へと走っていった。田中はベンディークの逃げた方向へと駆けこんだ。小路の行く手はほぼわかっている。板橋郵便局周辺の地理は頭に叩《たた》きこんであった。ベンディークがまた角を折れた場合、斗蘭が向かったほうの小路と合流する。

全力疾走しているものの、記憶にあるかつての速さには到底およばなかった。毎朝のマラソンで自覚しているつもりが、老いた肉体は予想以上に鈍重だった。けっして筋肉が悲鳴をあげたり、関節がきしんだりするほどではないが、呼吸は浅く荒くなっていく。

それでも歩は緩められない。ベンディークは英国海外航空の日本人女性スチュワーデスを殺したとされる。被害者は首を絞められたうえ、善福寺川《ぜんぷくじ》に投げ捨てられ、二十七歳で絶命した。彼女の同僚が、金や麻薬の密輸に関わっていた事実は、公安外事査閲局も把握している。死亡した女性は犯行を目撃してしまい、消された可能性が高い。ベンディークが密輸グループから依頼を受けた殺し屋だったとすれば、当時はまだ日本での暗殺において、銃の使用をためらったのだろう。

だがいまは黄金銃が奴の手にある。群衆のなかにあっても、なりふりかまわぬ凶暴な犯行に踏みきろうとした。黄金銃は理性のタガを外す魔力を秘めているようだ。

ベンディークの後ろ姿はもう見えなくなっていた。田中は小路を抜け、広めの路地にでた。ひとけはない。ひっそりとした住宅街のなか、錆《さ》びたトタン板に囲まれた工場棟がある。走る靴音がきこえた。田中は出入口へ急いだ。

土曜の正午近く、建物は施錠されていないものの無人状態だった。昼休みに入っているからか。車両も出払っているようだ。田中は内部へ歩を進めた。

天窓から陽射しが照らす。建築資材が置かれているほかはがらんとしている。しかし柱のひとつに人影が潜むのを見てとった。ベンディークが身を乗りだしたとき、田中は横っ跳びに物陰に隠れた。

甲高い奇声とともにベンディークが発砲してきた。静寂のなか銃声がライフルのような重低音をともなう。田中が隠れたのは材木の陰だった。実際にライフルに撃たれたとすれば、遮蔽《しゃへい》物になりうるか怪しい。だが純金十八金の弾はその性質上、材木にめりこむばかりで貫通してこなかった。

三発で敵の銃声が途絶えた。むやみに撃ちつづけたのでは弾がなくなる、そう思ったのだろう。田中は顔をのぞかせ、M39でベンディークを銃撃した。二発つづけざまに撃ったが、柱に跳弾の火花を散らせるに終わった。ベンディークは田中が姿を現わす瞬間をまっていたらしく、すばやく柱から転がりでるや、片膝《かたひざ》立ちで狙い澄ましてきた。

ところが斗蘭の声が響いた。「ベンディーク!」

はっとしたベンディークが振りかえる。だが斗蘭は斜め上方、吹き抜けの内壁を走る空中通路にいた。斗蘭は手すりから身を乗りだし、俯角《ふかく》に拳銃を構えている。ベンディークの黄金銃が仰角に向くより早く、銃声が三回連続で轟《とどろ》いた。ベンディークは頭と胸部から血飛沫《ちしぶき》をあげ、仰向《あおむ》けにばったりと倒れた。

静寂が戻った。ふいに途絶えた銃撃音の反響が内耳に尾を引く。田中は立ちあがった。自分の乱れた息遣いをききながら、ベンディークのもとへ歩み寄る。

斗蘭が階段を駆け下りてきた。ふたりで死体の近くに立つ。一発は額を撃ち抜き、骨片と脳髄をぶちまけていた。ベンディークはとろんとした目を開けたまま絶命している。右手から投げだされた黄金銃が床に転がっている。

田中は黄金銃を拾いあげた。真鍮《しんちゆう》製だが金塊のように重かった。長い銃身は十インチ。ベンディークの動作が鈍りがちだったのは、黄金銃の取りまわしに難儀したからだろう。このていどの殺し屋に使いこなせるしろものではなかった。

斗蘭が死体のわきにしゃがみ、ポケットを次々とまさぐった。殺し屋の常として、身分証明書や財布の類《たぐ》いは、いっさい所持していないようだ。

しかしブルージーンズの尻《しり》ポケットから、一枚の写真がとりだされた。斗蘭が妙なまなざしでそれを見つめたのち、田中に手渡してきた。

殺し屋が所持する写真はふつう標的と考えられる。受けとった写真に田中は言葉を失った。著名人の写真だ。黒人の細面が写っている。

アベベ。前回ローマで開催されたオリンピックのマラソンで、金メダルを獲った人物。エチオピアが世界に誇る陸上競技選手だった。今回の東京オリンピックにも出場が予定されている。

写真の裏を見た。英語の筆記体で走り書きがしてある。〝エリトリアのために〟とあった。

13

国立代々木競技場に隣接し、代々木オリンピック選手村がひろがる。どちらも終戦後、アメリカの占領軍が設けた兵舎や家族用住居が占める一帯、いわゆるワシントンハイツだった。三年前に返還され、競技場と選手村が建築された。

広大な敷地内には、団地のような四階建ての集合住宅のほか、各国向けの運動場が用意されている。選手村が開村したのは、あの忌まわしい今月十五日、斗蘭が大宮駐屯地でヘリの墜落を目撃した日だった。墜落現場から三十一キロ離れた選手村では、ずっと平和な時間が流れている。世界各国の選手団が入村し、日々トレーニングに明け暮れている。

朝十時すぎ、午前の空は曇りがちだった。エチオピア選手団の専用運動場では、黒人陸上選手らの練習がつづいている。斗蘭は宮澤とともに立ち入りの許可を得ていた。駐日エチオピア帝国大使館のケベデ外交官は、歩調を合わせながらも迷惑顔だった。アムハラ語訛《なま》りの英語でケベデがいった。「知ってると思うが、アベはわが国の英雄だ。マラソン当日までまだ日数があるとはいえ、精神状態に不安をもたらすようなことは……」

斗蘭は歩きつづけた。「わかっています。けっしてご本人のコンディションを乱すようなことはいたしません。しかし申しあげたように、これは東京オリンピックのみならず、世界の行く末を左右する問題ですので」

ケベデがいっそう渋い表情になった。「わが国は先の世界大戦で連合国側だった。日本が降伏したサンフランシスコ講和条約の調印国のひとつでもある。そこを忘れてもらっては困る」

平和を乱した枢軸国のひとつ、敗戦国日本の主張をきくかどうかは、エチオピア側がきめる。ケベデはそういいたげだった。斗蘭は足をとめると神妙に頭をさげた。

「事態はすべて説明させていただいたとおりです。軍用機の墜落多発につづき、聖火リレーでも惨劇が起きるところでした。わたしたちはオリンピック開催国として、安全を維持する義務があります。どうかご協力を」

ケベデはまだ眉間《みけん》に皺《しわ》を寄せていた。「暗殺者がアベベの写真を持っていた？　なぜだね。彼は聖火リレーに参加する予定などなかった。見学にすら赴いていないんだぞ」

宮澤が恐縮ぎみにいった。「理由はまだ不明です……。しかしベンディークという殺し屋が次に狙うのは、アベベさんだった可能性が高いのです。どうか彼に警告だけでも……」

「警告か」ケベデが宮澤を見かえした。「なら私から伝えておけばいいことだな」

それだけでは困る。斗蘭は首を横に振った。「いくつか質問したいことがあるんです。微妙な問題ですから、ぜひ内密にご本人と」

ケベデは嫌そうな顔になったが、ほどなくため息をつき、選手団の練習になにやら呼びかけた。マネージャーらしき男性が駆け寄ってくる。ケベデはアムハラ語でまくしたてた。

宮澤が顔をしかめ、日本語で斗蘭にささやいた。「戦勝国からは当たり散らされてばかりだな」

無理もないと斗蘭は思った。戦後十九年、年配者には戦時中のできごとが、まだついこのあいだのことに思えるのだろう。ときおり日本の政治家が対外的に失言するが控えてほしかった。現場で働く諜報員《ちようほう》にこそ皺寄《しわよ》せがくる。ひどい場合には命まで狙われる。

やがてケベデが振りかえった。「彼についていくといい。選手団のマネージャーだ。ただしアベベと話すのは五分以内だぞ」

宮澤がおじぎをした。「ありがとうございます。あのう、選手村の屋内施設のほうも、ざっと見させていただくわけには……」

「ああ。十分ていどならな。選手のロッカーまでは開けるなよ。いっておくがなにもないぞ」

斗蘭はていねいに礼を述べた。「深く感謝申しあげます」

ケベデがさも不愉快そうに立ち去っていく。マネージャーが無愛想に顎《あご》をしゃくった。斗蘭と宮澤はマネージャーにつづき歩きだした。陸上選手がウォーミングアップするなかを横切っていく。

代々木競技場寄りのベンチで、ひとりの選手がタオルで頭を拭《ふ》いている。真っ黒な肉体は、精巧に削りだされた彫刻のようだった。立ちあがる動作だけでも、しなやかさと強靱《きょうじん》さを併せ持つ筋繊維が、ひとつずつ脈打っている。

マネージャーが声をかけた。タオルの下から現れたのは、世界に知られるアベベ・ビキラの顔だった。三十二歳という実年齢よりもずっと若々しい。

アムハラ語でマネージャーとアベベが会話した。やがてアベベがうなずいた。マネージャーが去り際に英語で、五分だと告げていった。

アベベが先に手を差し伸べてきた。「どうも。日本の諜報員だって?」

驚くには値しない。アベベはマラソンランナーである以前に、祖国エチオピアで皇帝の親衛隊を務めている。きょうの面会も、公安外事査閲局からまず真っ先に、エチオピアの諜報機関に申しいれて実現した。大使館のケベデはここでの仲介役にすぎない。

宮澤につづき斗蘭もアベベと握手した。斗蘭は思わず微笑した。「光栄です」

「こちらこそ」アベベの英語はケベデより流暢《りゅうちょう》だった。「それで、日本は私のなにを心配してる?　悪いが靴なら山ほど持ってるよ」

ローマオリンピックで彗星《すいせい》のごとく現れたアベベは、裸足《はだし》で金メダルを獲得したことで有名になった。それだけ貧しいのかと誤解がひろがり、オニツカタイガーの社長がアベベの足に合わせた靴を送ったりもした。だが実際には、ローマで靴が壊れたうえ、ほかに合う物が見つからなかっただけだった。いまもアベベが履いているのはアディダスで、ベンチの下にはプーマも置いてある。

時間は無駄にできない。斗蘭はいった。「じつは先日の聖火リレーで……」

「ああ、もうきいた」アベベが軽い口調で応じた。「殺し屋が私の命を狙ってたふしがあるんだろ？　そいつを射殺したのはきみか？」

正解だった。アベベは神経質な態度をいっさいのぞかせていない。命のとりあいを当たり前のことと受けとめている。さすが皇帝の親衛隊だった。

斗蘭は写真をとりだした。「これが暗殺者ベンディークのポケットにありました」

アベベが写真を手にとった。「エチオピア国内でも、露天商がそこいらじゅうで売ってる写真だ。報道カメラマンがネガを横流しして、あちこちで焼き増しされてるらしくてね。そんなにめずらしいもんでもない」

「裏にメッセージが書かれてます」

「あん？　これか。〝エリトリアのために〟」アベベが鼻を鳴らした。「わが国とエリトリアの経緯は知ってるだろ？」

「一昨年《おととし》エチオピアはエリトリアを州として合併したんですよね」

「もともとエチオピア帝国の海岸部を、イタリアが植民地にして、無理やり分離させただけだ」アベベが写真を返してきた。「戦後はエチオピア・エリトリア連邦だったし、またひとつに戻っただけだよ」

「併合に反対していた勢力をご存じですか」

「ソマリ族の反対勢力がいるのは知ってる」

「なぜあなたを狙うんでしょうか」

「さあ。皇帝に近しい存在で英雄視されてるからじゃないか」

さらりと自己評価を口にした。不遜《ふそん》な態度とはちがう。それが自分のあるべき姿だろうと、さも常識のごとくとらえているようだ。

宮澤がアベベにきいた。「あなたは親衛隊で軍曹だそうですが、反対勢力と直接争った経験などは……」

アベベがむっとした。「一兵卒から昇進できた理由は走ったからだ。ローマオリンピックの功績で皇帝陛下から勲章を賜り、兵長に任じられた。軍曹になったのもそうだ。ずっとトレーニングで忙しくて、軍事作戦には関わっていない」

「し」宮澤が緊張に身を固くした。「失礼しました……。私どもとしましては、あなたを狙う者を少しでも絞りこめればと……」

マネージャーがこちらを見ている。もう時間だと険しい目つきがうったえてくる。斗蘭はアベベに依頼した。「もしあなたの敵対者で危険人物に思い当たったら、お知らせ願えますでしょうか」

「私が警戒するのはライバルの選手たちだけだよ。円谷幸吉《つぶらやこうきち》もなかなか調子をあげてきてる。油断ならないね」

ほかの陸上選手らがベンチへ戻ってきた。アベベは彼らを迎え、そのままアムハラ語で談笑しだした。斗蘭は宮澤とともにしばらくまったが、それっきりアベベは振りかえろうともしなかった。そのうちマネージャーが一行に合流し、なにやら喋《しゃべ》りながら、ともに遠ざかっていった。

空虚な気分で斗蘭は見送った。「危機感はなさそう」

宮澤がさかんに顎を撫《な》でまわした。「あまり本気にもしてないみたいだ。東アフリカで有名人をしていれば、脅迫の類《たぐ》いも日常茶飯事なのかな」

「ありえますね。面識や個人的な恨みがなくとも、エチオピアの象徴的存在を暗殺対象にするテロでしょうか」

「だとしたら主犯を炙《あぶ》りだすのは骨だ」宮澤が斗蘭を見つめてきた。「施設内を調べてみるか」

「そうですね……。手分けしてあたりましょう」

　爆発物が仕掛けられているかもしれない。劇薬が撒《ま》かれる恐れもある。不審人物の出入りを目にとめられたら御の字だが、おそらくそこまで好都合なことは起きないだろう。かといって放置はできない。

　斗蘭と宮澤は建物に入った。午前の練習中で屋内はほぼ無人だった。別館の食堂〝富士《ふじ》〟へつづく通路は清掃が進められている。イスラム教徒向け料理は二階です、との但し書きが、各国の言語で併記されていた。

　一階の開放されたドアのなかに医療室が見える。白衣の医師がいて、黒人選手が脚のようすを診てもらっている。そこからさらに長い通路を抜けると、広間に卓球台やビリヤード台が置かれていた。レクリエーション施設らしい。イスラム教とキリスト教の礼拝堂は、それぞれ離れた場所に設けられている。

　トレーニング施設に入った。ジムの設備が余すところなく持ちこまれている。ほんのりと漂う汗のにおいは、剣道場や柔道場に似ていた。宮澤がそれぞれの器具の下を調べ始めた。奥にドアのない出入口があり、隣に通じている。斗蘭はそちらへ向かった。

そこはロッカールームだった。ロッカーを開けて調べる許可は得ていない。施錠されてもいるだろう。どのみちマスターキーがなければ開けられない。

途方に暮れながらうろつきまわっていると、隣から宮澤の叫び声がした。「うわっ!?」

斗蘭は出入口を振りかえった。トレーニング施設内で宮澤が巨漢に首をつかまれている。宮澤は抵抗をしめしたが、すぐさま物陰に引きこまれ、巨漢ごと姿が見えなくなった。

ジャケットの下のホルスターから拳銃《けんじゅう》を抜き、斗蘭はそちらへ駆けだそうとした。ところが巨木の枝のように太い二の腕が、横から斗蘭の眼前に突きだされた。斗蘭は顔をまともにぶつけ、のけぞりながら宙に浮き、背中から床に落下した。拳銃が遠くに飛んだ。瞬時に顎《あご》を引き、柔道の受け身をとったものの、背骨に走る痛みは免れなかった。容易に立ちあがれない。斗蘭は仰向《あおむ》けのまま呻《うめ》いた。

見下ろすのは清掃員のつなぎを着た白人だった。身の丈は二メートルを超えている。突きだした顎に髭《ひげ》はなく、眉毛《まゆげ》まで剃《そ》った不気味な両目が、射るように鋭い視線を向けてくる。

斗蘭は倒れたまま蹴《け》りを浴びせようとしたが、男は難なくその脚をつかんだ。後頭部と背中が宙に浮くのを斗蘭は感じた。男は斗蘭の片脚をつかんだまま軽々と振り、人形のように水平方向へ放りだした。斗蘭はロッカーにぶつかり、床に全身を叩《たた》きつけられた。

激痛が麻痺《まひ》をもたらし、しかも脳にまで達しつつある。意識が朦朧《もうろう》としてきた。ぼやけだした視野のなかで、白人の巨体がのしのしと迫ってくる。斗蘭は起きあがろうと躍起になった。かろうじてロッカーにもたれかかったが、脚まではまだ立てずにいた。ロッカーが大きく凹《へこ》んでいるのを背に感じた。

男は斗蘭の両襟をつかみあげると、わめきながら引き立たせ、膝蹴りを繰りかえし食らわせてきた。数発で胃液が逆流し、口のなかには酸味ばかりか、前にもおぼえのある血の味がひろがった。斗蘭は両手をこぶしに固め、男に殴りかかったが、まるで力が入らない。グローブのように巨大な右手が、斗蘭の喉《のど》もとを鷲《わし》づかみにし、天井近くまで高々と掲げた。首吊《くびつ》りも同然に斗蘭はぶら下がった。息ができない。両腕に抵抗のための力すら入らなくなり、ただ身体の両脇に垂れ下がるだけになった。

無防備になった斗蘭を、男は背負い投げにした。意思に反し宙返りした斗蘭は、またも背を硬い床に叩きつけた。斗蘭は咳《せ》きこんだ。あらゆる神経が痺《しび》れ、身じろぎひとつできなくなった。

男の巨体が斗蘭に馬乗りになり、両手で首を絞めてきた。ほぼ全体重を載せた容赦のない圧迫だった。気管が潰《つぶ》れる。斗蘭は呻くことしかできなかった。男の醜悪な顔が波打って見える。涙が滲《にじ》みだしていた。意識をつなぎとめるのも限界だった。いま気を失うのは絶命と同義だ。わかってはいてもどうすることもできない。恐怖が全身を包みこんだ。

ふいに骨を硬い物で殴打する音が響き渡った。斗蘭はびくっとしたが、打撃を受けたのが自分でないと気づいた。

男が鼻血を噴きながら目を剝《む》いた。猛然と起きあがった巨体が背後を振りかえる。斗蘭は衝撃を受けた。引き締まった長身をスーツに包んだ男が悠然と立っている。涼しい青い目に高い鼻、いつも皮肉な微笑を浮かべる口もと、荒く削ったような頰や顎。緊急時に飛びこんできても、七三に分けた髪の身だしなみに、乱れはいっさい見受けられない。

ジェームズ・ボンドは男と向き合っていた。一八三センチのボンドが仰ぎ見るほどの巨体が、咆哮《ほうこう》に似た叫びとともに挑みかかる。

ところがボンドはまるで動じず、その場で身を翻し、横方向に回転した。右手には砲丸投げの鉄球を握っていた。敵はそれを目にとめたようだが、もう前進はとめられなかった。ボンドの右腕はアンダースローに近い動作で、鉄球を下方から斜め上方へと、力いっぱいにぶん投げた。砲弾の射出さながらの勢いに思えた。瞬時に鉄球は男の顔面を直撃した。鼻がつぶれ、鉄球がめりこんだ顔で天井を仰ぎ、男は騒々しく倒れた。それっきりぴくりともしなくなった。

斗蘭が唖然《あぜん》としていると、ボンドがゆっくり歩み寄ってきて、手を差し伸べた。ようやく腕力が多少なりとも戻ってきた。斗蘭はボンドの手をつかんだ。身体が引き起こされたが、まだ自力では立てなかった。ボンドが抱き留めてくれた。安堵《あんど》に泣きそうになるのを堪《こら》えた。斗蘭はため息とともに、心のなかでささやきを漏らした。助かった。

頭上からボンドの声がきこえた。「いい香りがする。シャンプー変えた?」

はっと息を呑《の》み、ボンドに抱かれているのを自覚する。あわてて斗蘭は距離を置いた。ふらつく斗蘭をボンドが悪戯《いたずら》っぽく眺める。意地の悪さは前と変わっていない。なんとなく脅威が去った気がしなかった。隣のトレーニング施設。斗蘭はあわてて振り向いた。

宮澤がだらしなく床にへたりこんでいる。ネクタイの結び目を緩め、苦しげにぜいぜいと呼吸していた。斗蘭と同じく首を絞められたらしい。そのわきで突っ伏しているのは、やはり清掃員のつなぎ姿だった。宮澤を襲った欧米人らしき男は、頭から血を流しながら俯《うつぶ》せに倒れていた。

立っているのはテキサス出身の四十八歳、肩幅の広さにスーツが似合う、褐色の短髪だった。右手は鉤爪《かぎづめ》の義手だが、左手には野球のバットを握っている。バットには血がべっとりと付着していた。

フェリックス・ライターがボンドにきいた。「どうする？　ここのマネージャーなり警備員なりを呼ぶか？」

「ずらかったほうがよさそうだ」ボンドが低く落ち着いた声を響かせた。「エチオピア選手団はどうせ隠蔽《いんぺい》するよ。アベベの出場が危ぶまれるような事態は避けるさ」

14

国立代々木競技場のわき、青山《あおやま》通りこと国道二四六号の路肩に、フォルクスワーゲン・タイプ2が停まっていた。いわゆるVWバスと呼ばれる箱形の車体だった。

ふらついてばかりの斗蘭は、ボンドに支えられ、VWバスまで連れてこられた。宮澤もライターの助けでここまで来ている。斗蘭は情けない思いを嚙《か》み締めつつ、車体側面のドアからキャビンへと乗りこんだ。キャンピングカーのような仕様のキャビンだった。座席が三つずつ向かい合わせに据え付けてある。斗蘭も宮澤も身を投げだすように座席におさまった。

ライターが宮澤の隣に腰掛けた。ボンドは斗蘭の隣だった。側面のドアを閉める。ようやく落ち着けたとばかりに、ライターはスキットルをとりだした。たぶん中身はウィスキーだろう。スキットルをラッパ飲みするとボンドに渡した。ボンドもライターに倣ってから、斗蘭に勧めてくる。斗蘭は首を横に振った。

まだ動揺がおさまりきらない。斗蘭はきいた。「おふたりとも、いつの間に日本へ……？」

スキットルを取り戻したライターが、もういちど呷《あお》ったのち、平然とした顔で蓋《ふた》をした。「取材記者を装ってね。偽名を嫌がるジェームズを説き伏せるのに苦労したよ」

ボンドは肩をすくめた。「機内食がフォアグラに見せかけた偽物でね。タイムズまであんな物を食してるようじゃ、死んでもいない男の死亡記事を書くさ」

ライターが備え付けの冷凍庫から、氷の入った袋をとりだした。斗蘭と宮澤にそれぞれ渡す。宮澤が頰の腫《は》れに氷をあてた。斗蘭は急に自分の顔が気になってきた。鏡を見たいようで見たくなかった。ただ痛みの激しい額に氷を押しつける。

宮澤がライターに問いかけた。「日本でなにが起きたかご存じですか」

「ああ」ライターが答えた。「タイガーにはけさ連絡をとった。黄金銃が聖火リレーを襲うところだったって？　オリンピック前に穏やかじゃないな」

ボンドが鼻を鳴らした。「ブシェチスラフ・ベンディーク。チェコスロバキアの三流どころに、スカラマンガの黄金銃なんか似合いやしない」

ライターもうなずいた。「コルネリウス・イェルクに、〝暴れ熊〟エグモントもな」

斗蘭はライターを見つめた。「誰ですって？」

「きみらを襲ったふたりだ」ライターが座席の背に身をあずけた。「東ドイツ出身、憲兵くずれの殺し屋でね。薄利多売でろくな仕事を受けちゃいない。雇い主も標的も下級ばかりってことが多い」

ボンドが口もとを歪《ゆが》めた。「きみらのことじゃないよ」

「それはどうも」斗蘭は冷めた気分で疑問を口にした。「下級の標的がわたしたちじゃなきゃ誰ですか。アベベのはずはありませんよね」

ライターが首を横に振った。「ベンディークにイェルク、エグモントといえば、痴《ち》話喧嘩《げんか》の果てに夫を殺したがる妻から、身体の報酬だけで仕事を引き受けるていどの手合いだ。エリトリア独立派がアベベ暗殺のテロを画策したとしても、とても雇うような連中じゃない」

斗蘭は熟考した。手にした氷の袋が、いつしか額から浮いていた。ボンドはそれをそっとつかみとると、斗蘭の後頭部にあてた。たんこぶができているのが見てとれたらしい。実際そこが冷やされると、頭の痛みが緩和される気がした。

「ありがとう」斗蘭はささやきながら、みずからの手で後頭部の氷の袋を押さえた。手を離したボンドの視線はすでに逸《そ》れていた。そっけなさが彼らしいと斗蘭は思った。

最後の別れは未明の神戸《こうべ》港沖、大型貨物船の甲板上だった。ソ連の潜水艦から乗り移ってきた将校らに、斗蘭は人質にとられた。ボンドは身代わりに応じ、敵に捕らわれてしまった。

トレーシーの死を気にかけているのかいないのか、そもそも彼にとって女とはどんな存在なのか。ずっと疑惑と信頼のあいだを行ったり来たりしていた。あの別離の瞬間に答がでたように思える。ボンドは斗蘭に強引なことはいっさいしなかった。出会いから去り際まで紳士でありつづけた。その振る舞いこそが、トレーシーへの想いが一途《いちず》だったことの証左に感じられた。ボンドの本質がいまではわかる気がする。ときに無口、ときに饒舌《じょうぜつ》でありながら、内に秘めたる感情はけっして表出させない男だ。

ふとライターの視線に気づいた。ライターは興味深そうに斗蘭を見つめると、鼻で笑うようなしぐさをした。ボンドに会った女はいつもこうなる、そういいたげな態度に思える。斗蘭はむっとした。ライターがボンドに目を移す。ボンドはなにやら真剣な顔で考えごとをしていたが、ライターが見ているのに気づき、たずねるような顔で見かえした。ボンドの視線が斗蘭に向く。斗蘭はとっさに顔をそむけた。

ライターはそれ以上、無粋に茶化すような真似はしなかった。ふたたび仕事に話を戻した。「ドクター・ノオの鹵獲《ろかく》電波装置に、スカラマンガの黄金銃。よほどジェームズ・ボンドに日本へ来てほしかった奴がいたとみえる」

ボンドは呆《あき》れ顔でつぶやいた。「道具立てを準備できたのはソ連にちがいないが、配役は三流ときてる。理由はなんだろうな」

「スメルシュも人手不足かもな。きみが殺しまくったせいだろう」

車体をノックする音がした。運転席のドアが開き、ひとりのスーツが乗りこんできた。なんと桂木だった。けさ田中虎雄局長に連絡したとライターはいった。このクルマを提供したのは斗蘭の父か。桂木がドライバーを務め、ここへ案内したようだ。

振りかえった桂木が驚きの表情を浮かべた。「斗蘭、どうしたんだ？　宮澤課長も」

やはり顔は痣《あざ》だらけか。斗蘭はげんなりしながら応じた。「なんでもない」

ライターが桂木にきいた。「タイガーからなにか伝言でも?」

「ええ。いますぐ移動しなきゃなりません」桂木は前に向き直った。「神奈川の江《え》ノ島《しま》ヨットハーバーへお連れします。ボンドさん、またしてもあなた絡みの事件のようでして」

15

午後一時をまわっていた。湘南《しようなん》海岸の最東端、相模湾へと突きだす陸繋島《りくけいとう》、江ノ島に着いた。

ボンドはこの辺りの空気感にあまり馴染《なじ》めなかった。風光明媚《ふうこうめいび》なのは理解できるものの、近くにある片瀬山《かたせやま》のゴルフコースでの苦い思い出が脳裏をよぎる。敷地内にあるホテルで、田中父娘と出会わなかったとすれば、しばらくは自分が何者か不明のままだったにちがいない。

我にかえるきっかけを得られたあの日、江ノ島の北東側海岸が工事中だったのはおぼえている。岩場が埋め立てられ、広々とした駐車場とヨットハーバーが建設された。東京オリンピックの期間中はヨット競技の会場となる。落成式はつい先月だという。

いまヨットハーバーにつづく島内道路は、地元警察により閉鎖されている。そこから先はオリンピック関係者すら立入禁止になっていた。本来なら所轄が動くはずの事件だろう。しかし公安査閲局は情報漏れを危惧《きぐ》し、神奈川県警の幹部にすら足を踏みいれさせなかった。国家の一大事につながる可能性があるからだ。

ボンドはその立入禁止区画の最深部、ヨットハーバーの岸壁に立っていた。二千トン級の観光船が横付けできるよう、岸壁は約百二十五ヤードもの直線状に築かれている。

沖には高速モーターボートが、エンジンを停めた状態で浮かんでいた。すぐ後方に待機する船舶は、海上保安庁の救難艇のようだが、公安直轄の特別部署らしい。ダイバーらが水中から引き揚げたのは、抱き合った状態で息絶えた男女だった。全裸のうえロープで身体をがんじがらめにされている。

吐き気をもよおす光景とは、まさにいま目に映っているすべてだ。ボンドは胸のむかつきがおさまらなかった。あたかも記憶喪失の患者に対するショック療法のように、衝撃的な過去ばかりを突きつけようとしてくる。これ以上はもうご免だとボンドは内心思った。記憶はとっくに戻っている。なにもかも逐一再現する執拗《しつよう》さは拷問に等しい。

斗蘭や宮澤、公安査閲局の面々は、ただ慄然《りつぜん》と見守るばかりだった。日本人たちにとっては、単に残虐な殺人事件にすぎないだろう。けれどもボンドにとっては特別な意味がある。

ライターが歩み寄ってきて横に並んだ。浮かない顔でライターがつぶやいた。「俺にとって最悪なのは、右手を失った日を思い起こさせるあれこれだ。ジェームズ、この事件は……」

「ああ」ボンドは物憂げに応じた。「もちろん俺にとっても忌まわしい思い出だよ」

人が近づいてくる気配がある。タイガー田中だった。複雑な表情で立ちどまり、遠目に海上を眺めつつ、タイガーが静かにいった。「被害者はこのヨットハーバーで働く若い夫婦だった。何者かがふたりを一緒に縛りあげ、モーターボートにくくりつけたロープで引きずりまわしたようだ。犯人は逃亡。被害者の死因は男女とも溺死《できし》とみられる」

ボンドは思いのままをささやいた。「バラクーダのいない海だったのは、なんら幸いじゃなかった。さんざん苦しんで死ぬ羽目になった。気の毒に」

タイガーの遠慮がちな態度は、多少なりとも気遣いをしめしているようだった。

「ボンドさん。きみの過去の事件に関する記録はすべて読んだ。これは……」

「俺が経験したことさ。同じような目に遭った。ジャマイカの海で」

生暖かい潮風が吹きつけてくる。ミスター・ビッグのいう〝葬儀屋の風〟に近い感覚があった。あの男はスメルシュの後ろ盾を得て、怪しげなブードゥー教をニューヨークの黒人界隈《かいわい》に広め、ハーレムを支配下に置いていた。ジャマイカでボンドはソリテールと縛りあげられ、ミスター・ビッグの乗るセカター号により、海面にひきずられた。奴らはわざわざ船上から餌を撒《ま》き、鮫《さめ》の群れを集めたうえで、ボンドとソリテールを容赦なく珊瑚礁《さんごしょう》にぶつけてまわった。

タイガーがいった。「代々木オリンピック選手村と同様、公安内事査閲局の秘制課から報浄係が派遣された。事件自体が揉《も》み消される。現状でオリンピック開催が撤回されたら、国益がおおいに損なわれるからな」

ボンドは鼻を鳴らしてみせた。「ドクター・ノオ生存の可能性はおおいに薄らいだな。鹵獲電波に黄金銃、今度はボートの引きずりまわし。ジャマイカを拠点にしたソ連の手先を連想させる事件ばかりだ」

ライターがうなずいた。「思ったとおりさ。ソ連はきみの洗脳に失敗したと知り、また日本へ呼び寄せようと、必死に餌を撒いてる。俺たちが入国した形跡がないために、いつまでもきみに関わる過去の事件を再現しつづけてる」

心が果てしなく沈みこむ。ボンドは救難艇を眺めた。「俺が偽名で入国しなければ、あの男女が死なずに済んだかもしれない」

「よせよ」ライターが声を荒らげた。「若い夫婦は死ななかったかもしれねえけどな、その場合はきみも俺も旅客機ごと海の藻屑《もくず》だった」

タイガーがいいにくそうに告げてきた。「ボンドさん、きみをおびき寄せようとしとる敵勢が、まだきみの入国に気づいていないのはたしかだ」

投げやりな気分でボンドはいった。「気づかせたほうが犠牲者が増えずに済むよな」

斗蘭が近づいてきた。「お父さん。入国を明かすなんてとんでもない。ボンドさんの命が狙われるだけです」

ボンドは辺りに視線を配った。海上に不審な船舶は見あたらない。ヨットハーバーの周りにも、タイガーの部下たちが強固に守備を敷いている。

鹵獲電波発信装置を準備できるのはソ連。ジャマイカでの修羅場で黄金銃を拾えたのも、スカラマンガとつながりのあったソ連の手先だろう。今度はミスター・ビッグの手口の再現ときた。ジャマイカに左遷されたボンドが、日本へ飛ばねばならない理由を山ほどあたえて、ソ連は今度こそボンドを逃がすまいとしている。

ボンドの動向に目を光らせていたのは、マイアミでコテージを襲ったあの黒人だけか。ほかにいたとしても、ボンドとライターが記者を装い、日本へ発ったことには気づいていない。スメルシュのベテラン殺し屋どもが、まだ姿を見せていない以上、現時点で発生している事件の数々は、ボンド本人を標的にしたものではないと考えられる。ベンディークやイェルク、エグモントは、騒動を起こすためだけに雇われた、単なる前座要員でしかない。

だがどうも気になる。軍用機の墜落多発だけは、群を抜いて規模が大きい。本当にボンドをおびき寄せるためだけの、ジャマイカにおける犯罪の再現だろうか。

ライターが海を眺めたまま提議した。「あの救難艇の連中、水面下をざっと調べるだけじゃなくて、深く潜ったほうがいいんじゃないのか。手がかりがあるかもしれん」

斗蘭がライターにいった。「お望みならわたしがあとで海底を調べてまわります」

「きみが？　そんなに深く潜れるのか」

タイガーが斗蘭に顎《あご》をしゃくった。「娘はＮＡＵＩでインストラクターのライセンスを取得してる」

「こりゃお見逸《みそ》れを」ライターはにやりとしてからボンドに向き直った。「サンダーボール作戦にも参加してくれりゃよかった」

「いうと思った」ボンドが皮肉めかすと、ライターはさして面白くもなさそうな笑い声をあげた。ボンド自身も愉快な気分になれなかった。「俺はどうすりゃいい？　犠牲者がでてるのに逃げ隠れしろってのか」

「ボンドさん」タイガーが低い声を響かせた。「われわれは全力であなたを守る所存だ」

シャターハント暗殺を依頼した当初から、そういう心構えで臨んでほしかった。そんな嫌味がまた口を衝《つ》いてでそうになる。ボンドは自己への反感にとらわれだした。失態つづきだったのはボンドも同じだ。あれから互いに学んだ。いまだ去年の不手際を責めるなど器が小さすぎる。

遺体の回収を終えた救難艇が、現場から撤収しようとしている。ボンドは踵《きびす》をかえし歩きだした。ソ連の奴らはどこまでも悪趣味だ。容赦なく心の傷を深々と抉《えぐ》ってくる。次は新婚夫婦のクルマを追い抜きざま、銃弾でも浴びせる気だろうか。

16

横浜市神奈川区の瑞穂《みずほ》埠頭《ふとう》は、ノースドックと呼ばれ、在日米軍の管轄下に置かれている。陸軍が物資を荷下ろしし、横田《よこた》飛行場や相模総合補給廠《ほきゅうしょう》の兵站《へいたん》に運搬する。

むろん日本の一般市民は立ち入れない。

ノースドックのゲートへつづく道沿いに、六軒のバーが連なる。黄昏《たそがれ》どきを迎え、ネオンが煌々《こうこう》と輝きだす店に、非番のアメリカ人らが出入りしている。

どの店も西海岸のテイストに、若干の異国情緒が混ざり、結果としてホノルルあたりに似た印象を漂わせる。横須賀《よこすか》のどぶ板通りほどガラが悪くないのは好ましかった。ボンドは六軒のうち、いつも閑古鳥の鳴いていそうな店を選んだ。無人のビリヤード台を背にし、ほかに客のいないカウンターで、ひとり腰掛けていた。

ライターは田中父娘らとともに、ノースドックの敷地内にいる。CIAに連絡をとるには、やはり米軍施設からやりとりするのがスムーズらしい。

去年まで公安外事査閲局は、地下鉄工事中の関内《かんない》駅構内にあった。ところがブロフェルドの襲撃で立ち退きを余儀なくされた。江ノ島からボンドを連れて都内に戻るより、横浜ノースドックにいったん身を隠すのが適切、タイガーはそう判断したようだ。

本来ならボンドもノースドック内に留《とど》まっていなければならない。じっとしていられなかった理由は、けっして窮屈だったせいではない。埠頭こそいかにも軍の施設だったが、内陸部には広大な緑があふれている。アメリカの住宅街がまるごと引っ越してきたかのように見えた。日本とちがい、各々に充分なゆとりのある芝生の庭付きの、ラップサイディングと上げ下げ窓の邸宅ばかりだった。

　ボンドにも居心地のいい将校向けの平屋があたえられた。だが新兵の見張りがつくのが気に障った。たぶんＣＩＡの指示だったのだろう。ボンドは人目を盗み、ノースドックから逃げだした。ゲートをでてしばらく歩き、このバーにぶらりと入った。

　ボンドは出入口に背を向けていたものの、グラスにうっすら映りこむ人影には、とっくに気づいていた。こちらへ近づいてくる。歩調からタイガーだと識別できた。右手にカバンを提げているようだ。

　タイガー田中が隣の席に座った。「めずらしいな。ウォッカを飲んでるのか」

「そんなに奇をてらった選択でもない」ボンドは短くなった煙草を灰皿に押しつけた。チェスターフィールドの空箱を握り潰《つぶ》す。「スミノフが豊富にある。さすが米軍施設近辺だな」

「この胡椒《こしょう》の瓶はなんだ？　食事を注文したか？」

　ボンドは空になったグラスに、ウォッカを指三本ぶん注ぐと、胡椒をひと振りした。

「ソ連じゃいまどきアル・カポネよろしく、酒の密造がさかんでね。蒸留が充分でないロシア産ウォッカにフーゼル油が浮いてる。あいつらは胡椒で油の毒素を沈めて飲む」

「スミノフはアメリカ産の上等な酒だろう」

「ああ」ボンドはひと息にグラスのウォッカを飲み干した。「いまじゃこのピリ辛が癖になってるだけだ」

タイガーは眉《まゆ》をひそめたものの、苦言までは呈さなかった。「お代わりを注文するのなら、私も同じ物を頼もう。胡椒は抜きで」

ボンドはグラスを押しやった。バーテンダーが回収する。黙って注文を受け付けてくれるのが、ボンドにとってはありがたかった。日本人の店はたいてい過剰なほど謝礼を口にしてくる。親切心は理解できるが、早いペースで飲みたいときには煩わしい。

隣でタイガーがカバンのなかをまさぐっている。ひと目でタバコの一カートンとわかるサイズの、包装された箱をとりだした。「きみへのプレゼントだ。私からじゃなく、ロンドンからノースドックに届いとった」

ボンドは包装を開けた。無地の箱には馴染《なじ》みがあった。独特の香りも漂う。モーランド社の特注、バルカンとトルコの葉が適切に混合されている。箱のなかには金いろの線が三本入った煙草が、ぎっしりおさまっていた。

荒《すさ》んで乾ききった心に、多少なりとも潤いをあたえられた気がする。ボンドはつぶやいた。「こりゃありがたい」

「ノースドックには米海軍の艦隊軍事郵便センターがあってな。Mもここへ送るのが適切と判断したんだろう」

それでノースドックに来たわけか。事前に通告もなく送ってくるあたり、いかにもMによる気の利かせ方だとボンドは思った。「〝しんせい〟だったらどうしようかと思った」

「ロンドンからの贈り物だといったろ」

「わざわざ〝しんせい〟を国際郵便で送りつけてきたりするのが、M流の皮肉でね」

ボンドはさっそく煙草に火をつけた。物足りなさに慣れきっていた一線を軽々と越えてくる、強烈な苦みと重い刺激がたちまち肺を満たす。ようやく落ち着ける気がした。

カウンターにグラスがふたつ並んだ。うちひとつをタイガーが手にとった。「ノースドックは安全だよ。ふつうの米軍基地とちがって、あくまで港でしかないからな。働いている者も家族も、互いに顔見知りばかりで、ソ連のスパイはまず入りこめん」

「そこに隠れ住んで、ソ連の手先どもが日本人を血祭りにあげるのを、指をくわえて見てろっていうのか」

「ボンドさん。われわれはけっして……」

グラスのウォッカを一気に呷《あお》ると、ボンドは席を立った。「わが国のスヌーカーとはちがうが、これしかないんなら、ほかに暇潰《ひまつぶ》しの方法もないな」

ビリヤード台からキューを手にとる。菱形《ひしがた》に並んだ的球《カラーボール》を囲むラックを外し、白球《てだま》を手前に置いた。

タイガーが立ちあがり歩み寄ってきた。「相手になろう」

「本気か?」ボンドはキューの先端にチョークを塗った。「握るのはお国の法律じゃ御法度だっけ?」

「ゲートの外ではあっても、まだ瑞穂埠頭だ。ここもノースドックみたいなもんだ。治外法権が及ぶさ」タイガーもキューを持った。まっすぐかどうか慎重に目でたしかめるさまは、日本刀を品定めするかのようだった。

「結構」ボンドはポケットから小銭をだした。百円玉をコイントスしようとして、ふと手がとまる。「これ、どっちが表だろな」

「桜が描いてあるほうだ。100と刻まれたほうが裏」

ボンドは親指でコインを弾《はじ》きあげ、左手の甲の上に伏せた。タイガーは裏といった。ボンドが右手をどかすと、100の数字が現れた。「タイガー、あんたからだ」

お手並み拝見、からかいの気分とともにそういいかけたが、ボンドは言葉を呑《の》みこんだ。年齢のわりにタイガーの身体は柔らかく、前傾姿勢に無理がなかった。右の爪先が外に向き、左の軸足はキューの真下で平行させる。慣れを感じさせる構えだった。ブレイクショットにも勢いがあった。1番にまっすぐ当てると、ほかのカラーボールがいっせいに分散、4番と7番がコーナーポケットに沈んだ。

ボンドはつぶやいた。「うまいもんだ」

「私に先行させたら、きみの番は永久に来んよ」タイガーは白球を狙い澄まし、今度は軽く撞《つ》いた。白球のぶつかった1番がサイドポケットに落下した。「ボンドさん。そんなに気に病まないでくれ。江ノ島で犠牲者がでたのは遺憾だが、日本人の安全を守るのは公安査閲局の仕事だ」

「さっきヨットハーバーじゃ、俺の入国を明かしてほしがってた気がするけどな」

「一瞬の迷いは認めよう」タイガーのターンは継続した。数字の低いカラーボールから順に、白球をぶつけては確実に沈めていく。「だがボンドさんの身辺警護にも、全力をもって臨ませてもらう。きみ自身、入国の事実を伏せておいたほうが、ソ連をだし抜くには好都合のはずだ。そのうち先んじて敵を潰せばいい」

ボンドはすなおに受けいれる気になれなかった。「あんたと出会って一か月後には、お座敷で芸者を交えて戯れてたな。だがあんなものは親睦《しんぼく》を深めたうちに入らない。表面上の愛想のよさは、単にシャターハント暗殺を頼みたいがためだったんじゃないのか」

タイガーが撞いた白球は逸《そ》れぎみになった。さっきまでの慎重さが嘘のようだった。いくつかのカラーボールにぶつかったが、どれもポケットに落とせずに終わった。

ため息とともにタイガーが顔をあげた。真剣な面持ちでタイガーがいった。「十九年前まで敵味方だった。きみとは初対面ではあったが、容易に心を許せなかったのは、お互い当然のことだろう」

「たしかにそうだ。特にあんたはな」

「ああ。Mにもそんなふうにいわれたよ。私はイギリスにとって裏切り者だ」

「Mと話したのか」

「電話でな」タイガーの顔の前から、ふっと氷が溶け去った気がした。「私の国は巨額の戦後賠償を担っとる。身からでた錆《さび》というかもしれんが、戦争を経験していない次の世代も、血税というかたちで諸外国への補償を義務づけられる。大規模空襲や原爆による復讐《ふくしゅう》だけで許されたものではない」

浮かない気分でボンドは応じた。「ヨーロッパの歴史は傷つけあって刻まれてきた。あんたたちはなにもかもいっぺんに経験したのかもしれない。もっとうまく教える方法があったんじゃないかと考える者は、わが国にも少なくない」

「いかにも勝者側の意見だ」タイガーは言葉を切った。どんな物言いなら対立を回避できるか、考えをめぐらすような間があった。やがてタイガーが告げた。「日本は東西に分断させられなかった。実質的にはいまでもアメリカの支配下にあるが、法治国家として自立できとる以上、完全な主権を取り戻そうと日夜努力しとる。戦いは無駄ではなかったとわれわれは思っとる」

前よりは本音をのぞかせるようになった。軍人としての自尊心を否定する気はボンドにもなかった。「どう考えようがあんたたちの自由さ」

「われわれは新たな一歩を踏みだした。願わくはきみも、それに応《こた》えてくれるとありがたい。いまや共通の敵がいる。わが国にとってソ連は、北方領土を不法に占拠する蛮族どもだ」

ボンドはあまり入りこまずに、ただタイガーの話題につきあった。「ヤルタ会談でチャーチルやルーズベルトが口を濁さず、はっきりスターリンにいってりゃよかった。サハリンはもらっていいが、択捉《えとろふ》島や国後《くなしり》島は駄目だと」

するとタイガーが熱弁を振るいだした。「中ソの社会主義は、帝国主義に対立するものだったはずが、いまや彼らこそ帝国主義の権化じゃないか。われわれは自由世界の維持のため、ともに戦わなきゃならない」

「説得力のある演説だ。池田勇人総理は具合が悪いんだってな。あんたが後釜になったらどうだ」

タイガーはむっとした。「きみの番だ」

ビリヤード台を見下ろす。ボンドにとって好ましくない状況があった。最も数字の若いカラーボールは3番だが、白球からみて8番の向こう側にある。クッションを使ってもうまく当てられそうにない。

ボンドはいった。「俺が苦手なのはあんたの二枚舌だ。日本人の二枚舌というべきかな」

「それはどういう意味だ」

「急に国家間の話へ持っていこうとする。俺はそこまで難しい話はしていない。あんたを信じられるかどうかをきいてる」

「もう答はでとるかと思った」

「いや、まだだ。見ろよ、これを」ボンドはにやりとしてみせた。「口では友情を謳《うた》っておいて、どうやってもミスにつながる位置に白球を残す。相手を思いやるのなら、こんな引き渡し方はありえないね」

タイガーが表情を和ませた。「それはちがう。このビリヤードの配置は、ふたつの理由できみへの尊重の証《あかし》たりうる」

「どこが尊重なんだ？」

「まずひとつめだが、きみに手心を加えるようでは、かえって侮辱になるという点だ。勝負に全力を尽くしてこそ、きみへの最大の敬意となる」

「もうひとつは？」

「これぐらいの状況など、きみにとって困難ではない。それが私からきみへの信頼というものだよ。きみならやれるとわかっとるからこそ、この局面を託すんだ。きっときみは期待に応えてくれる。そういう男だ」

ボンドは鼻で笑ってみせた。「詭弁《きべん》が得意な古狸が」

キューの尻《しり》を高く持ち、垂直に近い角度をつける。ダーツのごとく親指と人差し指でキューをはさんだ。白球の斜め上方から勢いよく撞き下ろす。

ラシャとスレートに反発力が生じ、白球は軽く跳ねあがり、8番を飛び越えた。ぶつかった3番がクッションに反射し、対角線上の9番に衝突する。9番は弾《はじ》き飛ばされるようにコーナーポケットに沈んだ。

タイガーが目を瞠《みは》った。すぐにその顔が、予想どおりだという表情に変化する。ボンドは苦笑するしかなかった。

クルマが停車する音がした。ドアの開閉音につづき、華奢《きやしや》なレディススーツが店内に踏みこんできた。

斗蘭のあきれたような目が父親に向き、次いでボンドをとらえた。「ここにいたんですか。ノースドックの警備が駆けずりまわってます。早く連絡してください」

タイガーがなだめるように話しかけた。「まあまて。いまボンドさんと親睦を深めるところで……」

「お父さんもなんですか、だらしない」斗蘭は険しい面持ちのままだった。「ボンドさんを見つけたのなら、どうしてすぐ連れ帰らないんですか」

ボンドは穏やかにいった。「斗蘭。父上を引き留めたのは俺さ。ごねて帰ろうとしなかったのも俺だ」

ため息とともに斗蘭がボンドを見かえした。「上級士官専用の宿舎があたえられたのに、いったいなにが不満なんですか」

「シャワーが固定式でね。ニューヨークの老舗《しにせ》ホテルみたいに」

タイガーがあんぐりと口を開けた。「なんだ。それは不便をかけた。私にあてがわれた宿舎のバスルームは、取りまわしが可能なシャワーヘッドだったよ。宿舎を交換しよう」

「いや、それじゃあんたに悪い」

「そういうな。きみの宿舎のほうが陽当たりがよさそうだと思っとったし……」

斗蘭が苛立《いらだ》ちをあらわにした。「いい加減にしてください」

ボンドは斗蘭を見つめた。「きみが俺に首輪をつけてひっぱっていくのかな」

「そうしたいのは山々ですが、父に連れていってもらってください。わたしは選手村の辺りへ戻らなきゃならないので」

「代々木オリンピック選手村？　またアベベの件か？」

「いいえ。近くにあるNHKのオリンピック放送センターです。YRRTが宇宙中継を可能にできるかどうかの瀬戸際だというので」

タイガーが説明してきた。「NHKは公共放送局だよ。そろそろ中継が可能にならなければ、オリンピックの世界同時放送は夢に終わる」

「ああ、その話ならきいた」ボンドは斗蘭に向き直った。「アメリカの中継用衛星がふたつ駄目になっているのに、YRRTはどうやって中継するつもりだ？」

「それを知るためにもNHKへ行くんです。この件も国益を左右する重要な情報ですから」

「俺も一緒に行っていいかな？」

「このビリヤード台に寝るわけじゃないでしょう。ベッドがある場所はもうご存じですよね？　早く帰ってください」

「イギリスの主婦みたいな物言いだ。母親の影響なのかな」

ふいに店内がしんと静まりかえった。ボンドは失言を自覚した。斗蘭が複雑な表情を浮かべたからだ。

だが斗蘭はそれ以上、なんら感情を表出させなかった。押し殺すような声で斗蘭は告げた。「とにかくノースドックへお戻りを」

斗蘭はそれっきり振りかえることなく、足ばやに店をでていった。クルマのドアを叩《たた》きつける音に怒りが籠《こ》もっている。自分で運転しているらしい。急発進にタイヤがきしんだ。

エンジン音が遠ざかる。空虚な沈黙が尾を引いた。

母親に触れたのはまずかった。斗蘭の母親はイギリス人で、戦時中ロンドンで命を落とした。ボンドはタイガーにささやいた。「すまない」

「いや」タイガーが憂鬱《ゆううつ》な顔で、白球をビリヤード台に転がした。「なにもかも私の責任だよ」

17

すっかり日が暮れていた。斗蘭はホンダS５００のアクセルを踏みこんだ。完成直後の都心環状線を駆け抜けていく。

胸焼けに近い不快感がある。斗蘭は憤りの感情に抗《あらが》いながらも、嫌悪の気分をそのままに留《とど》めようとした。ふとしたことでそれが悲哀に変わるのを全力で拒んだ。視界が涙でぼやけだすなど冗談ではない。

いずれ心に折り合いをつけたい。この職業に意味があるかどうか、自分なりの結論に行き着き、今後の人生をきめるべきだ。二十六にして独身。結婚する気があるのかと、親族がさかんにきいてくる。父が言葉を濁してばかりいるせいで、風当たりはすべて斗蘭に向けられる。公安査閲局は恋愛など推奨していないが、勤め先の詳細を知らない叔母《おば》たちが、見合い相手をさかんに紹介してくる。

あの見合い写真というしろものを差しだされたとき、自分のなかに生じる奇妙な心情は、いったいなんだろう。こんなものは見るに値しないと突っぱねながら、顔だけは確認しておきたいという興味とのせめぎ合いになる。ところがレストランのメニューのような、ふたつ折りのアルバムを開いた瞬間、ただ噴きだすしかなくなる。なにを求めていたのだろうと自分にあきれかえる。いつもそんなことの繰りかえしだった。

ボンドの顔がちらつく気がして、斗蘭は苛立ちを募らせた。S500のギアをいれ替え、ペダルを踏みきり、エンジンを全開にした。首都高速はまだ全線開通していない。3号渋谷線は途中までしかできていなかった。青山通りへと下り、渋谷駅方面をめざす。

市街地のあちこちにオリンピックの旗が掲げられている。歩道の賑《にぎ》わいは祝賀ムードそのものだった。きょうは九月二十八日の月曜だ。オリンピック開会式はもう来週の土曜になる。なにごともなく当日を迎えられるだろうか。

代々木競技場や選手村と同様、オリンピック放送センターも、ワシントンハイツ跡地に建っている。ゆくゆくはNHK本社になるとの噂もあった。

暗い敷地内には建設工事中の区画があるが、それ以外に仮設とおぼしき建物がいくつも点在している。斗蘭はゲートで身分証を提示し、S500を乗りいれた。所定の駐車場に停めたのち、警備に声をかけ、平屋のひとつに案内してもらう。

内部の広い空間が蛍光灯で照らされていた。研究所そのものの様相を呈するなか、YRRTのメンバー約二十人が忙《せわ》しく立ち働いている。NHKのスタッフたちもYR

RTを支援していた。壁際には縦横に数十台ものテレビモニターが積んである。カラーもあれば白黒もあった。ほかに計器とスイッチが無数に覆い尽くす、各種コントロールパネルがひしめきあう。

部屋の中央にある制御卓の上にも、ランプやスイッチ類が並んでいた。オープンリール磁気テープ装置がさかんに回転する。コンピューターがドットを刻んだ紙テープを吐きだす。十数台の黒電話は沈黙していた。

リーダー格のヤネス・ゴリシェクは、無我夢中のようすで紙テープを読みとり、あちこちのスイッチを上下させた。「さて。理論的に考えれば、これでうまくいくはずなんだがな……」

外事科技課の山根や古賀、若手の塚本がひとかたまりになっている。斗蘭はそこへ歩み寄った。三人と目で挨拶《あいさつ》しあう。彼らは蚊帳《かや》の外に近いあつかいで、YRRTの作業を見守るだけでしかない。

一方、内事科技課の曽我部は、わりと積極的にゴリシェクらと関わっていた。モニターに映る表示について、いちいちYRRTのメンバーやNHKスタッフに詳細をたずねては、手帳にペンを走らせている。

古賀が小声で毒づいた。「邪魔になってるだけじゃないのか。質問攻めにされたんじゃ向こうも気が散るだろう」

山根が苦笑した。「われわれは黙って見てましょう。なんの作業中かは明白ですから」

斗蘭はそのかぎりではなかった。「いまはなにをしてるんでしょうか？」

塚本が答えた。「映像と音声を圧縮することで、シンコム三号の電話通信用のかぎられた帯域幅でも、宇宙中継を実現させようとしてるんです」

「そんなことできるんですか？」

「地上の中継装置を新たに設計し、けさお披露目してくれました。前代未聞の処理技術で映像信号を伝送する仕組みです。きょうの実験にあたり、各国のテレビ局にも、受信信号を増幅する設備を整えさせています」

「うまくいくんでしょうか……？」

「間もなくわかりますよ。もう実験の最終段階ですから」

いきなりブザーが鳴り響いた。ＹＲＴの面々が騒然としている。ＮＨＫスタッフも泡を食い、壁際の機材を調整しながら駆けまわった。ほどなくブザーはやんだ。

ゴリシェクの額に汗が滲《にじ》みでていた。半笑いのゴリシェクが周りに呼びかけた。

「みんな落ち着いてくれ。ささいなトラブルだ。処理できなかったのは十六ビットワードに不適合だったからだな。十四ビットデータ、一ビットのオーバーフローフラグ、一ビットの符号フラグ。もういちどチェックしよう」

YRTメンバーに紛れるように、CIAのカーティス・ハリントンが立っていることに、斗蘭はようやく気づいた。失態をまのあたりにしたからか、ハリントンはそそくさと逃げだすように輪を離れ、外事の面々に合流してきた。

山根がハリントンを茶化すようにきいた。「首尾よくいきそうですよね?」

ハリントンがしかめっ面でぼやいた。「適材適所だ。私も医師免許を持ってるんだから、医療分野に貢献したかった。なんの因果でCIAの分析官になったんだか」

成功のあかつきにはチームの中心にいたように見せかけたかったのだろう。風向きが悪くなるや撤退してくるとは、このアメリカ人の本性がうかがえる。

「さあ」ゴリシェクが声を張った。「今度こそ準備が整ったぞ。みんな期待してくれ。まずは市街地のカメラだ」

NHKスタッフがスイッチをいれる。複数のテレビモニターに夜の市街地が映しだされた。渋谷駅近辺の現在のようすらしい。クルマの走行音や人々のざわめきもきこえてくる。

ゴリシェクが両手を摺《す》り合わせた。「宇宙中継開始だ」

YRRTメンバーがコンピューターを操作してまわる。壁のモニター群に同じ映像が数を増やしていった。やがてどの画面にも渋谷の夜景が表示されるようになった。

いきなり電話が鳴った。斗蘭はびくっとした。ゴリシェクが受話器をとる。不安げな顔のゴリシェクが英語で応じた。「こんばんは……」

静寂のなか、先方の声は明瞭《めいりょう》に響き渡り、斗蘭の耳まで届いた。スペイン訛《なま》りの英語が、こんにちはというべきでしょう、そういった。向こうは午後二時台だからだろう。やけに声が弾んでいた。

ゴリシェクの目のいろが変わった。「映ってる……? 本当ですか。ええ、そう。駅前の夜景ですよ。日本の渋谷のね。音はどうですか? しっかりきこえてますか」

ざわっと周りが反応するや、また電話が鳴った。YRRTメンバーが応答する。最初は英語で喋《しゃべ》っていたが、すぐにフランス語に切り替えた。先方の声に耳を傾けるうち笑顔になった。報告はきくまでもない。フランスのテレビ局も受信に成功したようだ。

電話は次々と鳴りだした。YRRTのメンバーだけでは足りず、NHKスタッフが片言の英語で応答した。CIAのハリントンがにわかに色めき立ち、中心へと駆け戻っていくと、みずから受話器をとりあげた。内事の曽我部も嬉々《きき》として電話に応対している。曽我部の会話から察するに、先方はブラジルのテレビ局のようだ。

斗蘭は茫然《ぼうぜん》と見守った。世界じゅうのテレビ局から受像成功の報告が寄せられている。YRRTは奇跡を成し遂げた。

「やったぞ！」ゴリシェクが顔面を紅潮させた。「全世界七十か国の同時宇宙中継。技術的問題はすべて解決した。オリンピックは地球上のどこでも観られるぞ！」

集団の歓声が仮設の平屋を揺るがした。NHKスタッフが万歳を三唱すると、ゴリシェクも上機嫌になり、バンザイと両手をあげた。YRRTメンバーらにも拡散されていき、バンザイの唱和がひたすら繰りかえされた。CIAのハリントンまでが参加している。そのさまをこそ真珠《しんじゅ》湾の米軍基地に中継してやりたいと斗蘭は思った。

「あのう」斗蘭は外事科技課の三人に小声できいた。「こんな魔法みたいなこと、本当に可能だったんですか」

ところが山根はすっかり興奮ぎみで、斗蘭の問いかけについても、しばらくは意味を理解できないようすだった。「あん？　魔法？　そんなことはない。ぜんぶ理論上は可能な話だった。でも実現させるなんてすごいよ」

「なにか陰謀が潜んでるってことは……？」

「ないない！　ありえない。テレビ放送の電波をシンコム三号にみごと中継させた、それだけだ。ほかに怪電波は紛れこませられないし、中継装置にしろ衛星にしろ、悪用はいっさいできない。純粋に宇宙中継が実現したんだよ。本物の技術革新だ」

電話はなおも次々に鳴り響く。NHKスタッフの昂揚《こうよう》した気分はおさまらず、プロ野球の優勝さながらに、ゴリシェクを胴上げしだした。誰もが満面の笑いとともに浮かれ騒いでいた。

斗蘭は長いこと立ち尽くしていたが、そのうち自然に顔がほころんでくるのを自覚した。ペテンや欺瞞《ぎまん》ではない。本当に実験は成功した。これで東京オリンピックは全世界に同時中継される。懸念材料だった国益は維持された。

シャンペンが箱ごと持ちこまれてきた。ボトルの蓋《ふた》があちこちで開き、祝いの酒がグラスに注がれる。YRRTメンバーとNHKスタッフが真っ先に乾杯した。シャンペンは公安査閲局職員にも振る舞われた。研究所然とした実験施設は、パーティー会場へと様相を一変させた。

歓談がつづくなか、ゴリシェクは居合わせる人々から祝福を受け、グラスを幾度となく掲げていた。斗蘭がようやく対面できたとき、ゴリシェクはすっかり赤ら顔だった。

斗蘭は挨拶した。「公安外事査閲局の田中です。本日はおめでとうございます」

「どうもありがとう」ゴリシェクは屈託のない笑顔で握手してきた。裏表のない純粋な性格の持ち主のようだ。斗蘭はほっとしながらも胸のうちを明かした。「本当に申しわけないんですが、当初はあなたを信じるべきかどうか迷いまして」

「ああ」ゴリシェクはさも愉快そうに笑った。「それは当然のことでしょうな。でもこれでわかっていただけたかと」

「でもいったいどうやって……。わたしは技術的なことはまったくわからないんですが、よろしければ要点だけでも」

「電波というのは無駄が多かったんです。圧縮伝送は私どもにとっても課題でした。基本的な理論はもう組み立てられていたので、あとはシンコム三号のシステムに合わせ、応用するだけだったんですよ」

「簡単におっしゃいますけど、日本政府は最大の感謝をあなたにお伝えすると思います。あなたのような世界的権威が労力を惜しまないなんて」

「それが私たちの信条でしてね。命なき死人の王となるよりも、生きて、暮らしの糧も少なく、土地を持たぬ農奴になりたし」

「ホメロスの『オデュッセイア』ですか」

「そのとおり。電波のことならなんなりと」

「あ」斗蘭は思いつきを口にしかけた。「それでしたら……」

けれども自制心が働いた。軍用機を墜落させる鹵獲《ろかく》電波に対し、YRRTならなんらかの知恵をもって臨めるかもしれない。とはいえ機密を明かすには父の許可が要る。斗蘭はいった。「あのぅ。ほかにも重要なことをお願いする可能性もあるかと」

「いいですとも」ゴリシェクはにっこり微笑んだ。「もうしばらくは日本におりますから、いつでもどうぞ」

NHKの幹部クラスらしき年配のスーツが、ぞろぞろと建物に入ってきた。通訳を経て祝福の言葉が伝えられる。ほかにパーティー会場が用意されているらしい。ゴリシェクやYRRTメンバーらが外へと案内されていく。スタッフが拍手で送りだす。

塚本が斗蘭に笑顔を向けてきた。「外事の任務じゃなかったですけど、よかったですね」

斗蘭は微笑してみせた。じきに外事の任務として、YRRTの協力を得ることになるだろう。電波工学に関する天才が日本にいるのなら、いまだ発信源のわからない鹵獲電波に対しても、きっと突破口を開ける。

18

深夜零時をまわった。ボンドはノースドック内の住宅街にある、将校向けの平屋の居間で、おとなしくソファに身体を横たえていた。

まだワイシャツにスラックス姿だった。消灯してはいるものの、ベッドに入る気にもなれない。タイガーら公安査閲局の面々は、夜間もスーツのまま過ごすといった。ボンドもそれに倣うことにした。いつなにが起きるかわからない、理由はそれだけではない。お堅い米軍施設のなかにあっては、お相手の女性も見つかるはずがなかった。

ラジオだけは点《つ》けている。NHKの国際放送、ラジオ日本が英語でニュースを告げていた。

昼間の選手村での騒動も、江ノ島ヨットハーバーでの殺人事件も、いっさい報道されていない。政府直属の諜報《ちょうほう》機関が揉《も》み消しに動いたからには当然だろう。ほかに気になる事件がなさそうなのは幸いといえる。

ボンドはラジオのスイッチを切った。音声が途絶えると、窓の外から虫の音だけが厳かに響いてきた。ブラインドをのぞいても暗がりしか見えない。アメリカの邸宅そのものの造りに、いまどの国にいるのかわからなくなってくる。

煙草の箱に手が伸びる。Mからの贈り物、無地の一カートンサイズだった。テーブルにグラスが二個置いてある。さっきまでライターと一緒に飲んでいた。バーボンばかり好むのが彼らしい。明日も早そうだから寝るといって、ライターは立ち去った。手持ちのチェスターフィールドが切れても、ボンド愛用の特注煙草はいっさい受けつけようとしなかった。

ボンドはソファに仰向《あおむ》けのまま、くわえた煙草に火をつけた。噴きあげた煙が、ほの暗い室内に漂うのを眺める。

軍用機墜落がしばらく途絶えている。それ自体が不気味だった。一方でNHKから戻ってきた斗蘭の話では、YRRTが宇宙中継の開通実験に成功したらしい。ユーゴスラビアの天才チームが日本に来ていると知り、ソ連は鹵獲電波の発信を控えたのかもしれない。逆に考えれば、いちどでも発信があった場合、YRRTなら発信源を探知できるかもしれない。

テーブルにはホルスターにおさまったワルサーPPKもある。その隣にもう一丁の玩具《がんぐ》が横たわっていた。明かりを消していても怪しい微光を放って見える。

スカラマンガの黄金銃。ボンドはそれを取りあげた。弾は入っていないが、それでもずしりと重かった。あの男がやっていたように、西部劇のガンマンのごとく、人差し指で拳銃《けんじゅう》を縦に回してみる。重すぎて指がちぎれそうになる。苦笑とともに黄金銃を放りだすと、金塊を投げだしたような音が響いた。

聖火リレーを狙った暗殺事件も、公には報じられず、すでに闇に葬られていた。警察が正式な捜査をおこなわなかった以上、凶器が証拠品として押収されることもなく、公安外事査閲局がひそかに取得した。科学鑑定が終わった黄金銃を、タイガーがボンドに引き渡してきた。つくづく物騒なしろものだった。純金と十八金から成るダムダム弾専用の銃とは正気の沙汰《さた》ではない。任務の出張先で出会うのは異常な殺し屋ばかりだ。

ウィスキーをもういちどグラスに注ぎこむ。グラスを手にしたとき、かすかな物音を窓の外にきいた。

ボンドは手をとめた。聴覚に意識を集中する。枝葉をかすめながら何者かが駆け抜けていく音。奇妙だった。どの邸宅も芝生の庭に囲いはなく、近くに木立もない。木々が連なる場所といえば街路樹ぐらいだ。わざわざ道の端を走る必要がどこにある。

そっとグラスを置き、ホルスターからワルサーを引き抜いた。靴は履いている。ボンドは静かに起きだした。そっとドアを開け、足音を立てず庭先にでてみる。

アメリカ風の邸宅が整然と建ち並ぶ。どの敷地も隣とかなりの距離を置いているため、一帯は見通しがいい。ポーチがおぼろに路面を照らす。誰もいないように見えた。けれども遠くを人影が横切るのを目にした。アスファルトに靴音が響くのを嫌ったらしく、芝生の上を突っ切っている。

ボンドも駆けだした。やはり芝生で靴音を殺す。あの人影がさっき街路樹をかすめたのは、芝生ばかりを選んで走ったせいだ。こちらは枝葉に接触しないよう留意せねばならない。追跡に気づかれたら無意味だ。

ポーチの脆《もろ》い光だけでは、照射範囲外はほぼ完全な闇に等しい。それでもボンドの目は人影をとらえつづけた。こんな事態のために部屋の明かりを消していた。暗順応は充分だった。人影が立ちどまり、辺りを見まわすのも視認できる。右手に拳銃を握っていた。やけに銃身が長いが、まさか黄金銃ではあるまい。サイレンサーを装着しているとわかる。暗殺目的の可能性が一気に高まった。

ノースドックの警備が巡回しているはずだが、人影はその合間のタイミングを的確に見計らい、行動を開始したようだ。もし警備が接近してこようとも、遠方から懐中電灯の光を認められる。したがって分《ぶ》は侵入者のほうにあった。警備が大型犬を連れてきても結果は同じだ。ボンドも同じ条件のなか、日没前に難なく抜けだし、バーで一杯やるのに支障はなかった。

人影が邸宅の外壁をまわりこむように移動する。標的のいる建物に近づいたとき、暗殺者はあんな動きになる。ボンドは歩を速めた。いまのうちに距離を詰めねばならない。おそらく人影が仕事を果たすまで、あと数分もない。

ところが人影がいきなり動きをとめた。辺りに警戒の視線を配っている。ボンドは静止した。油断なく姿勢を低くする。

ワイシャツ姿の自分を呪った。ジャケットを羽織っておくべきだったか。闇のなかでも白はめだつかもしれない。夜目が利くようにしてあったのは、あくまで自分に暗殺の手が伸びた場合に備えてだ。こんなに隠密行動が長引くとは予想外だった。

やがて人影がまた動きだした。追っ手には気づかなかったようだ。ボンドもふたたび歩を踏みだした。人影の歩調が遅くなった。たぶん標的のいる場所に肉迫している。

ほどなく人影が一軒の邸宅に忍び寄った。窓明かりは消灯している。人影がドアの前でしゃがみこんだ。ピッキングで解錠を図っている。手慣れているらしい。ドアはすんなりと開いた。人影がなかへ消えていく。

ボンドは鳥肌が立つのをおぼえた。邸宅の外壁に記された番号を注視する。まちがいない。誰が借りている平屋なのか、ボンドは当然のごとく把握済みだった。駆け寄りながらボンドは怒鳴った。「タイガー!」

邸宅の窓に閃光《せんこう》が二度走り、銃声もつづけざまに轟《とどろ》いた。ボンドは肝を冷やした。

だがドアから駆けだしてきたのは、さっきの人影だった。人影が逃走に転じ、みるみるうちに遠ざかる。窓明かりが点《つ》いた。邸内からタイガーが飛びだしてきて、拳銃を人影の背に向けようとする。

ところが銃声をききつけたからだろう、辺りの邸宅の窓にも次々と照明が灯《とも》りだした。光源が急に増えたせいで、人影は自然に闇のなかに溶けこんでしまった。

ボンドはタイガーのもとに駆けつけた。「無事か」

「ああ」宣言どおりスーツのまま寝ていたらしく、タイガー田中のジャケットは皺《しわ》だらけだった。手にしたM86の銃口から煙が立ちのぼっている。それでもとっさの事態に緊張したのはまちがいない。タイガーの息は乱れていた。「いまのは何者だ?」

「わからん。ノースドックの警備に連絡を……」

エンジン音がきこえた。二ブロックほど先の邸宅の庭先で、クルマのテールランプが赤く灯る。四ドアながら車体後方がバンのように伸びていた。アメリカの霊柩車《れいきゅうしゃ》に似ているかもしれない。フォード製ギャラクシー・カントリーセダンだった。車内灯が照らすなか、何者かが運転席におさまっている。車内天井からサンバイザーが下りていたのを、ドライバーが押しあげる。

サンバイザーに隠されたキーを、人影が見つけたのだろう。米軍施設内の住宅街とあっては、住民が油断するのも無理はない。邸宅から白人夫婦がガウンをまとい駆けだしてきた。しかしふたりの愛車は急発進し、たちまち遠ざかっていった。

ボンドも走りだした。全力疾走したもののテールランプとの距離は開く一方だった。フォードは港湾区域方面へと向かっていた。ゲートを突破し、敷地から脱出するには、そちらからのルートしかないからだ。

一軒のガレージの前にバイクがあった。目黒製作所のスタミナZ7だった。米軍施設内の住民ならではの油断に、いまだけは感謝したくなる。キーが挿さったままだからだ。ワルサーのスライド部分を口にくわえ、ボンドはバイクにまたがった。日本のバイクはフロントブレーキが右、チェンジペダルが左で乗りづらい。だがこのバイクはイギリスと同じく、日本の仕様とは逆になっていた。五〇〇CC単気筒のエンジン音を静寂に轟かせる。

ボンドはバイクを発進させた。強烈な向かい風を顔にまともに浴びる。タイヤは一九インチで、ホイールベースは相応に長いものの、シートがやけに低い。日本人の背丈に合わせた設計と製造だろう。これの所有者も小柄か。ボンドには身体のおさまりぐあいがしっくりこなかったが、贅沢《ぜいたく》はいっていられない。

車体の安定性は悪くなかった。アスファルトから芝生に乗りいれてもブレが生じない。草の生い茂る地面の凹凸も難なく突破する。速度計が時速一二〇キロに達した。時速七五マイルだった。スピードが乗ってくるにつれ、片手運転に支障を感じなくなってきた。ボンドは口にくわえた拳銃のグリップを右手でつかみとった。こういう場合もフロントブレーキが左なのは重宝する。

住宅街と港をつなぐ車道に入ると、前方に赤いテールランプが見えてきた。追いついた。距離が縮まりつつある。しかしフォードもにわかに速度をあげた。バイクの追跡に気づいたようだ。

車道の行く手は黄いろく照らされた港湾区域だった。フォードが埠頭《ふとう》にでようとしている。その進路にいきなり別のヘッドライトの光が走った。警備の制服を複数乗せたジープが角を折れてきて、フォードと接触しかけた。さっきの銃声をきき出動したのだろう。フォードはかまわず突っこんでいく。回避しようとジープがハンドルを切ったものの、後輪が大きく滑り道路から外れた。ジープは草地を蛇行したのち、街路樹に激しく衝突、横転ぎみに停車した。

フォードは海へ飛びださんばかりに疾走していき、埠頭をほぼスピンしつつ右折した。ボンドのバイクも埠頭へと飛びだした。

左手が反射的にブレーキをかける。埠頭には幌《ほろ》付きトラックが一台停まっていた。米陸軍の車両に相違ないが、どういうわけかフォードはその近くに急停車し、人影が降車した。大急ぎでトラックへと向かっていく。

ボンドは猛然と距離を詰めていった。アクセルターンでバイクを敵に対し横向けにする。ボンドは怒鳴った。「そこでとまれ！」

人影が振り向きざま拳銃《けんじゅう》を構えた。短髪の東洋人で黒ずくめだとわかった。男が拳銃を向けてくる。サイレンサーのせいで狙いがさだめにくいのだろう、敵の発砲より早く、ボンドはワルサーのトリガーを三回引き絞った。銃火が連続して閃《ひらめ》き、薬莢《やっきょう》が三つ宙に舞う。

敵は苦痛の呻《うめ》きを漏らした。腹をひっこめるように前屈姿勢になり、そこから横倒しになった。致命傷はあきらかだった。即死を免れたとしても、余命はせいぜい数分だろう。

ボンドの警戒対象はトラックへと移った。運転手が振りかえったのがわかる。だしぬけに幌の後方を割り、荷台から人影が続々と繰りだしてくる。全員が米陸軍兵に似た迷彩服姿で、XM16E1アサルトライフルで武装していた。

それを見るなり、ボンドはふたたびアクセルターンでバイクを反転させ、姿勢を低くしつつ逃走に転じた。背後からアサルトライフルの掃射が襲う。弾丸が耳もとをかすめ飛んだ。

米軍のジープ二台とすれちがった。侵入者の対処に出動したはずが、大規模攻撃を予測していなかったのだろう。いずれもボンネットに被弾し、激しく蛇行したのち、車体側面どうしを衝突させた。一台が海へ落下し、水柱を高々と巻きあげる。もう一台はひっくりかえり、後輪を激しく空転させていた。

ボンドはバイクを急停車させた。事故を起こしたジープの陰が、弾の回避に役立つと気づいた。またもバイクを反転させ、上下逆のジープへと突進する。敵勢の掃射にむしろ向かっていくことになるが、それも一瞬のことだった。わざとタイヤをスリップさせ、バイクから飛び下りる。ボンドはジープの手前に転がりこんだ。横倒しになったバイクが、摩擦の火花を散らしつつ滑っていき、埠頭から海へと落ちていった。

血まみれの兵士がジープの下から這《は》いだしてくる。ボンドはひとりを手前にひっぱりこんだが、敵勢が弾幕を張るなかでの移動は危険きわまりない。まだ車体の下に潜む兵士らにボンドは呼びかけた。「じっとしてろ！　姿を晒《さら》すと撃たれる」

辺りにはジープに積んであった物が散乱していた。赤十字の箱を足で引き寄せ、負傷した兵士の膝《ひざ》の上に載せてやる。かろうじて両手の動く兵士が、自分で箱を開けにかかった。ボンドはワルサーをベルトに挿すと、アスファルトの上からアサルトライフルを拾った。敵勢の武装と同じXM16E1だった。福岡で三池《みいけ》炭鉱へ向かうときに使った。マガジンの装弾をたしかめてからコッキングする。上下逆になったジープの陰から、わずかに身を乗りだし、敵のトラックを狙う。ボンドはトリガーを引き絞った。けたたましい銃撃音が鳴り響く。トラックに跳弾の火花が散った。だが敵勢の猛攻に、一丁のアサルトライフルでは太刀打ちできなかった。すさまじい掃射を受け、ボンドはいったん身体をひっこめ、またジープの陰に隠れた。

別のヘッドライトが急接近してきた。向きを変えつつブレーキ音を甲高く響かせる。斗近くに停車したS500から斗蘭が転がりでて、ボンドのすぐわきに身を寄せた。斗蘭も父親と同じく、寝間着姿ではなかった。レディススーツを着た斗蘭が拳銃を抜いた。

ボンドは軽口を叩《たた》いた。「夜中だってのに婀娜《あだ》っぽさが皆無だ」

「暗い海辺のデートは素敵です」斗蘭は仏頂面でつぶやいた。「敵が狙ったのは父じゃありません」

「わかってる。タイガーと宿舎を交換したからな。本来なら俺がいる部屋だった」

狙われたのはボンドだった。敵はもうボンドが日本にいると気づいている。これでノースドックに隠れている意味はなくなった。

斗蘭が散乱した物体を見まわした。長さ二メートルほどの円筒に目をとめる。丸柱の建材にも見えるその物体を、斗蘭が重そうに持ちあげた。じつはレザー製で側面にジッパーがついていた。斗蘭はそれを開け、カバーを剝《む》くようにしながら、金属製の円筒をとりだした。

M20、すなわち三インチ口径の無反動砲だった。長さ六十五インチ、百六十八ポンドもある円筒を、斗蘭が右肩に載せたうえ水平に保った。「援護してください」

ボンドはジープの陰から転がりでると、伏せた姿勢でアサルトライフルを掃射した。斗蘭は反対側へと躍りでた。片膝《かたひざ》をつき、脚を前後に大きく開くことで、身体を深く沈める。狙い澄ましたのは一瞬のみだった。無反動砲はたちまち火を噴いた。

トラックが真夏の太陽のごとく光り輝き、直後に巨大な火球を膨れあがらせた。爆風が放射状に走る。ボンドも身体が浮きあがるのを感じた。ひっくりかえったジープが激しく振動する。なにもかも焼き尽くすかに思える熱風が襲った。被弾したトラックは横方向にひしゃげるや、さらなる大爆発を引き起こした。轟音《ごうおん》とともにタイヤやホイール、無数の金属片を飛び散らせた。

ボンドは身体を起こした。燃え盛る車体の残骸《ざんがい》の周りに、累々と敵勢の死体が横たわる。一部の迷彩服は火に覆われていた。ゴムが焦げる悪臭が漂う。

炎のなかから三つの人影が抜けだし、揃って逃げていった。ボンドはすかさず追走を開始した。斗蘭も駆けてきてボンドに並んだ。ふたりは競うかのように併走した。

三人の敵は、ゲートから敷地外への脱出をあきらめたらしい。逆にノースドックの中枢へと逃走していく。敷地内に警報が鳴り響く。監視塔からサーチライトが埠頭を照らす。三人のシルエットから西洋人の背丈ではないとわかる。

襲撃犯は全員アジア人か。米軍のトラックに乗り、似たような迷彩服を身につけることで、ノースドックへの侵入に成功したようだ。タイガーにいわせれば、ここはソ連のスパイが目をつけない米軍施設ではなかったか。そのように断じたタイガーの見立ては、すでに外れている。スパイどころか武装勢力の潜入を許した。しかも敵勢はロシア人ではない。

逃走する三人がときおり足をとめては、振り向きざまアサルトライフルを掃射してくる。ボンドと斗蘭はジグザグに走った。敵も完全に静止できない以上、容易なことで追っ手に狙いはさだめられない。

三人のうちひとりが進路を変え、ほかのふたりとは別方向へ逃走しだした。ボンドはとっさに呼びかけた。「斗蘭」

「追います」斗蘭はそのひとりのもとへ猛然と向かった。右手にはM39がある。断続的な掃射による反撃をものともせず、斗蘭はしだいに距離を詰め、敵を海辺へと追い詰めていく。

ボンドは残るふたりを追走しつづけた。銃声に後方を振りかえる。斗蘭が敵を仕留めたとわかる。撃たれた敵が海に落ちていった。

前方のふたりは向きを変え、ガントリークレーンの下へ駆けていく。距離が詰まってきた。ボンドはアサルトライフルのトリガーを引いたが、なぜか数発で弾がでなくなった。まだ残弾があるはずが、ボルトの閉鎖不良を生じている。アサルトライフルを投げだし、ベルトからワルサーを引き抜いた。

敵ふたりの後ろ姿はコンテナの陰に消えた。ボンドは歩を緩め、慎重に近づいていった。付近には海軍事務所の平屋が点在している。どの窓も業務時間外のため消灯していた。たとえ日中であっても、武装襲撃時に事務所内に留《とど》まる兵士はいない。みな遠巻きに包囲網を敷き、そこからじりじりと範囲を狭めるのが、軍施設での侵入者への対処法だった。

迷路のようなコンテナの谷間を、ワルサーを水平に構えながら前進していく。背後に物音をきいた。ボンドはすばやく振りかえったが、アサルトライフルの銃口がすでに狙っていた。アジア人の黒々とした目がボンドを見据える。逃走したふたりのうちひとりだった。ボンドがワルサーを向けきらないうちに、敵がトリガーを引こうとしている。

銃声とともに銃火が閃《ひらめ》いた。ボンドはびくっとしたが、被弾はなかった。倒れたのは敵のほうだった。こめかみを撃ち抜かれ、脳髄を辺りに飛び散らせている。

わきのコンテナの陰から靴音が響いた。ガウン姿のライターが現れた。左手に握ったコルトガバメントから煙が立ち昇っている。

ボンドは安堵《あんど》のため息を漏らした。ライターの足もとはサンダルだった。なおも周囲を警戒しつつボンドはささやいた。「ずいぶんおくつろぎだったんだな、ライター」

「アメリカに帰った夢を見てた」ライターも油断なく四方に拳銃《けんじゅう》を向けていた。「だがまだちがってた。中ソの目と鼻の先にいたんだったな、忘れてた」

「こいつらはロシア人じゃない」

「ああ、中国人っぽいな」

ソ連とは犬猿の仲ではなかったのか。中ソの軍事共同作戦など現在の時点ではありえない。諜報《ちょうほう》の世界でもだ。断じて正規兵ではないのだろう。チェコスロバキアと東ドイツに次いで、今度は中国。共産圏のゴロツキばかりを雇うのはなぜだ。

アサルトライフルの掃射音が鳴り響いた。闇が青白く点滅する。ボンドはすばやくライターの肩に手をかけ、ふたり同時に姿勢を低くした。多少の距離がある。

コンテナの陰を最後のひとりが逃走していく。追っているのはタイガーだった。敵が後ろ向きに駆けながら弾幕を張る。タイガーは回避行動をとったが、体勢を崩し激しく転倒した。

敵が事務所棟へと逃走していく。なにかを落としたらしく、かすかな金属音が響いた。ボンドはライターとともにタイガーのもとへ駆け寄った。暗がりに倒れる人影にボンドは呼びかけた。「タイガー」

「だいじょうぶだ」タイガーが荒い呼吸とともに応じた。「奴を仕留めろ」

ドアの開閉音がした。ボンドは事務所群を振りかえった。最後の敵はどこかの建物に入ったようだ。明かりが消えているため、敵の潜む場所を判別するのは困難だった。

ボンドは拳銃を構え直し、ゆっくりと事務所群へと歩を進めた。

足もとに落ちている小さな物を慎重に拾う。数本の鍵《かぎ》束だった。モーターボートのキーで、レンタル会社のタグがついている。

ノースドックへの侵入にあたり、モーターボートを横付けできたとは思えない。これは江ノ島ヨットハーバーに放置されていたモーターボート用だ。すなわち最後に残ったひとりこそ、罪なき男女を海にひきまわした実行犯だった。

静寂が包みこむ。位置的に敵が転がりこんだ可能性のある平屋は、付近の五つか六つになる。片っ端から調べるにせよ、敵が待ち伏せしていて銃撃してくる恐れがある。かといってあまり長い時間はかけられない。なぜなら……。

タイガーが近くでささやいた。「ボンドさん。奴はたぶん電話を使うつもりだ」

そのとおりだ。どこかへ連絡するためここに逃げこんだのだろう。悠長に探索などしていられない。もう小声で電話をかけているかもしれない。

静かに駆け寄ってくる足音をきいた。ライターとタイガーが振りかえった。人影から斗蘭だとわかった。四人が合流した。一行は事務所群の真んなかへと進んでいった。

ボンドは一計を案じた。外壁に配電盤ボックスがある。この辺りの事務所棟の電源は、すべてここに集中していると考えられる。ボックスの蓋《ふた》を開けると、ただちにレバーを押し下げた。わずかな非常灯の明かりまでも消えた。すぐにレバーを戻す。

事務所群の窓明かりがいっせいに灯《とも》った。軍施設の電源は停電復旧後、すべて点灯状態になる仕組みだ。

ひとつの窓のなかに中国人の迷彩服が立っていた。受話器を片手に、ぎょっとした顔でこちらを見つめる。泡を食いながらアサルトライフルを構えようとする。「チュウシェン！」

だがボンドのワルサーはもう敵の胸部に狙いをさだめていた。トリガーを矢継ぎ早に繰りかえし引いた。窓ガラスが粉々に割れた。敵が血飛沫《ちしぶき》をあげ、その場に倒れこんだ。

ライターがつぶやいた。「さすがだ」

ワルサーのスライドが後退したまま固まっている。ボンドは拳銃を下ろした。「いま奴はなんていった？」

斗蘭が応じた。「〝畜生《チユウシエン》〟です。日本語の〝ちくしょう〟とまったく同じ。悪態です」

やはり中国人か。ボンドは事務所棟のドアへ向かった。鍵は解錠されていた。ドアを開け、なかへと踏みいる。ライターと田中父娘もあとにつづいた。

中国人の死体が転がっている。年齢は三十代ぐらいか。迷彩服は血みどろだった。受話器が床に落ちていた。男の低く問いかけるような声が、受話器からきこえてくる。「ズェンマラ？　ファーシェンシェンマシーラ？」

ボンドは近くで足をとめた。停電しても黒電話はつながったままになる。常識だった。敵が連絡をとろうとした相手の声だ。作戦指揮官か雇い主だろうか。

タイガーがささやいた。「〝どうした、なにがあった〟ときいとる」

切られる前に情報を得たい。ボンドは小声でたずねた。「〝なんでもない〟と答えるにはどういえばいい？」

斗蘭が声をひそめて応じた。「〝没事《メイシー》〟です」

床から受話器をとりあげる。ボンドは落ち着いた発声を心がけた。「メイシー」

しばし沈黙があった。耳におぼえのある中国訛《なま》りの英語で、男の低く唸《うな》るような声が告げてきた。「ボンド君。付け焼き刃の中国語ではごまかせんよ。極東においてもまだ邪魔立てする気かね。あいにくきみはここでは無力だ。大陸の圧倒的な力が、ちっぽけな島国など蹂躙《じゅうりん》し制圧する」

電話は切れた。ボンドは慄然《りつぜん》とした。記憶に深く刻まれた声だった。

ライターが目を瞠《みは》った。「いまのは誰だ、ジェームズ？　会ったことがある男か？」

「ああ。忘れたくても忘れやしないさ」ボンドは陰気につぶやいた。「もっと早く再会してりゃ、記憶喪失なんかいっぺんに吹き飛んでたかもな。ドクター・ノオ、あいつの声だ」

19

赤坂《あかさか》一丁目、アメリカ大使館内にCIA日本支局はある。正確には本館の隣、別館の三階と四階にあたる。かつて南満州《みなみまんしゅう》鉄道の保有するビルを、米大使が購入し別館にした。

ボンドにいわせれば、在日大使館が母国の諜報機関を毛嫌いしていないところが、イギリスと大きくちがうらしい。いかにも日本を縄張りとして君臨するアメリカだと、ボンドは斗蘭に告げてきた。

斗蘭が父とともにここを訪ねるのは、今回が初めてではない。けれども職員らのオフィスを案内されたことはいちどもなかった。きょうもまた四階にある課長クラスの執務室へと、寄り道せずまっすぐ導かれた。執務室といっても大きな円卓が据えられ、ほぼ会議室の様相を呈している。

CIA側は五十代のコンラッド・エイムズと、三十代のカーティス・ハリントンが同席した。ピンカートン社のライターから話を通してもらったおかげで、わりと円滑にきょうの協議がきまった。

公安外事査閲局の出席が斗蘭と父のほか、宮澤課長のみに限定された点については、さして文句はいえない。CIA側は充分に譲歩してくれている。YRRTの技術者らのために、隣にもうひと部屋が用意されたからだ。そちらではヤネス・ゴリシェクらが、鹵獲《ろかく》電波に関する事情をきかされ、対策を練ることになっている。この件について日本側はYRRTとの直接のやりとりを禁じられた。アメリカはどうしてもリーダーシップを握りたいらしい。

ボンドは肘掛《ひじか》け椅子に脚を組んで座っている。斗蘭らもみな着席し円卓を囲んだ。円卓には大型のオープンリール式テープレコーダーが据えてある。

エイムズひとりはエグゼクティブデスクにおさまっていた。吹かしていたパイプを灰皿へ戻すと、エイムズが厳かな声を響かせた。「ではよろしいかな。米軍施設では通話はすべて自動的に録音される。ノースドック襲撃者の最後のひとりがかけた電話も、停電時だけは途切れているものの、通電中の会話は残っていた」

ハリントンがテープレコーダーの再生ボタンを押す。オープンリールが回りだした。男の荒い息遣いがきこえるなか、呼びだし音が反復する。やがて通話がつながった。

男の声が切羽詰まった響きの中国語でいった。「三足烏《サンズウウー》から貔貅《ピーシオウ》へ。ノオ博士。至急」

回線が切り替わるようなノイズが反響する。年齢を重ねたとおぼしき男の低い声が、淡々と告げてきた。「電話は許可していない」

「襲撃に失敗しました。ボンドは生存しております」

「きくに値せぬ報告だ」

「全員殺《や》られました。残るは私だけです。どうか緊急支援を」

「支援部隊の待機などない」

男は絶句したらしい。しばし間があったのち、うわずった声で問いただした。「待機なし？ うかがった計画とは異なっているようですが」

ブツッという耳障りな音が挟まった。録音が一時的に中断されたとわかる。停電になった瞬間だろう。ふたたび録音が再開されてほどなく、斗蘭もあの夜にきいた、男の罵《ののし》る声が響き渡った。「畜生」

銃声が立て続けに轟《とどろ》き渡った。ガラスの割れる音が騒々しくこだまする。男の呻《うめ》き声ののち、転倒の重低音が鈍く響く。硬い物に打ちつける音は受話器の落下と思われた。

先方の声のトーンは変わらず、ただ機械的にたずねた。「どうした。なにがあった」

かなりの時間が過ぎた。ボンドの声が中国語で応じた。「なんでもない」

「……ボンド君。付け焼き刃の中国語ではごまかせんよ。極東においてもまだ邪魔立てする気かね。あいにくきみはここでは無力だ。大陸の圧倒的な力が、ちっぽけな島国など蹂躙し制圧する」

通話が切れた。録音はそれまでだった。ハリントンが停止ボタンを押した。

エイムズがエグゼクティブデスクからいった。「ジャマイカ総督府による、クラブ島グアノ採掘施設の視察時、ドクター・ノオの発言の録音テープを、CIAは入手している。本部がベル研究所の協力のもと、声紋分析を進めた結果、ノースドックにおける通話相手は、ドクター・ノオと断定された」

ライターが顔をしかめた。「やっぱり生きてたってのか。しかしどういうことなんだ。黒幕はソ連じゃなかったのか?」

ボンドが小さく鼻を鳴らした。「ありうるさ。当初からドクター・ノオは、純粋にテロ目的で軍用機墜落を画策し、鹵獲電波を発信していた。ところがマイアミ警察に、俺たちがノオの捜査資料を要請した。あいつは自分に疑いが向いたことに気づき、攪《かく》乱《らん》しようとした」

「それで三流の殺し屋どもを招集したか。黄金銃で暗殺を謀らせたり、ミスター・ビッグの処刑法を真似てみせたり。あくまでジャマイカ駐在のボンドを、ソ連が日本におびきだすための犯行と思わせた。鹵獲電波もその一環にすぎないと見せかけたわけか」

田中虎雄が疑問を口にした。「ドクター・ノオにソ連の後ろ盾がないのなら、黄金銃はどうやって手に入れた？」

ボンドは平然と応じた。「ジャマイカやフロリダあたりに手先がいる。ひとりはマイアミのコテージで射殺した。黄金銃を拾ったのがあいつじゃなかったとしても、別の奴が潜伏してたんだろうな」

斗蘭はそら恐ろしくなった。敵側がいまだボンドの入国に気づいていない、そんな楽観論は幻想にすぎなかった。ドクター・ノオは事実に気づかないふりをして、黒幕がソ連のごとく偽装していただけだ。

宮澤が頭を掻《か》きむしった。「これはドクター・ノオの単独犯行なんでしょうか？」

ハリントンが宮澤を見つめた。「本部の調査によれば、ドクター・ノオが生存していた場合、クラブ島を失ったとしても、各国に散らしてあった莫大《ばくだい》な隠し資産を集められただろうと」

エイムズがまたパイプに火をつけた。「資金は潤沢にあったわけだ」

「しかし」宮澤が反論した。「日米の軍用機を墜落させるという目的からして、ドクター・ノオに犯行を依頼したのは、やはりソ連ではないのですか。クラブ島でもそうだったんですし」

斗蘭は静かに指摘した。「それならドクター・ノオがボンドさんの件で、ソ連を黒幕に仕立てようとした偽装工作と、理屈が合いません」

「そう……だな」宮澤が困惑のいろを浮かべた。「どうにもわからなくなってきた」

虎雄が腕組みをした。「ノースドックの襲撃犯は中国人だった。ソ連ではなく中国が黒幕とは考えられないか？」

宮澤が虎雄に向き直った。「ドクター・ノオは中国の〝党《トン》〟を裏切り決別したはずです。祖国への恨みも口にしていたと、ボンドさんの供述がＭＩ６の資料に……」

ボンドが微笑した。「中国の闇社会との関係は途絶えても、中国共産党政府はドクター・ノオと手を結んだかもしれない」

ハリントンがうなずいた。「なるほど。たしかに中国はオリンピック不参加をきめた。代表数名だけは来日しているが、あくまで視察だ」

エイムズも同意をしめした。「どんな混乱が起きようとも、日本に中国の選手団はいない。せいぜい大使館員を地方に逃がせば、東京でテロを働き放題になる」

ドアをノックする音がした。入れとエイムズがいった。

開いたドアからＣＩＡ日本支局の職員が顔をのぞかせた。「失礼します。ＹＲＲＴのほうからご提案があると」

ヤネス・ゴリシェクが筒状に丸めた大判の紙を携え、ふたりの技術者をともない入室してきた。斗蘭がオリンピック放送センターで会ったときと同じく、ゴリシェクは陽気に声を張った。「お邪魔しますよ。説明をおききしまして、すべての墜落の原因が鹵獲《ろかく》電波だったと仮定し、電波の方角を割りだしました」

驚きの反応が一同にひろがる。タイガーが立ちあがった。「そんなことが可能なのですか」

「あくまで仮説の段階です」ゴリシェクは大判の紙を円卓に置いた。「たとえば九月十日、福岡県粕屋郡でのヘリ墜落ですが、本来なら管制塔に向いているはずの指向性アンテナが、別の方位に切り替わっていたことが判明しています」

「別の方位に……」

「ええ。強力な鹵獲電波を受け、システムがＶＯＲやＤＭＥのような重要な電波と錯覚し、そちらを自動的に優先選択してしまったのではと。直前までヘリが規定どおりの空路を飛んでいたとすれば……」

大判の紙がひろげられた。日本地図にいくつもの直線が描きこんである。墜落の発生した各地から日本海へ延びる直線が、海上の一点で交わっていた。

ゴリシェクがつづけた。「粕屋町のヘリの針路に対し、指向性アンテナが切り替わった方位は3－2－7です。同様に愛知県犬山市のF86戦闘機二機も、それぞれの針路に対し、方位2－3－6と1－9－4。厚木周辺や埼玉県岩槻市の墜落機も、確認可能なものを反映したうえで、テレビ受像の乱れの分布図も考慮し……」

地図の上を滑るゴリシェクの人差し指が、直線の交わる一点でとまった。座標が書きこんである。

虎雄がつぶやいた。「北緯三七度一七分五九・四秒、東経一三四度六分八・八二秒。日本海の真んなかか……」

ハリントンが興奮ぎみにいった。「そこからならたしかに、すべての墜落地点が三百マイル以内におさまっている。中国が大型船に鹵獲電波発信装置を載せ、日本海へでしゃばってきたか」

ゴリシェクが表情を曇らせた。「それがどうも、少々問題がありまして。鹵獲電波をとらえた方位が、あまりにもきれいに重なりすぎてるんです」

宮澤がゴリシェクにきいた。「どういうことですか」

「もし船舶が鹵獲電波の発信源なら、位置が毎回ぴたり同じなのはおかしいでしょう。

これじゃまるで常駐の放送局ですよ」

不穏な空気がひろがる。虎雄が硬い顔で地図を見下ろした。「この座標に島でもあるのか」

ライターが肩をすくめた。「地図にはなにも載ってないな。海のど真んなかだ。もっとも、小さい岩ぐらいは突きだしてるのかもしれない。ここは日本の領海じゃないよな?」

斗蘭はうなずいてみせた。「領海はあくまで領土から三海里、約五・六キロメートルです。アメリカの単位なら三・四八マイルですね。大砲の届く距離が基準だったとか」

「時代錯誤だな」ライターが苦笑した。「漁業保護区や資源開発の争いが激しい時代に、三海里の外はぜんぶ公海あつかいで、なにが浮かんでいようと関係なしか」

「ええ……。チリやペルー、エクアドルが一九四七年に、二〇〇海里までは自国の漁業権がおよぶと主張しましたが、いまのところ認められていません。二〇〇海里を国際法の基準にしようとする協議も、国連で始まっています」

「現段階で日本の司法権に含まれるのは三海里まで。その外に電波を発信する小島なり岩なりがあっても、どうにもできないわけだ」ライターが口もとを歪《ゆが》め、ボンドを見つめた。「きみの直感が当たったみたいだな。ドクター・ノオは日本に装置を持ちこんじゃいない。日本海の洋上にあるんだ」

ボンドが黙っていることに斗蘭は気づいた。なにやら熟考中のようにも見える。ライターは電波の発信源を突きとめたとばかりに、さも嬉《うれ》しそうにハリントンと笑いあっていた。

複雑な面持ちなのはゴリシェクも同じだった。地図を眺めては何度も首をひねっている。

斗蘭は腰を浮かせるとゴリシェクに歩み寄った。「どうかなさいましたか」

「いや……。どうにも単純すぎる気がしてならない。電波が毎回、同じぐらいの強度だったと思えるのも不可解でね。岩の上に設置してあったとしても、海面は上下するでしょう」

「水中からの発信なら、相応に電波も弱まるってことですか」

「そうです。ところがこれは常に一定だったと推測される。そこも放送局みたいでね」

ハリントンは笑顔のままだった。「そんなことは問題じゃありません。陸に近い海は潮の満ち引きで、三フィートも水位が変わりますが、日本海のど真んなかなら潮位変動なんて、せいぜい数インチていどです。常時、海面上にのぞいてる岩の坑道に、装置を仕込んであるんでしょう」

エイムズが身を乗りだした。「偵察機からも目視で発見できそうだ。USSセントポールを現地に向かわせるよう、横須賀《よこすか》の海軍司令部に助言しよう」

「ただちに連絡します」ハリントンが上機嫌そうに応じた。「重巡洋艦ではなく潜水艦を派遣するべきかもしれません。海中の状況も観察できますし、いざとなれば……」

「そうだな。そこまで考慮すべきだ。中国に探知されずに接近するのも重要だろう」

田中虎雄がエイムズにいった。「海上自衛隊のSS521はやしお、SS522なつしおにも、現地調査に向かうよう打診できますが」

アメリカ人たちの会話に穏やかならぬものを感じたうえでの、父の提言だったのだろう。斗蘭にはそう思えた。しかしエイムズは不快そうに首を横に振った。「日本の領海の外だ。自衛隊が公海にでたんじゃ、いろいろと不都合が多かろう。まして共産圏の魑魅魍魎《ちみもうりょう》どもが蠢《うごめ》く日本海ではな」

「……失礼しました」虎雄が神妙に頭をさげた。

つかみどころのないなにかが、斗蘭の胸の奥でくすぶりだす。いざとなれば、そうハリントンはついさっき口走った。重巡洋艦ではなく潜水艦を向かわせる、その根拠を説明する過程でのひとことだった。

おそらく装置を発見しだい、魚雷で攻撃すべきだとハリントンは示唆している。エイムズも同意をしめした。たしかに日米の軍用機が、いつまた鹵獲電波による攻撃を受けないともかぎらない。一刻も早い破壊は理にかなっているだろう。しかし……。ゴリシェクも戸惑いがちに懸念を表明した。「あの、すみません。まだわかりませんよ。荒っぽい計算をしてみただけなんでね。現地に行ってみたら、てんで的外れだったってことになる可能性も……」

エイムズが声高に遮った。「そこはこちらにおまかせを。YRRTには深く感謝申しあげます。この件についてはどうか内密にお願いします」

またCIAが手柄を横取りしようとしてくる。だが父の渋い顔の理由は、かならずしもそれだけではないと思われた。斗蘭と同じく腑《ふ》に落ちないものを感じているようだ。

鹵獲電波の発信源があっさり特定された。当のゴリシェクでさえ納得いかない態度をしめしている。安易に信じていいものか疑念が募る。

とはいえここでの会議は、もう解散の気配が濃厚になっていた。とりわけライターとハリントン、エイムズの会話が弾んでいる。あたかも脅威が去ったとでもいいたげだった。ライターはあんなに気楽な性格の持ち主だっただろうか。

するとボンドが立ちあがり、斗蘭の肩に手をかけると、部屋の隅へといざなった。小声でボンドが告げてきた。「すまないが斗蘭。一緒に日本海でのクルージングとしゃれこまないか。父上にも内緒で」

斗蘭は面食らった。前にもボンドからこんな身勝手な要請を受けた。ちらと父を振りかえる。たしかに現状、局長の立場で秘密を抱えこむわけにはいかないだろう。神戸ポートタワーへこっそり赴いた件についても、あとでＣＩＡ側から大目玉を食らったときいている。

ライターがそれとなくこちらを気にしている。斗蘭は真意を悟った。彼はボンドと斗蘭の密談について、ハリントンやエイムズの邪魔が入らないよう、わざと大げさに振る舞っている。

なぜボンドが斗蘭に声をかけたか、その理由も明白だった。斗蘭はささやいた。「潜るんですか……？」

「ああ。アメリカの魚雷になにもかも吹き飛ばされる前にね」ボンドは両手をポケットに突っこみ、世間話のような口調でいった。「俺は古い人間でね。なにもかもこの目でたしかめないと」

20

曇り空は潜水に好ましくない、ボンドはそう思った。深さ二百フィートまでなら、陽射しが充分に届き、視界も良好になる。いわゆる光帯もしくは真光層と呼ばれる範囲だった。しかし太陽がでていなければ、百フィートあたりから早くも暗くなり始める。深さ二百フィートを超えてからの弱光帯はなおさらだった。

ボンドは灰いろの海原を眺めていた。ウェットスーツに身を包んでいても、露出した首から上は、強烈に吹きつける潮風に晒《さら》される。海面を滑るように疾走しているからだ。

クラッセン造船所が建造した、真新しいクルージングモーターヨット、ラモーナの甲板に立っている。全長は六十五フィートもあるが、ロールス・ロイス製のツインディーゼルエンジンで波を乗り越え、ぐいぐい進む。キャビン内部前方に操舵《そうだ》席、階段を下れば三つの狭い船室も有する。

周りは見渡すかぎりの海だった。陸地どころか岩すら見えない。ボンドはキャビンへ歩を進めた。斗蘭の後ろ姿が舵輪《だりん》と格闘している。華奢《きやしや》な身体を包むショーティウエットスーツから、長い素足がのぞいていた。悪くない眺めだとボンドは思った。

歩み寄りながらボンドはきいた。「あとどれぐらい？」

「ほんの二、三分で着きます」斗蘭が振り向きもせずに応じた。「海面から突きだした岩なんてなさそうですね」

「潜れるきみと一緒に来れてよかった。この辺りの深さはどれぐらいかな」

操舵席のパネルにソナーの測定結果が表示されている。斗蘭がいった。「七十メートルぐらいの平らな海底がつづいてます。約二百三十フィートってことです」

「案外浅いな」なにかを沈めておくには適度な深さかもしれない。弱光帯に入ってからさらに三十フィートほど下ることになる。この天候では少々見づらい環境だろう。

斗蘭がヨットを減速させた。舵輪で針路を細かく調整する。「ボンドさん。アメリカの潜水艦が、もうこの辺りに向かってるとの情報があります。わたしたちはほんの少し先まわりできたにすぎません」

「なら急いでたしかめよう」

ヨットはいっそう速度を落としていった。エンジン音が途絶え、ふいに静寂がひろがる。船体に打ちつける波音だけが耳に届く。斗蘭はため息をついた。「北緯三七度一七分五九・四秒、東経一三四度六分八・八二秒。まさしくここです」

事前に地図で見たとおり、なにもない海の真んなかでしかない。ボンドは思わず苦笑した。「かえってほっとしたよ」

「なぜですか」

「ここに首尾よく小島でもあって、坑道内に装置を仕掛けてあったりしたら、どうにも話がうますぎる」

「ＹＲＴは信用できる人たちですよ。宇宙中継の準備も順調に進んでいます。ゴリシェクさんがなにかを企《たくら》んでいるようには……」

ボンドは双眼鏡を手にとり、周辺海域を眺めまわした。船舶らしきものは見えない。仮に鹵《ろ》獲《かく》電波発信装置があるとすれば、定期的に発電機用の燃料を運んでくる必要がある。装置を常設したところで、けっして放っておけるものではない。

双眼鏡を戻すとボンドはいった。「日本の船舶もいないみたいだ。きみはタイガーにも知らせなかったんだな」

「あなたがそう望んだんでしょう」

「まあね。でも父親に黙ってるのは辛《つら》かったろ？」

「このクルーザーを借りる経費の調達に苦労したぐらいです。局長である父は例によって、ＣＩＡに振りまわされてます。わたしたち現場の職員にはむしろ構っていられません」

「父親が威厳を失いつつあるのは日本も同じか」

「うちは少々事情がちがいます。同居していませんので」斗蘭はレバーを操作し、錨《いかり》を水中へ下ろした。「母親の不在について、特にお気遣いいただかなくても結構ですから」

先んじて強がってくるあたりがいじらしく思える。ボンドはただ微笑してみせた。

「錨のロープの長さは?」

「百メートルあります。三百フィート超です」ウィンチが停止する音がした。斗蘭が計器類を眺めた。「二百五十一フィートで錨が止まりました」

「潜れる深さだ。行こう」ボンドはキャビンから甲板へとでた。

置いてあるアクアラングをふたりがそれぞれ装着する。水中眼鏡を頭に嵌《は》め、足ヒレを履く。片膝《かたひざ》をついた姿勢で重いタンクを背負うのは、いつもそれなりに苦労する。だが斗蘭は甲板に正座することで、タンクを大きく持ちあげることなく、難なく身につけた。日本人の身体の柔らかさが羨《うらや》ましくなる。

Q課はサンダーボール作戦ののち、水中無線通信の開発を急ぐといったが、まだ実用段階にないようだ。ボンドはマウスピースをくわえる前にぼやいた。「海底でも会話できりゃ楽なんだがな」

「うちの科技課も開発中です。水中では電波がごく短い距離しか届かないので、音声通信を超音波に換えなきゃいけないのが、とても難しいとか」斗蘭がふと思いついたようにきいた。「装置が海の底に沈んでいたとしても……」

「ああ。そのままじゃ鹵獲電波なんか発信できない。ここが発信源だなんて眉唾《まゆつば》もんだが、とにかくたしかめるしかないな」ボンドは斗蘭にきいた。「準備は?」

「いつでも」斗蘭が水中眼鏡で顔を覆い、マウスピースを口にくわえた。

ボンドもそれに倣った。ふたりともヨットの縁に進み、軽く空中へと跳躍する。足からまっすぐ海面へ落ちていった。

気泡が視界を覆い尽くす。ボンドはすぐに泳ぎだし、鮮明な水中を目にできる位置に移動した。海の透明度はかなり高かった。頭を下に向ける。錨を下ろしたロープをたどっていけば真下をめざせる。ボンドは深く潜水していった。

少し離れた場所に斗蘭の白い脚がぼんやりと浮かんでいる。ウェットスーツが闇に紛れる一方、両脚の動きだけは明瞭《めいりょう》に見える。なんの異常も生じていないとわかる。

ボンドはできるだけ斗蘭に接近し、一緒に海底へと向かった。

深度百フィートを超えると、予想どおり辺りが暗くなってきた。ヒラメの群れが目の前を横切っていったが、それより深く潜っていくと、すっかり生き物を見かけなくなった。行く手は常に真っ暗だった。深く潜るにつれ、背中に手をまわしバルブ調整をおこない、タンク圧を変化させていく。

斗蘭の水中眼鏡がこちらを向いた。前方を指さしている。ボンドは目を凝らした。海底に立方体が横たわっている。列車に積むコンテナ一両ぶんとほぼ同じ大きさだった。というより外観はコンテナそのものに見える。全長は六十フィート以上もあった。

マイクロフィルムに写っていた図面が想起される。発電機とマグネトロン、高周波結合器、冷却器、巨大アンテナ。コンテナを地下坑道内に見立てれば、ほぼすっぽりおさまると考えられる。

だが操作要員がふたり必要だったはずだ。ここから電波を空中へ送信できるとも思えない。

さらに接近してみる。コンテナの周りの海底に、ビニール布が広範囲に敷き詰められているのが、おぼろに浮かびあがってきた。ほどなくビニール布が風船だとわかる。いくつものボンベらしき円筒が接続されていた。

すると作戦決行時には、複数の潜水要員がこれらのボンベを操作し、風船を膨らませることで、コンテナを海面まで浮上させるのだろう。潜水要員のうち二名が装置の操作を兼任するにちがいない。鹵獲電波発信が終わったのち、また風船の空気を抜き、コンテナを深く沈める。ボンベを未使用品に交換しておき、次の作戦に備えたうえで、潜水要員が撤退する。

むろん潜水要員を乗せてくる船舶が必要だが、装置はここに沈んでいるため、大型船で行き来する必要はない。ただし発電機に燃料を追加する場合のみ、相応のサイズの船を寄越さねばならないだろう。

ざっとそんなふうに作戦の段取りを推察できる。それでも疑念は尽きない。このコンテナは完全に密閉状態なのだろうか。だとしても海面に浮上後、潜水要員がウェットスーツのまま入りこむのが常とすれば、内部には海水の塩分により腐食やカビが発生する。精密な機材がそんなあつかいに耐えられるのか。潜水艦ですら、ずぶ濡《ぬ》れのウェットスーツで発令所や機関部に立ち入るのは、厳に禁じられているというのに。

コンテナの表層に触れられるほど肉迫した。素材は不明だが非常に硬そうだ。なんらかの樹脂だろう。ハッチは側面にあった。ちょうどコンテナ車両の積み荷口のように、スライド式のドアが見てとれる。ボンドはそちら側にまわった。ドアに手をかけてみる。当然ながら施錠されていた。

ふいに視界の端をなにかがすばやく横切った。水中できく鈍い音にききおぼえがある。銛《もり》銃の発射音にちがいなかった。

一直線に飛んだ銛が斗蘭をかすめた。斗蘭は呻《うめ》き声とともに身体を丸め、縦に回転した。煙のような赤い出血が、斗蘭の周りに漂いだす。

ボンドは振りかえった。銛を圧縮空気で発射した直後、射手は無数の気泡に包まれる。敵の存在はすぐに識別できた。フードまで全身黒ずくめのウェットスーツで、アクアラングを装備している。銛銃の発射は一発きりのため、敵はナイフを抜いた。ボンドは猛然と泳ぎ、敵に真正面から挑みかかった。

水中での接近戦術をボンドはわきまえていた。突きは水の抵抗が少ないが、スイングをともなうあらゆる動作は、地上よりずっと遅くなる。敵がそれを考慮し、ナイフで斬りつけるのではなく、一撃のもとに刺そうとしてくるのも予想済みだった。

だがこの敵は地上との条件のちがいを、まだ充分に把握できていない。水中においては跳躍せずとも脚が上がる。それも両脚だった。ナイフの刃渡りと腕の長さを合わせても、なお脚のリーチがずっと伸びる。ボンドは踵《かかと》どうしを叩《たた》きつけ、片脚の足ヒレを外すや、敵の腹部に蹴《け》りを浴びせた。足ヒレによる水の抵抗のないキックは、敵にとって想定外だったらしい。ボンドの足がもろにめりこみ、敵の身体は大きく前屈した。

すかさずボンドは敵の背後にまわりこみ、羽交い締めにした。ところがそのとき、敵はひとりではないと気づいた。斗蘭が血の霧に包まれながら逃げ惑っている。三人の黒ずくめが斗蘭に群がっていた。執拗《しつよう》に三方からナイフで襲われ、斗蘭は必死に身をよじり躱《かわ》しつづける。周りに漂う赤みが濃くなっていく。斗蘭の出血量が増していた。

ボンドから斗蘭まで二十ヤードは離れている。いま羽交い締めにする敵を仕留めても、駆けつけるまで時間を要する。小競り合いを延々とつづけるわけにいかない。ボンドは敵の首を絞めにかかった。もがく敵の握力が緩む。ナイフをもぎとった。逆手に握ったナイフで、敵の呼吸器用《レギュレーター》ホースを切断する。

すさまじい勢いで大量の泡が噴出され、敵は苦しげに激しく暴れだした。溺死《できし》まで時間の問題だった。ボンドは敵の背中のベルトを切断し、身体からタンクを分離させた。タンク上部のネジをひねって外し、レギュレーターを強引に除去する。

タンクがジェットのごとく圧縮空気を噴射しだした。ボンドはタンクに抱きついた。タンクを縦に保つことで、後方噴射を推進力に変える。ボンドはみるみるうちに、斗蘭に群がる敵勢のもとに接近していった。

三人のうちひとりが、はっとしたようすで向きを変える。ボンドは水中を突進する勢いのまま、右手に突きだしたナイフで敵の胸部を抉《えぐ》った。鮮血が積乱雲のごとく水中に膨張する。刃が深々と心臓を貫いたのはあきらかだった。こうなると敵の胸部の筋肉が硬く収縮し、刃をくわえこんだまま抜けなくなる。ボンドは無駄に抜こうとはしなかった。ナイフの柄から手を離し、代わりに敵の握力を失った手から、新たなナイフをもぎとる。向かってきたもうひとりの首筋に、ボンドはナイフを突き立てた。

視野がいっそう赤く染まるなか、最後のひとりはボンドにつかみかかり、ホースを切断しようとしてきた。ボンドは敵の手首をつかみ、刃の接近を阻止した。水中では容易に上下が逆になる。気泡があふれるなかで腕力勝負のつかみあいが始まった。

水中眼鏡に限定された視界であっても、新たに不審な動きをとらえた。いつしかコンテナ周辺で別の戦闘が繰りひろげられている。全員が黒っぽいウェットスーツのため、どのように敵味方が二分されているのか、一見しただけでは判別がつかない。銛銃を撃ち合ったのち、双方ともナイフを引き抜き、それぞれに一対一の白兵戦へと移る。

ボンドは間近にいる最後の敵について、腕を逆方向にねじりあげた。タンクを作用点にし、梃子《てこ》の原理で敵の骨をへし折る。敵の絶叫は水中でも伝わってきた。ボンドはナイフで敵の喉《のど》もとを掻《か》き切った。

　三人の敵はいずれも死体と化し、付近を漂っている。ボンドは斗蘭に近づいた。斗蘭のウェットスーツはあちこち裂け、動くたび血を噴出させている。出血の量から考えるに致命傷までは至っていない。だが二百三十フィートの海底に長居するべきではなかった。

　浮上の合図を斗蘭に送る。斗蘭は息も絶えだえのようすだったが、それでもうなずくと水面をめざし上昇しだした。ボンドは近くに漂う死体から、片方の足ヒレをもぎとり、裸足《はだし》に装着した。

　ボンドはひとりコンテナへ向かおうとしたが、そちらにも複数の死体が浮遊していた。生存するダイバー四人が、みな風船に接続されたタンクのバルブを開けにかかっている。どうやら勝ったのは敵勢らしい。奇襲をかけたほうは全滅したようだ。

　死体のひとつがボンドの眼前に漂ってきた。水中眼鏡の奥で青い目が見開かれたままだった。上腕に星条旗のワッペンがついている。

　米海軍だ。潜水艦は近くに到着しているのか。彼らもボンドと同じく、座標の海底を調査に来たものの、敵勢による返り討ちに遭ったようだ。

　いくつもの巨大な風船が膨れあがった。ひとつずつが熱気球並みのサイズだった。

コンテナがゆっくりと浮上を開始する。気泡もおびただしい量に達し、視界はほぼ閉ざされた。

ボンドはそれに乗じ、水中バタ足で猛然とコンテナに接近していった。四隅の風船にそれぞれ敵がしがみついている。ボンドは不意打ちを食らわせ、容赦なくひとりめをナイフで仕留めた。次の風船へと移り、ふたりめのホースを切断する。もがく敵がつかみかかってきたが、蹴って遠ざけると、その勢いを利用し三人めの敵に迫った。今度の敵はナイフで迎え撃ってきた。刃がボンドの肩をかすめるや激痛が走った。自分の血が視野に漂いだすのを見た。しかしナイフを引き戻そうとする敵の手首をつかみ、ボンドは両者の距離を一気に詰めた。もう一方の手に握ったナイフで敵をひと突きした。刃が敵の脇腹を深々と抉った。

水面がもう頭上に迫っていた。ボンドは風船をつかんだ。強大な浮力とともに、身体が空気中に跳ねあがる。ボンドは海面上にでた。

敵はまだひとり残っていた。別の風船にしがみつき姿を現した。だが敵がこちらを向いた瞬間、ボンドは間近の死体の手から奪ったナイフを、勢いよくぶん投げた。水中ではなく空気中ゆえ、ナイフは猛スピードでまっすぐ飛んだ。瞬時に敵の胸部にナイフが突き刺さった。身悶《みもだ》えした敵が水中へ没していく。

　ボンドは立ち泳ぎしながらマウスピースを外した。さすがに息があがっている。水面を漂う斗蘭に目をとめた。そちらへ全力で泳ぎだす。

　斗蘭はぐったりとし、ただ空を仰いでいた。ボンドは彼女のボンベを外した。背後からそっと両腕で抱き、斗蘭が沈まないよう支えた。

「だいじょうぶか」ボンドはきいた。

「ええ」斗蘭が力なく遠方に目を向けた。「潜水艦が……」

　その視線を追う。百ヤードほど離れた位置に、黒い流線型の船体が浮上していた。艦首をこちらに向けている。

　ダイバーたちの帰還をまっているのだろうか。だとすれば永遠にそのときは来ない。海中に送りだした味方の全滅を確信した場合、艦長がどんな判断を下すのか、ボンドにもほぼ予想がついた。

　斗蘭を腹の上に乗せたまま、ボンドは背泳ぎでコンテナへと戻っていった。風船のひとつの近くに死体が漂う。そのベルトに鍵《かぎ》が下げてあった。ボンドはそれをもぎとり、さらにコンテナの側面へと泳ぎつづけた。

　コンテナの下半分は沈んだ状態だった。ドアも上半分のみ水面からのぞく。ボンドはそこに接近した。鍵を鍵穴に挿入する。ぴたりと合った。解錠したのち、ドアを横滑りに開け放つ。

海水が大量にコンテナ内へと流入していった。斗蘭が息を呑《の》んだのがわかる。ボンドも慄然《りつぜん》とした。

鹵獲《ろかく》電波発信装置。形状はマイクロフィルムの図面とまったく変わらない。クラブ島の地下坑道内にあった装置が、まるごとコンテナのなかに格納されていた。発電機からアンテナまでそのままだ。

だがおかしい。四つの風船が膨張するや、コンテナはたちまち浮上した。これらの機材がそんなに軽いだろうか。半ば水没しているが故障しないのか。

ボンドは装置の一部に手を伸ばした。高周波結合器の突起をつかんだ。強くひっぱってみる。いきなり突起は根元から裂け、ボンドの手のなかに残った。

唖然《あぜん》としながら斗蘭を見る。斗蘭も呆気《あっけ》にとられていた。突起がもげ、穴のあいた装置の内部は、あきらかに空洞だった。しかも内部まで海水に満たされている。

素材はほとんどプラスチックのようだ。制御パネルはプラスチックの表面に描いた絵でしかなかった。細かいスイッチ類もまたしかりだった。

鈍い金属音がこだまするのをきいた。ボンドと斗蘭は同時に振りかえった。音は潜水艦のほうからきこえた。

いまのは艦首の魚雷発射口が開く音だ。まずい。ボンドは腹の上に斗蘭を抱いたまま、背泳ぎでコンテナから遠ざかろうとした。

すると斗蘭がいった。「泳げます」

本当にだいじょうぶかと問いかけている暇はない。ボンドは斗蘭を解放した。「頼むぞ。ヨットまで戻ろう」

乗ってきたモーターヨットはそう遠くない。ボンドは背中のボンベを外すと、残る力を振りしぼり、ヨットをめざし泳いでいった。斗蘭もクロールで前進しつづけるものの、息継ぎが苦しげに響く。彼女が限界に達したら、ただちに手を貸さねばならない。魚雷発射の瞬間は刻一刻と迫る。

ようやくモーターヨットに到達した。船体側面の鉄梯子《ばしご》に、斗蘭を先に上らせる。ボンドはそれにつづいたが、近くに別のボートが沈没しかかっているのを見た。船体のサイズはこちらとほぼ同じだが、とっくに無人のようだ。

甲板上から悲鳴がきこえた。ボンドははっとした。鉄梯子をがむしゃらに上り、跳躍し手すりを乗り越え、甲板に降り立った。

黒いウェットスーツふたりのうち、ひとりが斗蘭につかみかかっている。あきらかにアジア人の男だった。斗蘭が抵抗すると、敵はこぶしで殴りつけた。頬に一撃を食らった斗蘭が、甲板に強く叩《たた》きつけられる。もうひとりの敵はキャビンへ駆けこんでいった。

ボンドは甲板上の敵に対し、まだ距離があったものの、踵《かかと》のみを脱いだ足ヒレで蹴《け》りを繰りだした。飛んだ足ヒレが敵の顔面を直撃した。のけぞった敵に駆け寄り、腕をつかむや柔道の投げ技を放つ。敵は叫びとともに宙に浮き、海面へと落下していった。

水柱が立ち上ったときには、ボンドはキャビンに駆けこんでいた。もうひとりの敵は操舵《そうだ》席でレバーを操作し、錨《いかり》を引き揚げていた。ボンドに気づくや、男は立てかけた銛《もり》銃を手にし、ただちに狙い澄まそうとしてきた。

だがボンドの右手はキャビンの棚を開けた。つかみだしたワルサーで瞬時に銃撃する。反射的な行動でも無意識のうちに標的に銃口を向けられる。銃声が轟《とどろ》き、てのひらに反動を感じた。硝煙のにおいとともに薬莢《やっきょう》が宙に舞う。敵は目を見開き、被弾した腹部を両手で押さえ、喘鳴《ぜんめい》を発したかと思うと、床につんのめった。

ボンドは敵の死体をつかんでひきずり、甲板へとでた。まだうずくまっている斗蘭に声をかける。「出発してくれ。すぐにだ」

斗蘭の片頰は黒ずんで腫《は》れあがっていた。だが弱腰な態度ひとつのぞかせず、立ちあがるとキャビンに駆けこんでいった。

死体を海面へ投げ捨てる。ボンドは洋上の潜水艦に目を向けた。魚雷発射管の角度を、おそらく水平に保っている。艦首に水柱があがった。

魚雷を発射した。思わず肝が冷える。ボンドは身を翻した。「斗蘭、発進だ!」

キャビンに突入したとき、斗蘭の後ろ姿がスロットルレバーを大きく倒すのを見た。エンジン音がけたたましく鳴り響き、船体が大きく後方へ傾く。ボンドは転倒しそうになった。

弾《はじ》けるように急発進したモーターヨットが、風を切るがごとく海面を滑走していく。ボンドは後方を振りかえった。遠ざかるコンテナがふいに炸裂《さくれつ》し、炎と水を大量に噴きあげた。すさまじい爆発が半球状にひろがり、周囲に何重もの高波を発生させる。衝撃波はたちまちモーターヨットにも追いつき、船体を激しく揺さぶった。黒煙のなかにもういちど閃光《せんこう》が走り、コンテナ全体が粉々に吹き飛んだ。

モーターヨットのエンジン音を、ボンドは長いことききいていた。海上の火災が彼方《かなた》に遠ざかっていく。潮風だけが吹きつけてくる。〝葬儀屋の風〟とは少しちがう。より味気なく冷たかった。

ため息が漏れる。ボンドはキャビン内にひきかえした。斗蘭のウェットスーツの背中がざっくり裂け、地肌に切り傷がのぞいている。呼吸が荒いものの、なおも舵《かじ》をとりつづける。

ボンドは声をかけた。「減速してくれ。傷の手当てをしよう」

斗蘭がスロットルレバーを操作した。振りかえった顔は青白く憔悴《しょうすい》しきっていた。前髪から無数の雫《しずく》が滴り落ちている。震える声で斗蘭はささやいた。「さっきのはなに……？」

「張りぼてだ。電波の発信源なんかありゃしない」

こんなになにもない海域に、敵勢がずっと待ち構えていられたわけがない。接近する船舶を探知しだい、出動の命令が下る手筈《てはず》だったのだろう。

米海軍は調査のためダイバーを派遣したが、返り討ちに遭い全滅してしまった。敵はどうあっても米海軍をコンテナに近づけさせなかった、その理由などあきらかだ。近くで中身を見られては困るからだ。コンテナが浮上するのを目にし、艦長が決断できる選択肢はただひとつ。魚雷による攻撃だった。破壊が一秒でも遅れれば、軍用機に向け鹵獲電波が発せられる、艦長はそう考える。

ボンドはいった。「コンテナも内部の張りぼても、たぶん熱可塑性樹脂だ。魚雷爆発の熱で溶解し、なんの物証も残りゃしない」

斗蘭が信じられないという顔になった。「YRRTが……。嘘をついてたんですか」

「この座標をしめしたのは彼らだ」

「でもなんのために？」

「鹵獲電波の発信源を破壊せりと、艦長は司令部に連絡する。これでドクター・ノオはなんら警戒されることなく、本物の装置でまた鹵獲電波を発信できる」

「……さっきコンテナのドアを開けたのも、かえって敵を利することになったかもしれませんね」

「ああ。艦長は潜望鏡で遠目に確認したかもな。コンテナの中身が鹵獲電波発信装置だったと」

「そうまでしてドクター・ノオは、鹵獲電波でなにを狙うつもりですか。これまでどおり無差別に軍用機を墜落させるだけなら、装置を破壊したと思わせたこと自体が無駄ですよね」

「そのとおりだ。たぶん今後は一回きり、絶対に邪魔されたくない計画がある」

「どんな計画ですか」

「まだわからん。だがもうオリンピックが間近に迫ってる。無関係とは考えにくいな」

斗蘭が憂いのいろを浮かべた。「張りぼてを目撃したのはわたしとあなただけ……。

あいにく写真も撮れなかった」
「状況は俺たちに不利だよ」ボンドはつぶやくしかなかった。「報告しようにも、命令もなしに勝手にでかけてきた身だからな……」

21

銀座《ぎんざ》一丁目の雑居ビル、地階にある狭いバーにはカウンターのほか、ひとつのボックス席しかない。バーテンダーがいないのは休業日だからだ。公安外事査閲局の職員が内密に話をするとき、いくつかの店の非営業日に、鍵《かぎ》を借りられる約束がある。

イギリス人とアメリカ人にとっては、カウンターに好き勝手に立ち入り、自由にカクテルを作れるのがありがたいらしい。それぞれ酒を手にボックス席の椅子に戻り、煙草をくゆらせている。

スーツ姿がさまになっているボンドとライターにくらべ、自分は大きく見劣りするだろう、斗蘭はそう思った。頰に黒々とした痣《あざ》ができているからだ。

ライターが察したように微笑してきた。「きみは怪我した姿までもチャーミングだよ」

どんな顔をすべきか迷う。困惑とともに斗蘭はライターを見かえした。「CIA日本支局のほうに働きかけてくださったんですよね？　結果は……？」

「あいにく芳しくないな」ライターが苦々しげにグラスを口に運んだ。「装置が張りぼてだったと証明できる根拠が必要だ」

やはり。斗蘭の気分は落ちこんだ。「ボンドさんとわたしがこっそり下見に行ったと打ち明けるわけには……」

「だろ？　だから説得は難しいんだ。とはいえ英国海外情報部員007の意見だと申し添えても突っぱねるなんて、日本支局の連中もどうかしてるよ。あいつらは公安査閲局の助言にも、ろくに耳を貸さないんだろ？　なんでそう頑《かたく》ななんだろうな」

「……ライシャワー米大使の事件が尾を引いてるようです。大使ご自身は寛容でも、側近はみんな日本側への不信感を募らせてるようで」

「ライシャワー大使？　ああ。今年の三月ごろ、大使館のロビーで刺されたんだって？　日本人の少年に」

「そうです。大使は虎《とら》の門《もん》病院で輸血後も、日本人の血が流れることになりましたと演説し、この国では好意的に受けとられたんですが……。その輸血のせいで肝炎になったりもして」

「踏んだり蹴ったりだな」

「ひところは日本の面目丸潰《まるつぶ》れとも揶揄《やゆ》されました。CIA日本支局は大使館内にありますし、事態を重く見て、日本に警視庁警護課の創設を求めてきました。要人警護のSPと同じ意味合いの部署です。こっちからすると命令に等しい圧力でした」

「ライシャワー大使の事件を通じ、日本に重要な決定はまかせられないと、CIAが思いこんじまった直後だったか。俺みたいな下請けがなにを申し立てたところで、組織の方針は変わらないな」

斗蘭はボンドに向き直った。「Mからアメリカ側に注意喚起してもらうわけにはいきませんか？　あなたは今回、正式な任務で来てるんですよね？」

ずっと黙っていたボンドが身体を起こし、煙草を灰皿に押しつけた。「Mにどう話をつけてもらえって？　〝うちの部下の007が、CIAには無許可で現地に赴き、張りぼてを見たといっております〟」

ライターがニヤニヤしながら付け加えた。「〝私は部下に全幅の信頼を置いております〟」

「その台詞《せりふ》はないな」ボンドは笑いながらグラスを呷《あお》った。「自分を殺そうとした元異常者に、全幅の信頼はないだろう」

笑いあうふたりに斗蘭は思わずむっとした。「真面目にきいていただきたいんですけど」

「なあ斗蘭」ライターは真顔になった。「そんなに堅苦しく考えるなよ。切羽詰まってるのは俺たちも同じだ。ジョンソン大統領も発信源破壊の報告を真に受けちまってる」

「病床の池田総理も大統領から電話で祝福を受けたそうです。総理もほっと胸を撫《な》で下ろしたとか。公安査閲局には、この件の調査に関する予算も下りなくなっています。いったいどうすればいいんですか」

「手がかりを追わないとな。でもヤネス・ゴリシェクとＹＲＲＴの連中は、もうユーゴスラビアに帰っちまったんだろ？」

　ボンドがつぶやいた。「逃げられたも同然だ」

「しかし」ライターは身を乗りだした。「ＹＲＲＴはこんな偽装のために、わざわざ前もって、オリンピック宇宙中継を実現したのか？　あまりにまわりくどくないか」

　斗蘭はライターを見つめた。「宇宙中継に失敗していれば、ＣＩＡがＹＲＲＴを頼ることもなかったでしょう。信頼を得るためには仕方なかったんじゃないでしょうか」

「とはいえ実験が成功するかどうかは微妙だったんだろう？　もし失敗してたら、Ｃ

IAが奴らを信じず、その後の計画もパァだ。不確定要素が大きすぎないか」

「……なにをおっしゃりたいんですか」斗蘭はきいた。

「さあ」ライターはグラスの酒をすすった。「自分でもよくわからん。だがあの気のいいヤネス・ゴリシェクが、本当にドクター・ノオの仲間だったと、短絡的にきめつけていいかどうか」

ゴリシェクはたしかに、みずから算出した日本海上の座標について、腑《ふ》に落ちない素振りをしめしていた。なぜ常に動かぬ一点から、鹵獲電波が繰りかえし発信されたのか。あのときの彼はすなおに疑問を感じているようすだった。

ただし定位置からの発信の理由は、浮き沈みするコンテナのせいだったと、潜水艦からの報告により決定づけられた。結局ゴリシェクの推論との矛盾はないと、裏がとれたことになっている。そのコンテナは魚雷で破壊された。いまや脅威は失《う》せたと誰もが信じている。

やはりゴリシェクはドクター・ノオの手先として、CIA日本支局をだましただけなのだろうか。だがそのためにわざわざ、頓挫《とんざ》しかかっている宇宙中継の復活に挑み、イチかバチかの賭《か》けに勝ったというのか。

どうにも納得しがたい。テロリストの一員にしては、少なくとも宇宙中継実現に関する成果は、社会貢献以外のなにものでもない。

斗蘭はじれったさを募らせた。「ユーゴスラビア警察によれば、ヤネス・ゴリシェクらYRRTメンバーは帰国後、行方をくらましているそうです。どこにいるか探りだすのは容易じゃありません。もう八方塞《はっぽうふさ》がりです」

ライターが内ポケットから、四つ折りの書類の束をとりだした。「そうでもない。YRRTはいざ知らず、ドクター・ノオについちゃ、もう長年追いかけてる」

「……それはなんですか」

「CIA本部は終わった事件ときめつけてるが、ピンカートン社は別でね。調査は持続してた」

ボンドが書類の束を手にとった。「燐酸質《りんさん》グアノの輸出先一覧か」

「ああ」ライターがうなずいた。「クラブ島からの輸出量が、コロンビアとエクアドル、オーストラリアだけじゃ合わない。ほかにも輸出先があるかもって話だったろ」

「化石化した鳥の糞《ふん》をこっそりもらいたがる国なんて、どこかあるのか」

「それがあったんだよ」

書類を見つめるボンドの目が真剣さを帯びた。「……沖縄？」

斗蘭は思わず身を乗りだした。「見せてください」

ライターが煙草の煙を噴きあげた。「日米政府が取引を知らなかったのも無理ないな。合衆国の信託統治領、米軍統治下の沖縄。主権はアメリカだが、州ってわけでもない。戦後は琉球《りゅうきゅう》政府もいちおう成立してるし、かなり特殊な事情を持つ島だ」

書類によれば、燐酸質グアノをクラブ島から輸入していたのは、株式会社鼎淵《けんぶち》通商となっていた。斗蘭はライターにきいた。「鼎淵通商とはどんな会社なんでしょうか」

「かなりの大手で、米軍の信頼も厚くて、サトウキビの原料糖輸出で知られてる。……沖縄だけにサトウキビをあつかってても、なんら特別じゃないよな。あとのことは行ってみなきゃわからん」

ボンドがあっさりといった。「行こう。ドクター・ノオとのつながりがわかるかもしれない」

斗蘭は当惑をおぼえた。「でも沖縄なんて……。観光客が行くような場所じゃないですし、せいぜいビジネスか親族を訪ねるか、沖縄人が里帰りするかでしょう」

ライターは平然としていた。「俺は心配いらない。米軍が仕切ってる島だ。アメリカ人はいろいろ優遇される」

だがボンドはなにかがひっかかるようすだった。「フェリックス。デイリー・テレグラフのロードリック・エアルドレッド氏のパスポートは勘弁してくれないか。オリンピック取材目的で来日したイギリスの記者が、いまどき沖縄へ飛ぶのは不自然だろ」

「新しい偽名のパスポートか？　CIA日本支局は、もうこの件の調査を打ち切ってるし、きみのぶんなんて要請できないしな」ライターが斗蘭に目を戻した。「公安外事査閲局ならお手のものじゃないか？」

軽くいってくれる。斗蘭は顔をしかめてみせた。「局長の許可が必要になります」

「きみの父親じゃないか。頼んでくれよ。ジェームズと俺のぶんだ。きみも行くなら、むろんきみ自身のぶんも」

「……CIA日本支局にバレないようにですか？」

「ああ。ぜひ」

なんとなく一方的な頼みにきこえる。マジック44をくれといわれ、見返りを求めた父の気持ちが、いまならわかるように思える。特にライターの隣で、ほとんど喋《しゃべ》らずに酒を飲んでばかりいる、ボンドの超然とした態度が癪《しゃく》に障る。斗蘭は申し立てた。

「わたしが骨を折るだけじゃなく、あなたも努力していただきたいんですけど」

きいてきたのはライターだった。「どんな努力をすればいい？」

斗蘭はボンドを見つめた。「Mからアメリカ側への働きかけです。あなたの報告ならMも信じるでしょうし、Mほどの立場なら、CIAへの影響力も大きいのでは？」

ボンドは新たな煙草をくわえた。「買いかぶりすぎだよ。アメリカの縄張りについて、そんなに口は挟めないさ」

「でもあなたはいまここにいるでしょう。日本で任務に就いてるんですよね？」

煙草に火をつけようとしていたボンドの手がとまる。ボンドは神妙な顔になった。軽くため息をつくと腰を浮かせた。「わかった。国際電話で伝えてみる。そんなに期待しないでくれよ」

斗蘭も立ちあがりおじぎをした。「ありがとうございます」

電話はドア一枚を隔てた向こう側にあった。ボンドが退席しそちらへ向かう。

ボックス席で斗蘭はライターとふたりきりになった。するとライターが気遣うようなまなざしを向けてきた。「そう心配するな。あいつはいつもこんな調子さ」

「ボンドさんがMをうまく説得してくれれば……」

「ちがう。そうじゃないよ。ほら、きみにそっけない態度ばかりとってるだろ？　女の前ではいつもああなんだ」

斗蘭は面食らった。いまはまったくそんな心境ではない。だがライターはしきりと色恋沙汰《ざた》に結びつけたがっているようだ。

ライターがニヤニヤしながらいった。「痣《あざ》も気にするなよ。もう引いてきてるみたいだし、沖縄へ行くころにはすっかりきれいに戻ってる。あいつもきっと那覇《なは》できみをレストランに誘おうとするさ。ふたりきりでな」

それならもう福岡で経験した。斗蘭は首を横に振った。「ボンドさんは亡くなった奥様を、いまでも愛しておいでだと思います。軽薄そうに見えても一途《いちず》なんでしょう。女に脇目を振ったりはしないはずです」

「女に脇目を振らない？」ライターはせせら笑った。「そりゃ初耳だな。ジャマイカではこのところ、ずっと次から次へと別荘に女をひっぱりこんでたけどな」

「……はい？」

「ベッドのパートナーが毎晩変わるんで、ありとあらゆるいろの髪の毛が落ちてて、メイドも掃除するのが大変だったってよ。ほら、シーツや絨毯《じゅうたん》と同色系だと見えにくくなるだろ？」

斗蘭のなかに混乱が生じた。痣など関係なく、ボンドは出会ってからずっと、いちども本格的にちょっかいをだしてこなかった。斗蘭がKGBの人質になり、ボンドが身代わりを申しでたとき、彼の本質をまのあたりにした、少なくともそう思った。身体めあてで女を求める男ではない。以前はどうだったか知らないが、トレーシーという愛妻を失ってからはちがう。斗蘭はそんな結論に至っていた。

ところがライターの話が本当だとすれば、ボンドはジャマイカで自由奔放に、好きなだけ女遊びを繰りひろげていたことになる。ボンドに対する好印象が唐突に崩れ去っていく気がした。と同時に、斗蘭にはまったくそんな素振りをみせなかったボンドに、もやもやしたものを感じだした。

要するにボンドは斗蘭に女性的魅力を感じなかっただけなのか。そんなことを気にかけるのは馬鹿げている。任務中にくだらないことに頭を煩わせるとは諜報《ちようほう》員の名折れだ。斗蘭は自分を叱咤したものの、胸の奥に霧がかかったような不安は薄らがない。そういう自分に腹が立ってきた。

ボンドが戻ってきた。「タナーにMへの伝言を頼んでおいた。検討に何日もかかるだろうな。俺たちのほうは沖縄の線を追ったほうがいい」

着席したボンドが沈黙に気づいたようすで、妙な顔で斗蘭を見た。ライターを一瞥《いちべつ》したのち、また斗蘭に向き直る。ボンドがきいた。「どうかしたのか？」

「いえ」斗蘭は飲まないまま放置してあった、自分の酒を口に運んだ。ワインは酸っぱいばかりで苦手だ。醸造された日本酒に特有の深みが足りない。

22

霞《かすみ》が関《せき》一丁目の法務省庁舎内、公安調査庁と同じ三階に、公安外事査閲局のオフィスがある。職員がみな帰宅した深夜も、局長執務室だけは窓明かりが点《つ》いていることが多い。

今夜もそうだった。斗蘭は暗い廊下を歩き、執務室のドアをノックした。父の声がドア越しにどうぞといった。

斗蘭はドアを開け、おじぎをしたのち入室した。エグゼクティブデスクの向こう、黒革張りの肘《ひじ》掛け椅子に田中虎雄局長はおさまっていた。前屈《まえかが》みで老眼鏡をかけ、書類を読んでいる最中だった。

「ああ」父が仏頂面でつぶやいた。「斗蘭か」

愛想のなさは、娘がこんな時間まで居残った理由に、当然ながら気づいているからだろう。斗蘭のほうも遠慮なくきいた。「パスポートの発券はまだですか」

虎雄は唸《うな》りながら老眼鏡を外した。「検討中だ」

「早く主製課に作成を命じてください。何日も手をこまねいているうちに、またドクター・ノオの鹵獲《ろかく》電波が……」

「おまえの偽名旅券なら簡単に手配できる。発券自体も外務省がおこない、表紙から中身まで本物と同じ製造工程で作られる。だがアメリカやイギリスのパスポートとなると話は別だ」

「過去にも状況に応じて偽造した例があったはずです」

「職員が日系人として外国に潜入する場合だ。ボンドもライターもうちの職員じゃないんだぞ。それぞれの所属する諜報機関が作るべきだ」

「理由はもう説明したでしょう。CIAが勝手に事件を解決済みと認定したせいで、ふたりとも身動きできなくなってるんです」

「うちの職員もみんなそうだ。私もな。オリンピック会場での警備と不審者の割りだしにのみ、全力を注ぐようCIA日本支局から通告された」

斗蘭は苦々しい気分になった。「おかしな話です。局長に命令を下せるのは総理だけのはずでしょう」

「池田総理の病状は思わしくない……。オリンピックが終わるまでは、なんとか職責を務めるとおっしゃっとるが、世界じゅうの選手団や来賓が押しかけるわが国で、すべてを仕切るのは困難な状況だ。閣僚もあてにならん。CIAがでしゃばってくるのもわかる」

「脅威は去ってません。装置は張りぼてだったんですよ」

虎雄の表情が硬くなった。「証拠を取得するべきだった。勝手に動いたうえに、根拠に乏しい証言のみでは、CIAの方針など覆せん」

「局長のお立場から強く進言なさるべきでしょう。場合によっては開会式以降の全日程を延期すべきです」

「非現実的なことをいうな」

斗蘭はかちんときた。「開会式でブルーインパルスが墜落したらどうするんですか。五機のF86戦闘機が、選手団と観客でいっぱいの国立競技場に落ちたら?」

「……鹵獲電波の発信源は破壊済みというのが日米両政府の認識だ。開会式も航空自衛隊のアクロバット飛行もやめる理由がない」

「少なくともドクター・ノオの所在がつかめてません」

「そのドクター・ノオもクラブ島で死亡と記録されとる。ほかならぬジェームズ・ボンドの報告に基づき、MI6からCIAに伝達された結論だぞ」

「ならボンドさん本人が、やっぱりドクター・ノオは生きてるといえば、アメリカ政府も信じるべきじゃないんですか」

「CIA日本支局のレベルでは生存の可能性ありとされた。しかしそれが限界だ。陰謀はすでに潜水艦の魚雷攻撃により殲滅《せんめつ》。上がそう認識しとるのに、われわれがどう動ける」

「ほっといたら日本が滅ぶかもしれないから、わたしたちが動くんじゃないですか！　馬鹿な政府なんていまに始まったことじゃないでしょう。日本のお家芸みたいなもんだし」

「言葉が過ぎるぞ」

「お父さん！　わたしたちを沖縄へ行かせてください。このままじゃドクター・ノオの思うつぼです」

「英米の諜報員の偽パスポートを、うちで勝手に発行し、沖縄へ潜入させたと発覚したらどうなる。ライシャワー大使の事件で高まっとったアメリカ側の不満が、一気に爆発するぞ。Mが抱くわたしへの不信感もな」

斗蘭は怒りをおぼえた。「シャターハント暗殺を勝手に依頼しといて、いまになって英米両国への気遣い？　CIAは本気で日本のことなんか心配してない。この国を守れるのは日本人のわたしたちだけでしょう！」

虎雄の鋭いまなざしが斗蘭をとらえた。斗蘭は思わず言葉に詰まった。強弁が過ぎただろうか。

だが虎雄の視線はデスクに落ちた。書類を束ねると引き出しにおさめる。ふと思いついたように、引き出しから小さな物体をつまみだした。

それがデスクの上に置かれる。虎雄がきいた。「これがなにかわかるか」

銃弾だった。それも怪しく金いろに輝いている。斗蘭は手にとった。「黄金銃の弾でしょう。まだ残ってたんですか」

「そうだ。ベンディークが聖火ランナー暗殺に失敗した翌々日、今度は渋谷郵便局留めで届いた。本来ならベンディークの次の仕事に使われるはずだったんだろう」

「代々木オリンピック選手村の近くですね。アベベ暗殺に用いるつもりだったんでしょうか」

「たぶんな。一連の犯行はドクター・ノオによる攪乱《かくらん》でしかなかったが、まだベンディークが生きていれば、この弾がアベベを狙ったかもしれん」

前の銃弾と口径は同じだが、弾頭は明確に異なる。従来は十八金に十字の切りこみが入り、なかに純金がのぞいていた。この弾頭に切りこみはないうえ、全体が金いろに輝いている。

虎雄がいった。「鑑識課によれば弾頭がまるごと純金らしい。なかには濃縮フッ化水素酸が詰まっとるとか」

「濃縮フッ化水素酸……」斗蘭は神戸沖の夜を思い起こした。海上保安庁はブロフェルドの死体について、水中から引き揚げるのを断念せざるをえなかった。身体がどろどろに溶解していたからだ。フッ化水素酸をまともに浴びたせいだと考えられた。

弾を手にしているのが恐ろしくなった。斗蘭はそっとデスクの上に戻した。「手に一滴落としただけでも、皮膚から肉、骨を貫通するとか」

「あらゆる物を溶かすからな。ガラス容器にもいれられない。ただし純金は化学的に安定した物質のため、フッ化水素酸にも溶けん。それでいて人体への命中時には、容易に潰《つぶ》れて中身をぶちまける。だから純金の弾頭に封じこめたようだ」

「フッ化水素酸を体内に撃ちこむための弾ですか。でもこんな少量なら……」

「濃縮フッ化水素酸だといっただろう。溶液を加熱し、水を蒸発させることで、極限まで濃縮できるそうだ。どんな破壊力を秘めとるかわからん」

「こんな物を作るなんて異常です」

「スカラマンガもこの一発のみ試作したらしい。発射時に破裂する可能性もあるし、容易には撃てんかったのだろう」

「ならドクター・ノオの狙いは……」

「ああ。ベンディークが首尾よくアベベを殺せば、騒動の拡大につながる。もしそうでなくとも、ベンディーク自身が溶けてなくなる。実行犯の口封じとして効率がいい」

狂気そのものだと斗蘭は思った。「早く処分なさるべきかと」

「警察沙汰《ざた》になっとらん事件だ。証拠品として引き取らすわけにもいかん。おまえから科技課に預けろ。詳細に性能を分析したのち破棄せよと伝えておけ」

「なぜわたしから？　科技課に取りに来させればいいでしょう」

「こういう物騒なしろものが、次から次へと国内に送られてきとる現状を、おまえにも重々承知してもらうためだ」虎雄が椅子の背に身をあずけた。「斗蘭。日本海にあった装置が張りぼてだったのなら、本物の装置はどこだ」

「……不明です。ボンドさんの推論では、地下坑道や建物のなかのように、固定された場所にあるとはかぎらないって」

「移動しとるというのか」

「装置の大きさを再現した張りぼても、貨物コンテナのサイズにすっぽりおさまっていました。つまり貨車に格納できると思われます」

「貨物列車か……。それが日本列島を自由に行き来しとると？」

「五百キロ先まで届く高出力でなくとも、すべての軍用機の墜落地点に近づけたはずです。国鉄の貨物列車の一両に載せてあったのなら」

虎雄が渋い顔で唸《うな》った。デスクの上に顎《あご》をしゃくり、虎雄がつぶやくようにいった。

「その黄金弾に、鹵獲《ろかく》電波発信装置。ドクター・ノオがソ連から中国に鞍替《くらが》えしようと、われわれが共産圏に舐《な》められとる現状に変わりはない」

西側が中ソや北朝鮮の手前に築いた防波堤、それが日本だと、父は何度も強調してきた。日本が社会主義勢力から狙われないほうがおかしい。公安査閲局の職員ならそういう認識だった。

しかしここまで具体的な動きがあきらかになったのは初めてだ。ドクター・ノオという個人を媒介にしているとはいえ、東京オリンピックに対する露骨な攻撃の意思が、ここまで表面化するとは。現に選手団を送りこんでいない中国は、大規模テロの準備を整えているといえる。

父が低くつぶやきを漏らした。「戦後十九年か。終戦ののち、この国がどんなふうになるか、まったく予想もつかなかった。おまえとの暮らしぶりもだ。ところが私の若いころとくらべ、そう変わってもいない。いつ戦争が起きるかと緊張の日々がつづくなか……」

「スパイを働く」斗蘭は静かにいった。「お父さんの天職ですね」

「……この国には職業選択の自由がある。経験と実績から得意なことをやるしかなかった」

「欺瞞《ぎまん》と窃盗行為、殺人ですね。わたしも遺伝させられました」

虎雄がむっとした。「公安査閲局への就職を選んだのはおまえ自身だ」

「どういう仕事なのか最近ようやくわかってきました。思いどおりにならない理不尽さのなかで、ただ繰りかえすだけです。欺瞞と窃盗、殺人を」

「……斗蘭。戦前といまは似ているが、状況はもっと深刻だ」

「どうちがうんですか。また不条理な戦争に歩みだすのを、誰もとめられずにいるのに」

「前は戦争勃発《ぼっぱつ》に至っても最前線で死者がでるだけだった。いまや大量虐殺の時代だ。核ミサ……」

父が口ごもった。そんな態度にこそ神経を逆撫《さかな》でされる。斗蘭は冷ややかに抗議した。「いまさらお母さんへの配慮なんか必要ありません。お父さんはただ忘れてただけでしょう」

斗蘭の記憶には深く刻みこまれている。西ロンドンのチェルシーから少し離れた住宅街、アパートメントの三階。六歳の斗蘭はイギリス人の母とともに住んでいた。夜、母に寝かしつけられた直後だった。だしぬけに轟音《ごうおん》が建物を揺さぶった。窓辺に駆けつけると西方の彼方《かなた》に爆発の火柱があがっていた。空襲警報は鳴らず、上空に航空機らしきものも見えないのに、地上のあちこちに火球が膨張していた。

大家は建物内の子供たちを防空壕《ぼうくうごう》に避難させるため、各部屋をまわっていた。母は斗蘭を大家に託した。空襲監視員に電話して事情をききます、母が大家にそういったのをおぼえている。

空襲監視員は民間防衛隊の一員で、各地区に配置され、空襲時には市民に警告を発する役割だった。ガスマスクを配布したり、防空壕を掘ったりするのも、彼らの仕事に含まれる。そんな空襲監視員からなんの通達もないため、母は事情を知ろうとしたのだろう。

ママ、一緒に行こうよ。そう叫んだのをおぼえている。大家に抱えあげられ、六歳の斗蘭は母から遠ざけられた。ドアの前で見送る母の姿がいまでも目に焼きついている。

防空壕の暗がりには、知り合いの子供たちがひしめきあっていた。いきなりすさまじい激震が襲った。友達はみな悲鳴をあげていた。斗蘭は手で両耳を塞《ふさ》ぎ、ただうつむいていた。うちへ帰りたい。いつもの部屋へ戻れるなら、なにがあったってかまわない。斗蘭は神に祈りを捧《ささ》げた。

どれだけ時間が過ぎただろう。防空壕をでたとき、辺りは真っ暗というより、蔓延する砂埃《すなぼこり》で真っ白だった。アパートメントは瓦礫《がれき》の山と化していた。

なんの攻撃だったか判明したのは終戦後になる。V2ロケットとはなんと忌まわしき兵器だろう。ナチスドイツが開発した世界初の弾道ミサイル。戦果は限定的だったなどと歴史書には記されている。犠牲になった市民の名など、どこにもろくに取り沙《ざ》汰《た》されていない。

戦争末期、米ソはV2ロケットの技術者を獲《と》りあった。終戦からほどなくして冷戦が始まった。それぞれの国ではV2ロケットを参考にし、核を積んだ弾道ミサイルが開発され、順次配備されていった。愚者は経験に学ばず、賢者は歴史に学ぶ。二十六歳になるいままで、賢者など見たこともない。

斗蘭はささやいた。「主体性がないまま、一部の権力者に流され、また戦争に向かう。脱却できなきゃ運命は変わりません。わたしたち日本人の手で変えていかないと」

父の視線は落ちたままだった。「ライシャワー大使が日本人少年に刺されてから、CIAはずっと戦時中の日本を持ちだしてくる。信用できない、そのひとことですてを通そうとする」

「信頼を築くのは、戦後のわたしたちの仕事です」

沈黙があった。父の顔がようやくあがった。射るような目つきは相変わらずだが、いまはなんらかの感情のいろが混ざっていた。

「大人になったな」父がぼそりといった。

斗蘭はため息をついてみせた。「二十六の行き遅れという意味なら、職場恋愛を禁じる取り決めのせいです」

「そんなことはいっとらん」虎雄は苦笑したが、すぐに神妙な面持ちに戻り、ゆっくりと立ちあがった。「沖縄でぬかるなよ、斗蘭」

「……はい」斗蘭は頭をさげた。おじぎというより格式張った敬礼だった。黄金弾を手にとると、踵《きびす》をかえしドアへ向かう。こんなしろものはボンドに託すにかぎる。

胸の張り裂けそうな哀しみも、父のもとでは表出できない。公安査閲局に入ってから、身に沁《し》みて理解したことがある。泣きごとで世界は変えられない。

23

羽田から那覇へは、ダグラスDC6プロペラ機で五時間近くかかった。

別の航空会社はコンベア880なるジェット旅客機を導入済みで、そちらのほうが早く着く。ただし便数が少ないうえ、搭乗できるのは特別な階層の人々にかぎられる。米軍関係のビジネスで沖縄を訪問する、英米の男と日本の女という取り合わせは、あくまで控えめに旅するべきだった。

那覇飛行場からバスで国際通りへ移動した。夏のような陽射しが降り注ぐ昼下がり、斗蘭は軽い衝撃とともに繁華街の歩道にたたずんだ。

日本との格差は想像以上だった。アメリカンスタイルの建物が軒を連ね、色彩艶《つや》やかなネオン看板があふれる。パイナップルやコーラを売る露店も並んでいた。洒落《しやれ》ているのはそれぐらいで、あとは騒がしさと混沌《こんとん》ばかりが渦巻いている。

道路は右側通行で、左ハンドルのアメリカ製自動車で混雑し、慢性的な渋滞を引き起こしていた。非番の米兵らしき私服が闊歩《かつぽ》する一方、制服は軍のジープやトラックに乗り、けたたましいクラクションとともに、蛇行しながら車列を追い越していく。標識もほとんどアメリカに準じているが、交通ルールを守ろうとする米兵は稀《まれ》のようだった。

中折れ帽にサングラス姿のライターが、斗蘭のわきに立った。右手は自然なかたちの義手に交換したうえ、手袋を嵌《は》めている。両手をポケットに突っこみ、ライターが世間話の口調でいった。「ここで遊びほうけてる兵士たちは、みんなベトナム行きがきまっていてね。出発前に特別の賞与がでるんだよ。最後に浮かれ騒ぐにしても、この辺りぐらいしかないからなぁ。混みあうのは避けられないね」

国際通りにいたほうがかえって目立たずに済む、ライターのそんな提言は正しかった。とにかく米兵の私服と、若い現地女性の組み合わせが多い。みな昼間からずいぶん羽目を外している。あちこちにあがる笑い声に、どこか自暴自棄な響きが籠《こ》もってきこえる。

通貨交換所の看板が掲げられた建物から、ボンドがぶらりとでてきた。濃いいろのサングラスに夏もののスーツ姿だった。荷物は三人ともホテルに直送してあった。ボンドもカバンひとつ持たず、両手をポケットにいれている。日本円から替えたドル紙幣は、とっくに財布におさめたのだろう。

いわゆるB円ことB型軍票は六年前に廃止された。いまでは沖縄のどこへ行っても、米ドルこそが共通の通貨だ。

酔っ払った私服の米兵らしき青年らが、おぼつかない足どりで斗蘭にぶつかってきた。ひとりがへらへらと笑いながら斗蘭にきいた。「いくら？《ハウマッチ》」

斗蘭は不快感とともにつぶやいた。「離れて《ゴーアウェイ》」

青年たちは面食らう反応をしめし、悪態をつきながら遠ざかった。ボンドとライターはなにもいわず棒立ちで、素知らぬ態度をきめこんでいる。

そんなふたりに憤りが募ってくる。斗蘭は小声でうったえた。「いままで紳士だと思ってたんですけど」

ライターが苦笑した。「俺たちがむきになったんじゃ、なにもかもぶち壊しだろ」

「それはそうですけど……。ビジネスの名目で沖縄いりしたのに」

「どこか企業に直行しようにも、本当は取引先なんてないんだから無理だ。いまはここへ遊びにきたふりをしてりゃいいのさ」

ワンピースを着てくるようにいわれたのはこのためか。身体の線がはっきり浮きあがるうえ、裾《すそ》が短いのが気にいらないものの、たしかにここでは風景に溶けこんでいる。もしレディススーツだった場合、あきらかに周りから浮いて見えただろう。男と同じようにオフィスで働く女は、少なくとも国際通り沿いに関するかぎり、まずありえない状況のようだった。

「わたしは」斗蘭はライターにきいた。「仕事を抜けだしてきたおふたりに、拾われたばかりの女って役どころですか?」

「不本意だとは思うが、きみもここいらの女たちに合わせて、おおらかに振る舞いなよ。〝ローマにいるときはローマ人らしく〟ってのは、たしか日本にも同じ意味の諺《ことわざ》があったよな」

ボンドがひとりごとのようにいった。「〝ゴーニイリテハ〟……。なんとか」

斗蘭は驚いた。「よくご存じですね」

「キッシーに習った」

ライターが眉《まゆ》をひそめた。「九十歳《ゴーナインティ》になる？　誰が？」

「ああ」ボンドが苦笑を浮かべた。「俺も最初はそうきこえたよ」

「日本人ってのは妙だよな。電話するたび〝洗濯機《ウォッシングマシン》〟が合言葉だ」

冷めた気分で斗蘭はささやいた。「〝もしもし〟といってるんです。ハローの意味です」

「へえ。ハローはコンニチハじゃなかったのか。電話だと変わるのか？」

斗蘭はボンドとライターが、ごく自然な雑談を装いたがっていると気づいた。会話自体を他愛もないものにしなければ、本当にくつろいだ雰囲気は醸しだせない。たぶんさっきの米兵の件で、斗蘭がいきり立ったのを中和しようとしたのだろう。

いまだ軽薄な米兵には腹が立つものの、諜報員《ちようほう》には自制が必要だった。ふたりはここでとるべき正しい言動を、さりげなく斗蘭に示唆してくれている。

背の低いずんぐりした体形のアロハシャツが、陽気に笑いながら近づいてきた。歳は四十過ぎ、真っ黒に日焼けした顔に無精髭《ぶしょうひげ》。道端には左ハンドル仕様のセダン、プリンス・グロリアのタクシーが停まっている。そのドライバーのようだ。飛行場では大勢のドライバーが営業に群がってきた。ここでも同じらしい。

ところが男は愛想よく距離を詰めてくると、流暢《りゅうちょう》な英語で自己紹介した。「どうも、兼佳洋輔《かねよしようすけ》です。琉球列島米国民政府の現地連絡員です」

左手でライターに握手を求めるのは、右手の義手を承知している証《あかし》だった。ライターが笑顔で兼佳の手を握った。「ライターだ。こちらがボンド。それに田中斗蘭」

ボンドとも握手したのち、兼佳は斗蘭に対し、軽く会釈するに留《とど》めた。やはり人目に触れていることを前提にした振る舞いだった。この仕事も長いようだ。

兼佳が声をひそめた。「ふつうCIA日本支局から連絡があるのに、公安外事査閲局からだったので驚きました。なにか事情がおありなんですか」

ライターがとぼけた。「さてね。私が下請けにすぎないからかな。なんにせよ彼女は局長の娘さんだよ。丁重に頼む」

斗蘭に向き直った兼佳はおじぎをせず、ただ小声で告げてきた。「非礼をお許しください、監視の目があるかもしれませんので」

「わかってます」斗蘭もささやきかえした。「ご配慮をどうも」

「では」兼佳がクルマへ歩きだした。「まいりましょうか」

四人でタクシーへ向かう。助手席のドアをライターが開けた。最近の東京では、後部ドアが自動的に開くタクシーが普及しつつある。ここではもちろん手動だった。斗蘭はボンドと後部座席で並ぶことになった。

兼佳がクルマを発進させた。「私は琉球政府の人間だったんですが、米国民政府に連絡員として異動になりましてね。一九五三年のことだから、もう十一年前ですよ。ときが経つのは早いですね」

琉球列島米国民政府は、その名がしめすとおり米軍による統治機構だった。現地民からなる琉球政府の上位組織にあたる。すなわち米軍の意向どおりの政治を琉球政府に強いる立場にある。現に琉球政府行政ビルの上半分、三階と四階を米国民政府が占め、下半分の一階と二階が琉球政府になっているときく。アメリカ人はUSCAR《ユースカー》、現地民は米国民政府と呼ぶのが一般的だ。

国際通りを外れ裏道に入った。急に粗末な家が多くなった。バラック小屋も目につく。路面は舗装されているものの、かなり歪《いびつ》で凹凸が激しく、タクシーがさかんに揺れた。道端に水牛を連れ歩く農夫の姿が見える。上空を米軍のヘリが横切っていった。ライターが脱いだ帽子で団扇《うちわ》がわりに煽《あお》いだ。「サイゴンに似てるな」

兼佳が運転しながら応じた。「米軍が支配する地域は、どこも似たり寄ったりでしょうね。このへんは焼け野原だったんです。国際通りの一マイルだけは闇市から復興しましたけど、ほかはまだこれからでね。見てのとおり空き地も多くあります」

行く手に人があふれていた。プラカードや横断幕を掲げ、シュプレヒコールをあげている。沖縄方言の訛《なま》りが強く、斗蘭にはほとんどききとれなかった。

ボンドがつぶやいた。「現地民のデモも世界共通だな」

「ええ」兼佳が笑った。「おっしゃるとおりです。米軍統治の終焉《しゅうえん》と、日本への復帰を嘆願してます。ときおり過激派の若者が暴れては、軍に鎮圧されてます。治安はあまりよくありませんね」

斗蘭は八歳のころ、初めて日本に来た。終戦の翌年だった。東京の大半は無残な焦土と化していた。この沖縄の風景は、斗蘭が小学校を卒業する前後の都内に似ている。米国民政府にとって復興は二の次なのかもしれない。共産圏に対する最前線基地、あるいは防波堤の趣が、日本本土よりずっといろ濃い。

二か月近く前、北ベトナム沖のトンキン湾で、米海軍の駆逐艦が魚雷攻撃を受けたと公表した。発射したのは北ベトナム軍の哨戒艇《しょうかいてい》だという。これを機にジョンソン大統領は戦闘部隊を追加派遣、投入する兵力は年内にも十八万人を超えると目される。

だが西側諜報機関はどこも真実を承知済みだ。トンキン湾での攻撃などなかった。すべては戦争を始めるためのアメリカの口実だった。旧日本軍が起こした満州事変とそっくりの権謀術数だ。ケネディ亡きあと、ベトナムはまるでブロフェルドの怨念《おんねん》が宿ったかのように、泥沼の戦場へと変貌《へんぼう》しつつある。

ここ沖縄は、兵士たちがそんな地獄へ向かう足がかりだった。米軍にとって輝かしい勝利の聖地でもあるのだろう。そのうぬぼれがまたアジアを危険に晒《さら》している。

ふと斗蘭はボンドの視線に気づいた。隣に座るボンドがじっとこちらを見つめている。

ボンドは軽い口調できいた。「クルマに酔ったか？」

「……いいえ」

「そうか」ボンドは前に向き直った。会話はそれっきりで終わった。

いまのは気遣いだったのだろうか。そのわりにはそっけない。本当に人を思いやれる心の持ち主かどうか、また疑わしくなってきた。

敵を次々と容赦なく惨殺する男に対し、特別な感情を抱くこと自体、大きなまちがいかもしれない。むろん斗蘭のほうも他人のことはいえない。ベンディークを射殺した瞬間の記憶は、脳裏に深く刻みこまれている。血で血を洗う抗争を生きるうち、感覚が麻痺《まひ》してくる。なにが正常か不明瞭《ふめいりょう》になりつつある。米軍の方針を嫌悪できる立場にはない。

いつしかクルマは農村部を走っていた。水田が金いろに輝いている。稲が実りの時期を迎えていた。すでに収穫の進む田んぼもある。苅《か》られた稲が束ねられ、乾燥させるため放置してあった。サトウキビ畑は三メートル以上にも育ち、青々とした一帯が微風に波打つ。

辺りにひとけはなかった。未舗装の畦道《あぜみち》で兼佳がクルマを減速させた。「あれです。鼎淵通商の本社兼工場ですよ」

地価が安いからだろう、とてつもなく広々とした敷地内に、巨大な工場棟が連なる。高い煙突を備え、倉庫には幅広の搬入口、屋外駐車場に幾多のトラックが停まっている。企業棟らしき四階建てのビルのほか、煉瓦《れんが》造の洋館も散見された。社員が宿泊するための施設か、もしくは居住しているのかもしれない。

異様な雰囲気を醸しだすのは、周りを囲む金網の塀だった。容易によじ登れないほどの高さを有し、上部には有刺鉄線が張りめぐらしてある。櫓《やぐら》のような監視塔はまるで軍事施設だった。それぞれの塔の上に警備員の制服が立つ。民間企業だけに、誰も銃までは手にしていないものの、ものものしさは軍隊と変わらなかった。

金網までかなりの距離を置き、クルマは畦道に停車した。兼佳が顎《あご》をしゃくった。

「那覇の豪商、鼎淵家による一族経営です。精製糖の前段階になる原料糖ってのを、サトウキビから製造し、世界各国に輸出してます。米国民政府の信頼も厚いです」

ボンドがきいた。「たしかにサトウキビの工場なのか?」

「もちろんですよ。あの煙突は、バガスというサトウキビの搾りかすを燃焼して、ボイラーを動かすときに生じる煙や水蒸気を排出してるんです。常時サトウキビを積んだトラックが入っていき、原料糖の袋を大量に積んで、また外にでてきます」

「鼎淵通商という社名なんだから、ほかの業務もあるだろう」

「もちろんです」兼佳がグローブボックスから書類の束をとりだした。「ええと。輸出は原料糖のほかにパイナップル、マンゴー、ゴーヤー。マグロ、イカ、海ぶどうなどの魚介類。琉球ガラスもあつかってます。輸入は機械や電子機器、日用品、車両部品。建材として木材、金属、化学製品など」

「五〇年代の三年間、クラブ島から燐酸質《りんさん》グアノを一万トンも輸入してるはずだ」

「ええ、事前にそううかがったので、調べてはみたんですがね……」兼佳は書類を次々に繰っていき、文面に目を走らせた。「そんな物は全然見あたりません」

ライターがいった。「米国民政府にも秘密にしたまま、こっそり輸入したわけだ。このでかい敷地内の半分は倉庫だな。どこかに隠してあるのかな」

ボンドが身を乗りだした。「一族経営だというが、代表者に接触できる機会はあるか？」

バックミラーに映る兼佳の目が細くなった。「ちゃんと調べはついてます。鼎淵幸《こう》造《ぞう》社長と幹部一行は明晩、アルバート・ワトソン陸軍中将邸でおこなわれるパーティーに出席します」

斗蘭はボンドに説明した。「ワトソン中将は琉球列島高等弁務官です。民政長官という役職が廃止され、現在は高等弁務官が、米国民政府の最高責任者なんです」

ライターが振りかえった。「沖縄で貿易商を手広くやるには、常に米国民政府の機嫌をとっておく必要がある。統治する側も外貨を稼いでくれる大手企業は奨励する。経営者をパーティーに招くのも当然だな」

ボンドはライターにいった。「そのパーティーに潜りこめば、鼎淵社長に会えるわけだ。CIA日本支局からおかしな噂が伝わってなきゃいいが」

「そこは心配いらないと思う。ライシャワー大使とワトソン陸軍中将は不仲で知られていてね。頻繁な情報交換はないだろう」

兼佳が不審そうにきいた。「おかしな噂というのは？」

「なんでもないよ」ライターは兼佳と肩を組んだ。「なあきみ。私たち三人がパーティーに出席できるよう取り計らってくれないか」

「そういうことは……。ＣＩＡ日本支局を通じて話があるのでは？」

「急ぎなんだ。頼むよ」

「……わかりました。出席名簿に加えてもらうよう手を尽くします。ええと、みなさん実名で出席なさるわけじゃないでしょう？」

「当然だよ。パスポートの名義に準じてもらう。私はフェリックス・コーンウェル、リリエンソール証券の営業部長だ。米軍関係者向けに各種金融サービスを提供しに来た」

「ええと」兼佳が鉛筆をとりだし、書類の裏にメモをとった。「フェリックス・コーンウェルさんね。それから？」

ライターがボンドを指さした。「彼はジェームズ・ドノヴァン。英ストークス建設から派遣された。基地向けの発電所増設に関する事前協議を、米国民政府のしかるべき部署と進めている」

兼佳の目がバックミラーを通じ、斗蘭に向けられた。「あなたは?」

「田中瑠璃子《るりこ》の名で沖縄入りしました。國廣《くにひろ》製薬から米軍基地の医療部門へ薬品を卸すため、出向したことになっています」斗蘭は兼佳が妙な顔をしたことに気づき、すぐさま付け加えた。「この服装で出席するわけじゃありません」

「了解しました」兼佳が鉛筆を走らせた。「でもお三方とも、くれぐれもご用心を。正体がバレたりしたら私の面目も丸潰《まるつぶ》れです。狭い島ですからね。やらかした場合、けっして取りかえしがつかないんですよ」

ライターが笑った。「心配ない。うまくやるよ」

ボンドがシートに身をあずけながらつぶやいた。「アメリカ式のパーティーはひさしぶりだ」

斗蘭はボンドにたずねた。「ずいぶん楽しそうですね」

「ああ。タキシードにもしばらく袖《そで》を通していなかったからな」ボンドは穏やかさのなかに、静かな凄《すご》みを湛《たた》えながらいった。「これでドクター・ノオに一歩近づける」

24

日没後、首里《しゅり》城跡に近い高台に、ボンドは兼佳の運転するセダンで案内された。車体の屋根にあったタクシーの行灯《あんどん》を外し、きれいに洗車してあるおかげで、それなりにまともな送迎車に見える。

コロニアル様式の真っ白な豪邸だった。三階まで上げ下げ窓のすべてに明かりが灯《とも》り、いかにも贅沢《ぜいたく》な壮麗さを醸しだす。立派な椰子《やし》の木が密集する庭園に私道が延びていた。プリンス・グロリアはそこを徐行していき、玄関前の車止めに横付けした。ゲストのクルマはひっきりなしに訪れ、着飾った男女が降り立つ。ほとんどを白人が占めていた。

係員がかしこまって出迎え、後部座席のドアを開ける。ボンドは先に降り、隣に乗っていた斗蘭に手を貸した。

フォーマルドレスを優雅に着こなす斗蘭は、見違えるほどの美貌《びぼう》に変身していた。頬の痣《あざ》もすっかりめだたなくなったうえ、適切なメイクアップがパーティーの場に映えている。長い睫《まつげ》と黒い瞳《ひとみ》を際立たせる、透き通るような色白の細面が印象的だった。

ボンドのタキシードは黒、ライターは白を選んでいた。ピークドラペルでなくアメリカ流のショールカラーの、わりと楽な装いに合わせた。米国民政府統治下の沖縄だ。これもタイガーにいわせれば、郷にいりては郷にしたがう、そんな考え方になるのだろう。

運転席から兼佳がいった。「終わるころ迎えに来ます。くれぐれも気をつけて」

赤いテールランプが遠ざかる。斗蘭は邸宅を仰ぎ見たりはせず、ただ退屈そうに目を落とし、ハンドバッグをいじっている。たいした女優だとボンドは思った。こういう場につきあわされた女の倦怠《けんたい》感をみごとに体現している。

ライターは例によって、本物そっくりの義手に手袋を嵌《は》めていた。歩く姿が十三年前のフランス、ロワイヤル・レゾーで初めて会った日を思い起こさせる。

三人で玄関に向かいながら、ボンドはライターにいった。「むかしに戻った気分だ」

「そうか？」ライターが笑った。「あのカジノのネグレスコ・バロック様式とはだいぶちがうけどな。とはいえやってることは同じだ。見ろよ」

玄関ホールの先にあるドアは開いていた。大広間には予想どおり絢爛《けんらん》豪華そのものの、絵に描いたような上流階級の社交の場があった。ただしそれは面積の半分にすぎず、あとはカードやルーレット、ダイスのテーブルが占めている。むしろ盛況なのはそちらだった。

シャンデリアのひとつずつが、本格的なカジノ用テーブルの真上に位置し、ゲームの行方をまんべんなく照らしだす。賭博《とばく》が持ちこまれたのが、きのうきょうの思いつきでないことの証《あかし》といえる。高い天井や、ペールカラーに白塗りのモールディング、繊細な装飾を施したウッドパネルにいまさら関心を持つ客はいない。アーチ形のフレンチウィンドウや金糸の刺繍《ししゅう》のカーテン、マントルピースやペルシャ絨毯《じゅうたん》もまたしかりだった。大勢の客がグラス片手にゲームに興じている。娯楽への熱中度がまさしく植民地のそれだとボンドは思った。祖国を遠く離れた極東で、みな忘憂の気晴らしに飢えているのはあきらかだった。

ボンドはささやいた。「こりゃ驚いた。賭博に関する法律はネバダ州あたりに準じてるのかな」

ライターが苦笑とともに応じた。「米国民政府は沖縄での賭博を全面的に禁じてるよ。ここは治外法権さ。よそでは大手を振って遊べないんだから、これだけの盛況ぶりなんだろうな」

「行政と司法の最高責任者が胴元か。資金集めにはもってこいだ」

「そういうことさ。単なる社交辞令ばかりのパーティーじゃ、出席者も減っていって長つづきしない。プエルトリコやサモア、ヴァージン諸島でも、現地の実質的な統治者がやってる方法でね。わが国の伝統みたいなもんだ」

高いレートで派手に賭《か》けている客はひと目でわかる。テーブルに見物人が群がるからだ。

バカラのテーブルに羽振りのよさそうなアジア人がおさまっていた。タキシードが似合わないのは、小柄な身体のわりに大きな顔のせいだろう。肌のいろは浅黒く、一重瞼《まぶた》で鼻が低かった。葉巻を吹かしながら慎重に手札をのぞく。ずいぶん多くのチップを賭けにまわす。ディーラーが二枚目のカードを配ったが、まだ決着はつかない。双方に追加のカードが配られた。周りにどよめきがひろがる。男は勝利したようだ。

ライターが耳打ちした。「写真で見た顔だ。あれが鼎淵幸造社長だよ」

資料で読んだ経歴はボンドも頭に入っている。四十七歳という実年齢よりは若く見えた。ただしアジア人はみなそうだ。黒目を無邪気に見開き、さも愉《たの》しげにカードの行方を追う。またおびただしい量のチップが積みあがっていく。運がいいのか、もしくはきょうが彼の接待日に当たるのか、どちらかだろうとボンドは思った。

テーブルの同席者は会社の重役らしきアジア人ばかりだった。鼎淵のしめす態度をみると、どうやら大半が彼の部下らしい。周りに群がる見物人にも、鼎淵通商の幹部とおぼしき姿が散見される。

そのなかに興味深い存在がふたつあった。鼎淵の傍らに控える、ずんぐりと肥え太った巨漢。頭髪の薄い丸顔に口髭《くちひげ》を生やしていた。タキシードがはち切れそうになっている。シャツの首まわりは特別にあつらえたとしか思えない直径の太さだった。肌艶《つや》のよさから察するに、アジア人にはめずらしく実年齢より老けて見えるタイプか。だとすれば年齢は三十代半ばだろう。胸より腹がでっぱっていれば、ただの肥満体でしかないが、男はその逆だった。かなり鍛えた身体のようだ。企業の幹部とは思えない。鼎淵の用心棒と考えるのが妥当だろう。

もうひとりは西洋人の女だった。さっきの斗蘭と同じく、なんの楽しみも感じていないまなざしを、ぼんやりとテーブルに落としている。金いろの巻き髪が片方だけドレスの胸のあたりにかかっている。グレーの瞳がくすみがちで、すっきり通った鼻筋や、魅力的な丸い唇と不釣り合いだった。アジア人の血が混ざっていないとすれば、年齢は見た目どおり二十代後半にちがいない。

女がとりわけボンドの関心を引く理由は、身につけている物と、雇い主によるぞんざいなあつかいの落差だった。鼎淵に寄り添うように立つのは、おそらくそうしろといわれたからだろう。だがジバンシイのドレスに身を包み、エルメスのハンドバッグを携えているにもかかわらず、テーブルへの列席は許されていない。

鼎淵幸造は独身だと資料にあった。後継者には養子をとる可能性が高いとも記されていた。横に並ばせようともしない白人女が、近い将来の妻であるとは思えなかった。権力を誇りたがる成金男に、用心棒と娼婦《しょうふ》の組み合わせ。ボンドは思わずにやりとした。過去にもよく目にした構図だ。こんな人間関係は、ただ掻《か》き乱すだけでも事態の急変に至る。

斗蘭の英語が耳に入った。「こんばんは。初めまして、ワトソン中将。國廣製薬の田中瑠璃子です」

ボンドはライターとともに振りかえった。銀髪を七三に分けた面長の男が近づいてくるところだった。軍衣に正装用の飾緒や肩章を身につけている。ホストとして見慣れないゲストのもとへ、みずから挨拶《あいさつ》に来たようだ。

ライターが微笑を湛《たた》えながらいった。「ご挨拶が遅れました。リリエンソール証券のフェリックス・コーンウェルと申します」

アルバート・ワトソン中将はまず斗蘭と握手したのち、ライターにも手を差し伸べた。「初めまして。話はうかがっております。沖縄へようこそ」

手袋を嵌めた右手が握手に応じる。ワトソン中将は表情を微妙に変えたが、目を瞠《みは》るほどではなかった。身体の一部が欠損した元兵士とは多く出会ってきたのだろう。

事実と異なる経緯をライターが平然と口にした。「朝鮮で失いまして」

「なるほど、そうですか。あなたの勇敢さはいまの握手で、身に沁《し》みて感じましたよ」ワトソン中将がボンドに向き直った。

ボンドも控えめな笑顔を努めながら握手した。「ストークス建設のジェームズ・ドノヴァンです」

「どうも。お会いできて嬉《うれ》しい。基地拡張はわれわれにとって最重要事項です。異業種のかたがたがいちどにおいでになるとはめずらしい」

「ずいぶん賑《にぎ》わっていますね」

ワトソン中将が表情を和ませた。「私は気乗りしなかったのですが、パーティーに招待した皆様からご希望がありましてね。本国の許可を得ているので合法です」

むろんそうだろう。米軍こそが法律の島だ。ボンドはさっさと本題に入ることにした。「極東の離島ともなると、空路でも大変遠いですね。あらゆる費用が高騰せざるをえません」

「まったくです。祖国は太平洋を挟んだはるか彼方《かなた》ですからな。頭の痛い問題ですよ」

「建材について弊社の輸入ルートを使った場合、ハワイとグアムを経由するので、輸送費に巨額の費用がかかるのが難点です」

「なにか打開策はあるのですか」

「沖縄ではすでに建材の輸入が、ヨーロッパ経由で実施されているようです。そこから調達させていただければ、大幅に見積額も下がるかと」

ワトソン中将は歩きだした。「それならちょうど紹介できる人物がいる。沖縄人だが地元の大手企業の社長ですよ。こちらへどうぞ」

向かう先がさっきのバカラのテーブルだとわかる。ワトソン中将が招いたのは、あきらかにボンドひとりだった。ライターと斗蘭は同行しづらいと感じたらしく、その場に留《とど》まっている。ライターが近くを通りかかったウェイターのトレーから、シャンパングラスをとりあげた。さすがだ、そういいたげな笑顔でグラスを掲げる。斗蘭のほうはただ不満のいろを浮かべていた。遠目に見守ることしかできなくなったことに困惑しているようだ。

予想どおりボンドはバカラのテーブルにいざなわれた。見物人の数がさらに膨れあがっている。ワトソン中将が人垣を掻き分けながらいった。「ちょっと失礼。鼎淵社長。ストークス建設のジェームズ・ドノヴァン氏を紹介します。ドノヴァンさん、こちらが鼎淵通商の鼎淵幸造社長です」

鼎淵の前にチップの山が新たに築かれたところだったらしい。こちらを見上げる顔にはまだ笑いがとどまっている。ただし黒々とした目は、すでに品定めするかのように、ボンドをじっと見つめていた。低い鼻をゴリラのようにひくつかせ、鼎淵が英語できいた。「なに建設だって？」

ボンドは落ち着いた口調で応じた。「イギリスのストークス建設です。基地関係の受注工事をおこなっています。お見知りおきを」

「ああ。基地のほうはうちの対象外でね」鼎淵は露骨に関心を失った態度をしめし、向かいの席に目を向けた。「手持ちのチップが足りないようだが、追加してつづけるかね？」

問いかけられた人物は白人だった。鼎淵通商の重役らしき人物以外のバンカーはわずかしかいない。四十代ぐらいのひ弱なスーツは、そんなカモのうちのひとりだったとわかる。男性は腰を浮かせた。「いや、いい。今晩は遠慮しよう」

鼎淵の目がふたたびボンドに向いた。「ええと、ドノヴァンさんだったか。代わりにどうかね」

「これは楽しみだ。ぜひともお手合わせ願おう」ボンドは空いた椅子に腰掛けた。いま初めて列席者の顔ぶれに気づいたふりをしてみせる。ボンドはきいた。「皆様は同じ会社のかたで？」

日本人はうなずきとおじぎが交ざったようなしぐさをよくする。いまも英語がわかるらしい数人の重役らにかぎり、戸惑いぎみに頭をさげた。

ボンドは列席者に目を向けていたが、じつは視界の端にディーラーの動きをとらえていた。ディーラーはカードシューターをいちどテーブルの陰に隠し、すぐにまたとりだした。

鼎淵が自分の後方に位置する人垣を指ししめした。「このあたりもみんな、うちの会社の人間だ。きょうは招待されてね」

ボンドは金髪の女に目をとめた。「レディも？」

女が面食らったような顔になった。尖《とが》った目つきが見かえす。ボンドの期待した反応とはちがっていた。やけに敵愾心《てきがいしん》が籠《こ》もったまなざしだった。

鼎淵は背後を一瞥《いちべつ》した。「イザベル・アルヴィエ嬢のことなら、正確にはわが社の人間ではない。フランスの貿易会社から顧問として出向している」

「これはお見逸《みそ》れを」ボンドは巨漢に視線を移した。「あなたはどこからの出向かな」

巨漢はふてくされた顔で黙りこくっていた。鼎淵はもう後ろを振り向きもせず、上目づかいにボンドを見かえした。「ゾムリか？　本社工場の警備部長だ」

名前からすると沖縄人でも日本人でもないようだ。ボンドは軽口を叩《たた》いてみせた。「社長以下重役の皆様がおでかけのいま、工場の夜間は警備しなくても？」

「ドノヴァンさん」鼎淵は真顔になっていた。「愛想のよさはきみなりのコミュニケーション術だと解釈しよう。われわれに理解できるように、英語も比較的ゆっくり喋《しゃべ》ってくれているのもわかる。しかしビジネスが前提の出会いにおいては、もう少し慎重な態度をとられたらどうかな」

ボンドはいっこうに姿勢をあらためなかった。「どんな態度でしょうか」

「御社との取引などまっぴらご免だと、いますぐ結論をだすこともできるんだがね」

「ゲームで親睦《しんぼく》を深めませんか。私が勝てばこれからもおつきあいを」

「きみが負けたら？」

「努力を認めてもらいます。あなたには現金が入るでしょうし」

「……面白い」鼎淵がディーラーを見た。「彼にチップを」

取り巻きのなかでワトソン中将がうなずいた。あるていど都合してくれるようだ。チップがボンドの前にまわされてきた。鼎淵の前に築かれた資産にくらべれば小山に等しかった。

自然に一対一の勝負になった。ボンドはバンカー、鼎淵がプレイヤーだった。カードが配られようとしている。

「すまない」ボンドは煙草をくわえながら遮った。「五枚排除《ディスカード》してくれないか」

ディーラーが表情を凍りつかせている。鼎淵は眉《まゆ》をひそめたが動揺までは至っていないようだ。ワトソン中将がディーラーに目を向けた。なぜそうしない、と無言《ホワイノット》のうちに問いかけている。ほどなくディーラーがボンドの要請に応じ、シューターからカードを五枚取り除いた。

ボンドは煙草に火をつけると後方を振りかえった。人混みの隙間から連れのふたりが見えた。ライターは口もとを歪《ゆが》めながら見物している。斗蘭は気が気でないようすだった。

あらためてカードが配られる。プレイヤー、バンカーの順に一枚ずつ、いずれも裏向きだった。ボンドは目の前のカードをのぞきこんだ。クラブの7だった。淡々とボンドは告げた。「バンカーに全部」

ざわっとした驚きが周りにひろがる。ワトソン中将が耳もとでささやいた。「いきなり乱暴すぎませんか。真剣に臨まないのは失礼にあたるのでは？」

「私は真剣勝負のつもりですけどね」

鼎淵が硬い顔でいった。「同額をプレイヤーに賭《か》ける」

微妙な表情だ、ボンドは鼎淵についてそう思った。4か5あたりではないのか。ディーラーがそれぞれのカードを表向きにする。やはりプレイヤーはダイヤの5だった。

次にディーラーが配るのはプレイヤーのカードになる。表向きになったカードは3。観衆に感嘆の声がひろがる。鼎淵は勝ち誇ったようにふんぞりかえった。「ナチュラル8《エイト》だ」

鼎淵にいかさまの自覚はない、ボンドはそう思った。ただし接待日なのは理解しているようだ。二枚目で8に至り、今度もまたディーラーがうまくやってくれたと、鼎淵は安堵《あんど》したのだろう。ところがディーラーの頰筋は痙攣《けいれん》していた。それがなにを意味するか、あえて問いかけるまでもない。

ボンドはつぶやいた。「ナチュラル……」

バンカーのカードが引かれた。ディーラーの手により表向きにされる。スペードの2。

「9《ナイン》」ディーラーは声を震わせていた。「バンカーの勝ちです」

鼎淵の笑顔が凍りついた。重役たちが顔を見合わせている。絶句したようすの鼎淵が、黒目を大きくしながらボンドを睨《にら》みつけてきた。

凍りついた取り巻きのなかで、イザベル・アルヴィエ嬢ひとりが抜けだし、カウンターへと遠ざかっていく。苛立《いらだ》ちを漂わせる顔に、つきあっていられない、そう書いてあった。

勝利のチップの山が押しつけられる。ボンドは煙草の火を灰皿で揉《も》み消し、袖《そで》を直しながら立ちあがった。「チップを現金にしてくれ。鼎淵社長、今後ともよろしく」忌々しげに見かえす鼎淵の背後で、ゾムリという巨漢が目を剝《む》いている。あたかもドーベルマンが標的に飛びかかる命令をまつかのようだ。

だがあいにくこの場で鼎淵の用心棒が暴れられるはずもない。ボンドはなんら気にせず席を離れた。

近くに立っていたワトソン中将が啞然《あぜん》とした顔を向けてくる。「なんという強運の持ち主だ。カードが配られる前にナチュラルと宣言するなんて、2が来るとわかってたんですか?」

「賭博《とばく》を仕切る部下にきいてください。この集客は、あなたの知らない金の流れで支えられてるかもしれません。失礼」

ボンドは大広間を横切っていった。ライターがまたグラスを高々と掲げる。斗蘭はなぜボンドが勝ったかわからないらしく、ライターにぼそぼそとたずねている。

苦笑するしかない。シューターの最初の四枚から六枚が、鼎淵を勝たせるためのカードの並びになっていたのは明白だった。テーブルの沸きぐあいから、双方追加カードありの三枚ずつで、鼎淵が競り勝つ展開が多かったとわかる。よって五枚を除去したことで、本来なら次のゲームで鼎淵に配られるはずの手札がボンドに来た。

仮にいかさまなしの真剣勝負だったとしても、ダランベール法かパーレー法で小さな勝利を重ね、長丁場のうちに鼎淵のチップを奪っていくだけの話だ。いまは一発勝負に賭けるだけの価値があった。運試しの一種でもある。しょせん人など運に生かされているだけの存在だ。

カウンターで頬杖《ほおづえ》をつくイザベルが、バーテンダーに注文する声がきこえた。「フレンチ75。ジンを多めで」

ボンドはその隣に立った。「ウォッカ・マティーニをダブルで頼む」

イザベルが妙な顔を向けてくる前に、ボンドは並びの席に座った。図々しさに抗議するようなまなざしを、視界の端にとらえながら椅子を回し、カウンターに背を向ける。ライターと一緒にいる斗蘭がふくれっ面をしていた。

「ドノヴァンさん」イザベルが刺々しくささやいた。「わたし、ひとりで飲みたいんですけど」

「ジェームズと呼んでくれないか。これから長いつきあいになるんだし」

「長いつきあい？」

「鼎淵社長は大物だろう。ゲームの勝者を招待してくれるぐらいの度量の大きさは期待できると思うね」

あきれたようなため息とともにイザベルが告げてきた。「社長がそんなに男らしい性格のわけがないでしょ」

「どんな人なんだ？」

イザベルがそそくさと席を立とうとした。「もうお会いすることもないでしょうし……」

ボンドはイザベルの腕をつかんだ。細い腕だった。イザベルがはっとしたようすで動きをとめ、ボンドを振りかえった。

手を離さないままボンドはカウンターに顎《あご》をしゃくった。「注文のカクテルがきたよ」

カクテルグラスが置かれている。ジンとシャンパーニュ、レモンジュースに砂糖。第一次大戦中にフランスのバーテンダーが考案したといわれる。それで名称もフランス軍の七十五ミリ野砲に由来し、フレンチ75と呼ばれる。

イザベルはグラスを手にとると一気に呷《あお》った。飲み干したグラスをカウンターに戻すや、ボンドの手を振りほどいた。

ボンドは座ったまま言った。「どこか静かな場所で語らい合うのはどうかな」

「無理」イザベルがぶっきらぼうに答えた。「会えるはずもないし」

さっさと立ち去らないのは、多少なりとも行きずりの出会いに興味がある証拠だ。ボンドはつづけた。「家はどこだい？」

「鼎淵通商本社のなか」

「あの捕虜収容所みたいな有刺鉄線の内側か」

「……そう。煉瓦《れんが》の宿舎があるでしょ。ヨ－8の建物。ヨってのはカタカナで、Eの反転文字」

「ああ、わかるよ。私がそこまで行けば、きみのもてなしを受けられるのかな」

「北西の金網にある鉄扉は、午前二時以降、日の出まで開いてる。業者の出入りがあるから」

「ずいぶん物騒だな」

「そうでもない。監視塔から見張ってるし、警備もあちこち歩いてる」

「それらをかいくぐって、きみの住処《すみか》にたどり着けたあかつきには、どんなご褒美が？」

イザベルは初めて微笑した。妖《あや》しい笑みだった。「あなたしだい。バカラよりは退屈しない時間がまってる」

それだけいうとイザベルは背を向けた。大広間の混雑のなかを歩きだす。ちょうどバカラのテーブルから鼎淵ら一行が引き揚げてきた。イザベルは日本人女性のように深々と頭をさげ、集団の最後尾に加わった。鼎淵幸造は葉巻を吹かしつつ玄関へと向かう。こちらには目もくれない。代わりにゾムリが最後にもういちど睨みつけてきた。

ワトソン中将が鼎淵に歩調を合わせた。今夜はもうお帰りですかとたずねている。野暮な質問だとボンドは思った。男はあきらめが肝心だ。ツキが落ちたのなら撤収するにかぎる。

ボンドはカウンターに差しだされたマティーニを、ほぼひと口で飲み干した。ライターと斗蘭がこちらに歩み寄ってくる。

声をひそめライターがきいた。「なんの話をしてた？」

「あの女が住まいを教えてくれた。工場の敷地内に入るすべもご教授いただいてね」

斗蘭が顔をしかめた。「まさか。出会ってほんのひとことかふたことで？」

「恋の始まりは唐突なものさ」

半ばあきれたような顔で斗蘭がいった。「ボンドさん。女性との駆け引きに自信満々なのはわかりますけど、お歳を考えたほうがよろしいかと」

「歳?」

「もう四十二でしょう。華があるとか、春に喩《たと》えられる時期は、十年ぐらい前がピークだったんじゃないですか? さっきの女性はまだ二十代でしょう。男性が考えるほど、女性は歳の開いた相手に魅力を感じないものです」

ライターが愉快そうな笑い声をあげた。「こいつは的を射た説教だ! ジェームズ、しっかり傾聴しといたほうがいい。俺も常々意識してる。ずっと若くはないんだぜ?」

ボンドは皮肉に受けとるしかなかった。「よくわかってるよ、斗蘭。俺の思いあがりだとしたら、彼女の反応はなんだったんだろうな」

「罠《わな》にきまってます」斗蘭が断言した。「どう考えても危険かと」

「そんなに目くじら立てるなよ。ごくありきたりの接触手段さ」ボンドはぶらりとカウンターを離れた。気分が昂揚《こうよう》してくる。危険のなかに飛びこめるめどがついたからだ。

斗蘭が不服そうに追いかけてきた。「行くつもりですか?」

「当然だよ」ボンドは歩きだした。「クラブ島から燐酸質《りんさん》グアノを大量輸入してた鼎淵通商だぜ？　訪問せずに東京へ帰るなんてありえないね。たとえ俺の男性的魅力に陰りが生じつつあってもだ」

25

深夜二時過ぎ、兼佳の運転するプリンス・グロリアの助手席に、ボンドはおさまっていた。

ウィンドウの向こうは真っ暗だった。那覇で夜通し賑《にぎ》わうのは国際通りと、各地に点在する小規模な繁華街だけだとわかる。古い住宅地の赤瓦《あかがわら》屋根や漆喰《しっくい》の壁、細い路地に面した石垣、鎮座するシーサーまでが闇に覆われている。ハイビスカスやブーゲンビリアの花壇も、すっかりいろを失っていた。

田畑ばかりがひろがる一帯も、見渡すかぎりただ暗黒の空間と化している。ヘッドライトの照射範囲内に、幅の狭い畦道《あぜみち》をとらえながら運転するのも、かなり困難なようすだった。兼佳は慎重にステアリングを操作していた。「こんな時間に潜入するのなら、せめて黒ずくめでいらしてくださいよ。めかしこむなんて酔狂が過ぎます」

ボンドはいつものスーツを着ているだけだが、髪はきちんと整えてきていた。兼佳から見ればふざけた態度に思えるのかもしれない。しかしボンドにしてみれば、この身だしなみで来るだけの謂《いわ》れがあった。「女に招待されたんでね。黒のタートルネックにスラックスじゃ、まるで夜這《よば》いだ」

「イザベル・アルヴィエに招かれたってのもどうも……。彼女を出向させてるフランスの貿易会社レオノルは、たしかに法人として存在してるものの、業務実態が判然としませんでね。どっかの富豪の税金対策じゃないかと思われるふしがあるんです」

「ふうん。顧問ってのも、いったいなんの専門職なんだか」

闇のなかにサーチライトの光が走った。監視塔が敷地の内と外とを俯角《ふかく》に照らす。こんな時間にも複数の警備が配置されていた。鼎淵通商本社はまさしく軍事施設さながらだった。

クルマはヘッドライトを消灯し、徐行しつつ裏手へとまわっていった。ボンドはつぶやいた。「サトウキビが利益の大半にしちゃ、異常なほどの警戒ぶりだな」

兼佳が唸《うな》った。「そうでもないんです。むかしから沖縄では戦果アギャーといって、米軍から物資を盗んで多方面に売りさばく手口が横行しましてね。そいつらをアシバーと呼ぶんですが、アシバーが集まって組織化して、日本本土や台湾への密輸出で儲《もう》けるようになり、コザ派の暴力団に発展して」

「鼎淵通商も暴力団の略奪を怖がってるってのか？」

「いえ。鼎淵家こそがコザ派の大物だった経緯がありましてね。いまやカタギとしてあつかわれてますが、戦後のしあがったのは戦果アギャーのおかげだったらしいですよ。そのせいで那覇派の暴力団から目をつけられてるようで」

「マフィアの抗争みたいなもんだな」

「まさしくそうです。抗争のたび分派を繰りかえして、それぞれの勢力は弱小化しつつあるんですが、鼎淵通商はいつでも標的にされる恐れがあります」

敷地から離れた暗がりでクルマが停まった。ボンドは方位磁針《コンパス》を一瞥《いちべつ》した。イザベルのいった北西にあたる位置だった。ボンドは兼佳にきいた。「鉄扉ってのは？」

「ここから畦道をまっすぐ行った場所にあります。でもさっきからさかんにサーチライトが照らしてますよ。ほかから入ったほうが……」

「心配ない」ボンドは助手席のドアを開けた。「先に帰っててくれ」

兼佳が驚いたように問いかけてきた。「まってなくていいんですか？」

「イザベルや鼎淵社長に気にいられたら、朝食をご馳走《ちそう》になったうえで送ってもらえるさ。ホテルで休んでるライターや斗蘭にもそう伝えておいてくれ」

開いた口が塞《ふさ》がらない、兼佳はそんな表情をしていた。「帰りのクルマが必要でなくなる理由が、ほかにありそうに思えますけどね」

「縁起のいい言葉をありがとう。帰り道には気をつけてくれ」ボンドはドアを閉めた。

畦道を金網めざし走りだす。

背後でクルマがためらいぎみに発進した。しばし徐行したのち、やがて速度をあげ遠ざかっていった。

ペンチで金網を切断すれば侵入できるという思いこみは、サイレンサーで銃声が消えると信じるのと同じぐらい、素人然としたものの見方だった。軍事施設用の金網は容易に切れないうえ、切断時に大きな音を立てる芯《しん》が入っている。警備の聴覚がその音に注意を向けている以上、工具片手に金網に駆け寄る愚行について、MI6なら誰でも承知済みだ。まして上部に有刺鉄線があれば、よじ登って乗り越えるのも至難の業になる。

内部から手引きする者がいなければ潜入は難しい。問題はそれがイザベルという女である点だった。約束がでたらめだとすれば、すべてが徒労に終わるどころか、たちまち命の危険に晒《さら》される。

数ヤード離れた未舗装の地面に身を伏せる。サーチライトの光が横断するのをまったのち、すばやく金網に駆け寄った。北西の隅近くには、たしかに金属製のドアが備えられている。見たところ警報装置につながる配線などは目につかない。

レバー状の把《と》っ手《て》をそっとつかんだ。力をこめると九十度回った。ゆっくり引いてみる。ドアがそろそろと開いた。

仮に罠を張られているとしても、ここではなかったことになる。危険はもっと奥にまちかまえている。ボンドはドアのなかに滑りこんだ。姿勢を低くし、辺りのようすをうかがいつつ、後ろ手に静かにドアを閉める。

どの建物ともまだ距離があった。サーチライトの光が向かないうちに、ボンドは闇のなかを疾走しだした。敷地内も金網のフェンスで区画が隔てられている。遠目に遮断機で遮られたゲートを視認できた。工場方面へ行くには、あのゲートを抜ける必要がありそうだ。ゲートのわきには警備小屋がある。気づかれずに接近するのは、まず不可能に思われた。

暗がりを走るうち、前方に煉瓦《れんが》壁の建物群が現れた。一軒ずつは小ぶりで等間隔に建っている。あれが宿舎か。北西の鉄扉から、内部のフェンスを越えず直行できるのは、たしかに宿舎のみのようだ。イザベルの招待について、彼女の意思を真に受けたくなる。

地面を芝生が覆っていた。窪《くぼ》みは常に意識している。いざというときそこに身を伏せるためだった。行く手にサーチライトの光が走る。間隔は一分前後あるように思えた。できるだけ前進しておくにかぎる。監視塔がなんらかの気配を察知しないかぎり、サーチライト照射の法則性に、特に揺らぎは生じえないだろう。設備と配置は軍事施設並みでも、しょせん民間警備ゆえの粗がある。

そう思った瞬間、舗装された私道に靴音をきいた。ボンドは瞬時に窪みのなかに身を伏せた。

犬の息遣いがきこえる。大型犬を連れているらしい。異臭を嗅《か》ぎとられると厄介だった。懐中電灯の光が芝生に向けられる。そこかしこを照らしているのがわかる。警備員が立ちどまっているらしい。

じれったさを感じること十数秒、ほどなく靴音がまた響きだした。特に急ぐようすもなく遠ざかっていく。やがて犬の気配もなくなった。ボンドは窪みから顔をのぞかせた。周囲には誰もいない。

また立ちあがった。サーチライトの光を回避しつつ前進していく。宿舎の上げ下げ窓が目視できる距離まで近づいた。どの窓も消灯している。外壁に〝ホ－3〟と記されていた。

平仮名とカタカナの五十音順とイロハ順は、すべて読めるわけではないが、文字の形状は頭に叩《たた》きこんである。日本に来てタイガーと初対面してから二か月、キッシーのもとに四か月、記憶が戻ってからも六か月を過ごした。一年もいればそれぐらいは学べる。出会う日本人がみなボンドに教えこもうとしてきたからだ。

宿舎のカタカナは手前からイロハ順だった。横方向は数字順の並びになっている。イザベルは〝ヨ－8〟といった。イロハ順で十五番目、その列の端から八軒目ということだ。

ボンドは暗がりを駆け抜けていった。不審な角の手前では歩を緩め、ようすをうかがったのち、また走りだす。幸いにも庭で犬を飼っている住人はいないようだ。みな寝静まっているらしく生活音もきこえない。だが裏にだされたゴミのにおいだけは漂ってくる。どれも空き家ではないことが、近くを通過するたび証明されていく。

外壁に〝ヨ－8〟とある。建物の幅はロンドンのキングス・ロードにあるテナント一軒ぶんだが二階建てだった。一階と二階、どちらの上げ下げ窓にもロールカーテンやブラインドが下りている。わずかに明かりが漏れていた。

玄関ドアまで数段の上り階段がある。ボンドはドアの前に立った。スーツの下のホルスターからワルサーPPKを抜く。呼び鈴を鳴らした。

階上からイザベルのささやくような声がきこえた。「どうぞ」

ボンドはドアノブをひねった。鍵《かぎ》はかかっていなかった。なかへ入るとすぐキッチンとダイニングルームだった。明かりが灯《とも》されているものの、テーブルにはなにもない。アメリカ都市部のアパートメントに近い造りで、家具や電気製品もそれに類する。一階部分に廊下はなく、いま目に映っているものがすべてのようだ。壁際に二階へつづく階段があった。

ボンドは階段を上っていった。銃口は常に行く手に向けておく。二階に着いた。今度は短い廊下があり、半開きのドアがひとつだけある。おぼろな光が漏れていた。それを押し開け、ボンドはなかへと踏みいった。

寝室としては広めの部屋だった。大きなベッドが据えてあり、ネグリジェ姿のイザベルが、長い素足を投げだし横たわっている。化粧の濃さからして眠る前だったとは思えない。なまめかしい声でイザベルがいった。「本当に来るとは思わなかった」

室内にすばやく目を走らせる。備え付けのドレッサーにキャビネット。もうひとつのドアはバスルームだろう。質素だが西洋人が暮らすぶんには適している。

イザベルはベッドの上で俯《うつぶ》せになり、頬杖《ほおづえ》をつきながらボンドを眺めた。「そんな物はしまってよ。こっちへ来て」

真意を測りかねる。イギリスの建築会社の人間が、沖縄に拳銃《けんじゅう》を持ちこんでいて、この女は不審に思わないのだろうか。あるていど正体に気づきながらもボンドへの興味が優先しているのか。それこそうぬぼれが過ぎると斗蘭なら嫌悪をしめすだろう。しかし現時点での可能性は半々に思えた。ひとまず招待の意思を額面どおり鵜呑《うの》みにしてみる。

ボンドは拳銃をホルスターにおさめ、ベッドへと歩み寄った。「新しもの好きの女性は目が輝いてる」

「そう？」

「ああ。香水にサンローランのイグレックを選ぶとは進んでるよ。六月に発売になったばかりだろ？」

「香水にも詳しいのね。ドノヴァンさん」

「残念だな。まだジェームズとは呼んでくれないのか」ボンドはベッドの端に座りかけた。

ところがその瞬間、キャビネットの扉が乱暴に開け放たれ、人影が飛びだしてきた。それこそ潜伏に理想的な黒ずくめで、屈強そうな二の腕の男が、逆手に握ったナイフを振り下ろしてくる。

ボンドが中腰になり、容易にワルサーを抜けない体勢になるのを見計らい、瞬時に挑みかかった。隙を突くタイミングはこのうえなく正しい。ボンドは敵の手首をつかみ、刃《やいば》の接触をかろうじて阻止したものの、身動きがとれなくなった。敵の左手もボンドの右腕をつかんでいるため、スーツの下の拳銃に手を伸ばせない。

敵の男はアジア人だったが、ワトソン中将邸にいたゾムリではない。もっと引き締まった身体つきだ。この体勢では力で押し負ける。ボンドはみずから重心を崩し、敵を巻きこみながら床に転倒した。仰向《あおむ》けになった敵をねじ伏せようとしたが、ナイフが執拗《しつよう》に狙いつづけるため、つかんだ手首を解放できない。もう一方の手も塞《ふさ》がれたままだった。

ボンドは敵の腹部に肘鉄《ひじてつ》を浴びせた。敵が嘔吐《おうと》するように腹をひっこめ、身体を蝦《えび》のように折った。その隙をうかがい、ボンドはすばやく後方へ退き、ワルサーを引き抜いた。けれども敵も俊敏に跳ね起き、リーチの長い蹴《け》りを食らわせてきた。靴底がボンドの手をしたたかに打ち、ワルサーが遠くに飛んだ。敵の手にはまだナイフがある。

銀いろの刃が突きを放ってくる。ボンドは身を翻しつつ、敵の頭と腕を抱えこんだ。ナイフを振りまわそうとする敵を制圧しようと、ボンドは両腕に力をこめた。暴れる敵のせいでふたりとも室内のあちこちに身体をぶつけた。クローゼットの扉が壊れ、

ドレッサーが変形した。異常な騒々しさのなかで、イザベルがなおもベッドに寝たま

ま、飛び散る破片から毛布で身を守っている。

賭《か》けは斗蘭の勝ちだった。悲鳴ひとつあげないイザベルのようすが、実状のすべてを物語っている。それと同時に、この女が単なる貿易会社の顧問でないことも、いまや明白になった。ただしボンドがここで命を落とせば、そんな事実は闇に葬られるのみだろう。

焦燥に駆られたようすの敵が深く踏みこんでくる。ボンドはその機を逃さず、ナイフを持った敵の腕をとらえ、柔道の投げ技を放った。もんどりうった敵の背中が、バスルームのドアを突き破り、向こう側に転がる。洗面室の奥で金属音が響く。ナイフがタイルに落ちた音に相違なかった。

ボンドは猛然と飛びこんでいった。立ちあがりかけた敵の襟の後ろをつかみ、バスルーム内にひきずっていく。浴槽にはまだ泡とともに湯が残っていた。ボンドは敵の頭を湯のなかに突っこんだ。後頭部を強く押さえつけ、けっして顔を水面上にださせまいとする。

敵は両手両足をばたつかせた。ボンドに肘打ちを浴びせてきたが、その威力はもうさほどでもなかった。ほどなく敵の動きが鈍くなっていき、やがて脱力しきった。呼

吸の気配は消え失《う》せた。溺死《できし》は確定的になった。

ようやくボンドは身体を起こした。バスルームの床に尻餅《しりもち》をつき、壁に背をもたせかける。ため息と深呼吸を兼ね、空気を肺の奥底まで取りこむ。煙草が吸いたくなった。

戸口に女の長い脚が立った。ネグリジェにガウンを羽織ったイザベルが見下ろす。その手にはワルサーPPKが握られていた。銃口は俯角《ふかく》にボンドを狙っている。

「立って」イザベルが命じた。「ゆっくりと」

ボンドはわざと緩慢な動作をしめしてみせた。だが即座にイザベルの足もとに手を伸ばすと、バスマットの端をつかみ、一気にひっぱった。両足をバスマットに置いていたイザベルは、悲鳴とともに仰向けに転倒した。

イザベルが起きあがろうと、いったん俯せになったのを見計らい、ボンドは馬乗りになった。拳銃を持った手首をつかむ。細い腕を握り潰《つぶ》さんばかりに力をこめると、今度はあっさりイザベルの力が弱まった。拳銃が床に投げだされた。

なおもボンドはイザベルの腕を背中にまわさせ、関節が曲がるのとは逆方向に力を加えた。

「痛い！」イザベルが絶叫さながらにわめいた。「骨が折れるでしょ！　放してよ」

「企業実態のなさそうなレオノルとやらから、なんの目的で出向したことになってる？」

「社長のお相手よ！　需要と供給が鼎淵と一致してる。それだけ」

「つまらない答だ。次は正直にいえ」

「正直もなにも本当のことでしょ」

「クローゼットに馬鹿を潜ませておいたのは？」

「鼎淵の指示！」

「なぜ俺を殺そうとした」

「あんたがわたしに手をだそうとしてるのを見たからにきまってるじゃないの！　外で殺しちゃ厄介だから、こういう場合は敷地内で仕留めさせるの。あんたこそわたしに多大なる迷惑をかけてる。責任とってよ！」

やれやれとボンドは思った。ドミノやプッシー・ギャロアのような発展形はまるで期待できそうにない、単なるあばずれに過ぎなかったか。鼎淵通商自体、戦果アギャーのアシバーあがりの組織では、ていどが知れている。ドクター・ノオとまともなつながりがあるかどうか、どうにも怪しくなってきた。

事実はさっさと浮き彫りにするにかぎる。ボンドはイザベルの骨を折る寸前まで力をこめた。「警備員のいないルートで倉庫へ行く方法は？」

イザベルが激痛を堪えるように歯を食いしばった。「行ってなにをする気？」

「燐酸《りんさん》質グアノを探す。知ってるか」

「なによそれ。知らない」

「なら行き方を教えるだけでいい」

「教えたらわたしをどうするつもり？」

「がんじがらめに縛って猿ぐつわを噛《か》ませとく。それ以上はなにもしない。おまえにはなんの魅力も感じないんでね」

俯《うつぶ》せのイザベルが頭を持ちあげた。よほど憤怒に満ちた形相にちがいない。イザベルは大声で吐き捨てた。「このイギリス野郎！　死ね！」

ボンドはイザベルの後頭部を見下ろし、ただ冷ややかに思った。最初からそういってくれればよかった。お互い手間が省けただろうに。

26

ボンドは闇に紛れながら、ひとり金網の鉄扉を次々と突破していった。施錠されていないドアの位置はまるで迷路だったが、イザベルに吐かせたとおり通行は可能だった。厳重な警戒があるのは車両乗り入れ口だけだ。サーチライトの光には注意が必要なものの、暗がりのなかを動きまわるのはさほど困難ではない。ときおり見かける警備員も、民間企業だけに武装はしていなかった。

倉庫棟はサトウキビ工場の向こう側にあたるが、外からまわりこむと警備が厳しい。工場内を突っ切ったほうが人目に触れない、イザベルからそんな情報を得ていた。たしかに工場周辺には誰もいないようだ。駐車場に面するシャッターもあがっていた。内部は消灯している。ボンドは慎重に近づいていった。

足を踏みいれると靴音が大きく響いた。闇に目を凝らす。高い天井と広々とした空間が見てとれた。鉄骨が縦横に張りめぐらされ、四方のコンクリート壁を内側から支えている。いかにも頑丈そうな設計だった。

大型の機械類がいくつもひしめきあう。どれも沈黙していた。ボンドは事前に読んできたサトウキビ工場の設備一覧と、ここにある機械類を照合していった。最初は破《クラ》砕機《ツシャー》だった。サトウキビが細かく砕かれる。次の工程には複数の圧搾機が連なる。破砕されたサトウキビのかけらを圧縮し、糖分を含む液体を繊維から絞りだす。繰りかえし圧縮することで高い糖分が得られる。

それから蒸発装置。液体から水分を飛ばし、糖度のみを高め、濃縮されたシロップができあがる。シロップは結晶化装置へ送られ冷却される。糖が結晶化し砂糖になる。砂糖は遠心分離機にかけられ、高速回転により糖蜜《モラセス》が抽出される。モラセスのほうは飼料やバイオ燃料の原料として販売する。

煙突の真下には、サトウキビの搾りかす《バガス》を燃料とするボイラー設備があった。ボイラーから発生した蒸気は工場の動力源に再利用される。そこまではわかる。

だが蒸気の噴出口はもうひとつあった。そちらにはサトウキビが多くぶら下がる鉄製のアームがあり、下には煮沸機能付きのプール。周りをガラスが覆うでもなく、吹きっさらしにしてある。ぶら下がったままのサトウキビは腐敗していた。

こんな状況で放置すれば腐るのは当然だった。というより蒸気で水分を吸わせ、高温の空気に晒《さら》し、腐敗をむしろ促進する仕組みだ。

この機械はなんだろう。発酵が必要な食材ではあるまい。傍らの鉄梯子《ばしご》を上っていき、サトウキビを一本むしりとった。ボロボロのサトウキビは手のなかで崩れ、わずかなかけらしか残らなかった。

ボンドはロンソンのライターに火を灯《とも》し、かけらを丹念に観察した。黒ずんだ物体は、やはり腐った糖作物の一部でしかない。ハンカチにくるんだうえでポケットにおさめておく。

分析にまわせばはっきりするだろうが、おおよその見当はついていた。この工程はおそらく……。

物音がきこえた。機械の稼働音にも思える。工場内ではなにも動いていない。通路の向こうから響いてくるようだ。

ワルサーを抜き、右手で水平に構えながら、慎重に通路へと入っていく。工場と倉庫を結ぶ連絡通路らしい。ノイズがどんどん大きくなる。行く手にはうっすら明かりも灯っていた。

広い空間にでた。倉庫内に侵入したとわかる。フォークリフトが走りまわる音が反響していた。人影が遠くにいくつも見えている。ボンドはいったん拳銃《けんじゅう》をホルスターに戻し、近くの鉄梯子を上った。

倉庫の天井近くを走る空中通路に入った。幸いにもここには警備の姿がない。ボンドは空中通路を前進していった。倉庫の広大な空間が奥へ奥へとつづいている。

複数のフォークリフトの走行を見下ろせる場所まで来た。こんな未明に大勢の作業服が立ち働いている。それ自体が奇妙だが、ボンドの注意を喚起したのは、スーツの群れが立ち話する姿だった。

真んなかにいるのは年配の白人だとわかる。あいにくここからでは頭頂部しか見えない。向かい合う相手は鼎淵だった。用心棒のゾムリも隣に控えている。ほかにも白人と現地人のスーツが数名ずつ立ち会う。

白人のリーダー格が英語で話していた。「なぜそんなに手間がかかる？　フランスを経由してハイフォンに送るぶんには、なんの問題もないだろう」

鼎淵が渋りぎみに答えた。「量が多すぎるんです。あちこちで怪しまれるんですよ。サトウキビの栽培はベトナム全土でさかんなのに、なぜわざわざ沖縄から輸出するのかと」

「トンキン湾事件から北ベトナムへの空襲が始まっとる。南はアメリカの支援もあり、砂糖の不足などないが、北のサトウキビ畑は焦土と化しとる」

「それにしても赤字覚悟の二束三文で販売するなど……。理由をきかれたらどうします？　ただの慈善事業だとでも？」

「あなたがたには先行投資しとる。売り上げなど比較にならんほど巨額の収入を得とるだろう。いいから万難を排し輸出を続行しろ」

白人のアメリカ英語は軍人特有の響きを帯びている。米国民政府の関係者だろうか。言いぐさからすると輸出事業の監督というより、アメリカ人こそが鼎淵に輸出を命じているようだ。

ふいにフォークリフトとは別のエンジン音がこだました。クラクションがけたたましく鳴り響く。倉庫内を幌《ほろ》なしのジープが一台、あわただしく疾走してくる。鼎淵ら一行がぎょっとして振りかえった。

急停車したジープの運転席と助手席は、警備の制服を着ているものの、体格はまさしくアシバー出身のゴロツキだった。鼻息荒くふたりが降車する。後部座席にはイザベルが乗っていた。ボンドは息を呑《の》んだ。早くも救出されたか。それだけならまだいい。問題はイザベルの隣の席に積まれた木箱だった。大量の銃器類が詰めこんである。

イザベルは車外に降り立つやわめき散らした。「社長！　あいつにやられた。ジェームズ・ドノヴァンに。鍛冶《かじ》が仕留め損なった」

「なんだと」鼎淵が血相を変えイザベルに詰め寄った。「鍛冶は？」

「死んでる」イザベルは半泣き顔で取り乱していた。「自分の目で見てきてよ！　あいつ鍛冶の頭を浴槽に突っこんで、あっさり息の根をとめたのよ」

「それでドノヴァンは……？」

「こっちへ向かったんだってば！　倉庫への行き方を無理やりききだしたの」

鼎淵がさかんに辺りを見まわす。まずい。ボンドは空中通路に身を伏せた。

ほどなく鼎淵の怒鳴り声が耳に届いた。「全員武装しろ。倉庫内を隅々まで調べるんだ。おまえらは上へ行け」

あちこちで鉄梯子を上りだす音がきこえた。複数の警備員が空中通路へ上ってこようとしている。じっとしてはいられない。ボンドは立ちあがるや駆けだした。

靴音が響くのは当然だった。鼎淵の声が反響した。「あそこだ！　撃て！」

無数の銃声が重なりあい、鼓膜を破らんばかりの騒々しさに発展する。空中廊下の手すりに跳弾の火花が散った。ボンドは前進を阻まれた。少なくとも立位を保つのは危険すぎる。撃ってくれといわんばかりだ。姿勢を低くし片膝《かたひざ》をついたボンドは、手すりの隙間から眼下に発砲した。撃ちかえされた敵陣の動揺は数秒に過ぎなかった。今度はアサルトライフルの掃射音が鳴り響いた。ボンドはまた腹這《はらば》いになった。

白人のスーツらがジープに乗り撤収していく。居残って銃撃してくるのは警備の制服ばかりだった。目視できたのはそこまででしかない。嵐のような猛攻に、ボンドは身を伏せたまま動けない。武装する警備員の数はたちまち膨れあがったようだ。もう二十人前後はいる。一斉射撃を受け、ボンドは進退窮まった。

ところがふいに銃撃は途絶えた。ボンドは身体を起こし、ただちに駆けだそうとした。だがまたも静止せざるをえなかった。なぜ敵勢が攻撃を中断したのか、その明白な理由が目の前に現れた。梯子を上ってきた警備員が空中廊下に立ち塞《ふさ》がっている。前にも後ろにもだ。

ボンドを挟み撃ちにしたふたりの警備員は、いずれもアサルトライフルを構えている。銃口がボンドを狙い澄ます。さすがに肝が冷えた。敵が銃撃をためらう理由はひとつもない。

銃声が轟《とどろ》いた。ボンドはびくっとした。だがアサルトライフルの掃射音でないと気づいた。拳銃だ。身体に被弾すれば、痛いというより熱い、そんな感覚がひろがるはずだが、それもない。

前方の警備員が白目を剝《む》き、口から血を噴きだすと、いきなり突っ伏した。アサルトライフルが投げだされた。

その向こうに立つのは、麦藁《むぎわら》いろの髪のスーツだった。ライターの左手に握ったスミス&ウェッソンの銃口が、細い煙を立ちのぼらせている。緊迫した表情でライターが呼びかけてきた。「ジェームズ、無事か?」

背後からも銃声が鳴り響いた。振りかえると、もうひとりの警備員も背中を撃たれ、手すりの外へ転落していった。空中廊下には片膝をついたレディススーツがいた。斗蘭は両手で拳銃を構えている。ボンドと目が合うと安堵《あんど》のいろを浮かべた。

眼下の敵勢は全員がこちらを仰ぎ見ていた。鼎淵が憤怒をあらわにした。「撃ち殺せ！」

またも一斉射撃が襲う寸前、ボンドはすでにアサルトライフルをとりあげていた。XM16E1を手すりの隙間から俯角《ふかく》で掃射する。敵勢は泡を食い、蜘蛛《くも》の子を散らすように逃げ惑った。鼎淵が真っ先に遠ざかっていく。イザベルが両手で頭を抱えながらへたりこむ。

巨漢のゾムリだけは棒立ちだった。薄ら笑いを浮かべつつ、撃ってみろといわんばかりにこちらを見上げる。ボンドは面食らった。死をも恐れぬ態度。いったいどういう心境なのか。

だがゾムリを狙い澄ましている暇はなかった。態勢を立て直した敵による反撃が間近だとわかる。ライターが怒鳴った。「行くぞ、走れ！」

三人は空中通路を駆けだした。下方からの銃撃に対し、頭を低く保ち、ひたすら疾走していく。行く手に立ち塞がる敵はライターが銃撃で仕留めた。ボンドは斗蘭に追い抜かせ、背後を振りかえり、空中廊下の後方に現れる敵勢に掃射を浴びせた。後ろ向きに走りながら撤収する。ふいにコッキングレバーが固まった。撃ち尽くしたようだ。

斗蘭が声を張った。「ボンドさん！」

振り向くと斗蘭がマガジンを投げて寄越した。足もとに警備員が突っ伏している。ライターが仕留めた敵のアサルトライフルからマガジンを奪ったらしい。ボンドはそれを受けとり、空のマガジンをリリースした。装弾済みのマガジンを叩《たた》きこみレバーを引く。ボンドは弾幕を張りつづけた。武装警備員らが続々と梯子《はしご》から空中廊下へとあがりこんでくる。銃を構える前に先制攻撃を食らわす。被弾した敵が手すりから転落していった。

倉庫の終点に近づいた。ライターと斗蘭の襲撃に抜かりはなかった。眼下の光景にそれが証明されている。段ボール箱が一面に敷き詰めてあった。どれも空き箱のようだ。退避時に備え山積みにしておいたにちがいない。

「先に行くぞ」ライターが真っ先に手すりを乗り越え、空中に身を躍らせた。身体を丸め衝撃に備える。

段ボール箱の山が大きな音を立て、ライターの落下した場所を中心に、円形に潰《つぶ》れて平らになった。まるでクレーターのような形状だった。どんなクッションよりも段ボールの空き箱こそ衝撃の吸収に役立つ。諜報《ちょうほう》員の世界では常識のひとつに数えられる。潰れた段ボール箱の山は全体の三分の一。落下地点はまだふたりぶん残っていた。

る。

追っ手に掃射しながらボンドは怒鳴った。「斗蘭、行け」

斗蘭が眼下の敵勢に対し、拳銃《けんじゅう》で片手撃ちしながら、手すりの向こうへ跳躍した。柔道の受け身のごとく顎《あご》を引き、背中から落ちた瞬間にも、なおも銃撃をつづけている。

ボンドはちょうどアサルトライフルを撃ち尽くしたところだった。XM16E1を投げ捨て、ただちに空中へ飛びだした。落下の風圧は予想以上だった。滞空時間もやけに長く感じる。敵の弾が身体の周りをかすめ飛ぶ。

爆発に似た音とともに、全身が段ボール箱の山に叩きつけられる。けっして柔らかさは感じない。激痛に背筋の感覚が麻痺《まひ》する。それでも生きているからには、相応に衝撃は吸収されているのだろう。跳ねなかったのだけは幸いだった。

とはいえ段ボール箱の山にできたクレーターでは、窪《くぼ》みの側面が遮蔽《しゃへい》物にはなりえない。ボンドは横方向に転がり、ライターや斗蘭とともに、倉庫の出入口へと逃走していった。

外は依然として暗闇に包まれている。だがサーチライトの光線は数を増やし、しきりに動きまわっていた。空襲警報さながらにサイレンも鳴り響いている。

「こっちだ」ライターがうながした。

三人で倉庫の外壁を迂回《うかい》し、なおも走りつづけた。現れる人影に容赦なく銃撃を加える。撃ちかえしてくる場合と、ただ逃げ惑うだけの場合とがある。武装していない警備員も多いようだ。こんな修羅場と化した以上、車両乗り入れ用のゲートを守っていた警備員も、非武装ならなんの意味もない。

その事実を証明するかのようにプリンス・グロリアが停車中だった。運転席から兼佳が身を乗りだしている。「急いでください！」

ライターが助手席のドアを開け、車内に乗りこんだ。ボンドは後部座席のドアを開け、斗蘭を先に押しこむと、みずからも乗車した。ドアを閉めきらないうちに、兼佳がクルマを急発進させた。Uターンしゲートへと向かう。

警備員がふたりほど、遮断機の前で両手を振っていたが、兼佳はかまわないようすで突っこんでいった。あたふたと逃げだす警備員の向こうに、依然として遮断機が横たわる。プリンス・グロリアの鼻先が遮断機をまっぷたつにし突破した。なおも猛進しつづける。

後方の闇のそこかしこに銃火が閃《ひらめ》いている。しだいに銃声が途絶えだした。屋外まで追跡したのでは、騒動を通報される恐れがあると判断したのだろう。すなわち首謀者とおぼしきアメリカ人は、米国民政府の公式な命令を伝える立場ではなかったのか。

クルマが鼎淵通商の敷地外へと飛びだした。暗がりの畦道《あぜみち》を全速力で疾走する。ボンドはリアウィンドウ越しに後方視界を注視しつづけた。追ってくる車両はいないようだ。

安堵とともにシートに身をあずける。ボンドはささやいた。「助かったよ」

斗蘭が怒りをしめした。「助かったじゃありません。フランス女に招待されたのは明日じゃなかったんですか」

ライターが振りかえった。「ジェームズ。俺たちを差し置いて、ひとりで抜けがけとは感心しないな」

ボンドは苦笑してみせた。「招待されたのは俺ひとりだったんでね」

だが斗蘭はおさまらないようすで、ドライバーにも食ってかかった。「兼佳さん。わたしたちに知らせなかったのはなぜですか。米国民政府とCIAをつなぐお立場ですよね？　そもそもあなたに連絡したのは公安外事査閲局ですよ。なのにわたしとライターさんにひとこともなく、ボンドさんの指示にしたがうなんて」

兼佳は振り向かなかった。「CIA日本支局の命令でお越しになったんじゃないんでしょう？　公安外事査閲局でも局長のみが承認した非公式な任務ですよね。ちがいますか」

斗蘭が絶句する反応をしめした。ライターも当惑のいろを浮かべている。ボンドは肩をすくめてみせた。事実を伝えておいただけだ。兼佳を吹っ切れさせるには必要なことだった。

ライターがボンドを見つめた。「遠目に監視してたら、イザベルの乗ったジープが倉庫に走りこんでいった。いったいなにがあった？」

「女とはなにもないさ」ボンドはハンカチをとりだした。「問題はこれだ」

ハンカチを開く。腐ったサトウキビのかけらが包んである。斗蘭が懐中電灯で照らした。「なんですか」

ボンドはいった。「サトウキビがカビ菌に汚染されると毒素が発生する」

「ああ、はい」斗蘭がうなずいた。「沖縄ではサトウキビ中毒もよく発生してます。毒素が中枢神経に影響を与え、頭痛や痙攣《けいれん》を引き起こします。ひどい場合は虚血症、呼吸不全で死に至るとか」

「そうとも。あの工場にはサトウキビをわざわざ腐敗させる工程があった。加工品として北ベトナムへ大量輸出してる」

ライターが眉《まゆ》をひそめた。「北ベトナムへ？　米軍統治下の沖縄からか？」

「フランスを経由してるんだよ。イザベル・アルヴィエはただの娼婦《しょうふ》を装ってたが、じつは経由地の調整役だな」

「ああ、なるほど。北ベトナムの貿易相手は共産圏や第三国ばかりだが、西側で唯一、かつて宗主国だったフランスとだけは取引してる」

「そういうわけだ」ボンドはハンカチを斗蘭にあずけた。「ハノイじゃなく港湾都市のハイフォンに送ってるから検閲も緩い」

斗蘭が腑《ふ》に落ちない顔になった。「腐ったサトウキビなんかほしがらないでしょう。自国でもたくさん栽培してるのに」

「北ベトナムは空襲でサトウキビ畑が焼け野原らしい。輸出するのは、毒サトウキビから精製された砂糖と、切りだされた髄だ」

「髄？」斗蘭がきいた。

「ベトナム料理では、茎の皮を剝《む》いた髄に、エビの練りものをつけて揚げたり焼いたりするんだよ。北ではよく食べられてるし、軍のメニューにもあるだろう。黒くなるのは茎の皮だけだから、砂糖や髄は見た目に変化はない」

「でもじつは毒を帯びてるってことですか……」

「ああ。念入りに腐らせる工程からして、致死量の猛毒を含むんだろうな。鼎淵通商は赤字覚悟で、二束三文の値段で北ベトナムに大量輸出してる。米国民政府の指示で」

兼佳が運転しながら驚きの声を発した。「なんですって？　そんな作戦はきいてない」

ライターが複雑な表情でつぶやいた。「戦争なんだから、やむをえない工作と考えるべきだよな」

ボンドはライターにいった。「だがワトソン中将が知ってたようには思えない。彼以外で、米国民政府のなかでも特に軍部の中心的な人物が、南ベトナム軍事援助司令部と結託して立案した作戦だ。CIA日本支局はおろかワシントンも与《あずか》り知らない」

「どうしてそういえる？」

「参戦してないフランスの輸出貿易を軍事利用するのは国際法違反だ。どの国でも政府が口だししてくるはずが、沖縄だけは都合がよかったんだろう。米軍そのものが政治を代行してるんだからな」

「そうか」ライターが納得顔になった。「高等弁務官のワトソン中将のみ蚊帳《かや》の外に置き、ナンバーツー以下の勢力が、非公式軍事作戦に協力してるのか。南ベトナムを支援するために」

「ワトソン中将は嘘がつけそうな男じゃないからな。米国民政府の最高責任者はジョンソン大統領や、日本にいるライシャワー大使と直接連絡をとる立場だ。切り離しておいたほうが得策と判断された。鼎淵への接待賭博《とばく》にしても、ナンバーツー以下の誰かの仕事だった」

「……おい」ライターが不穏な表情を濃くした。「ここにいるのはCIAの下請け、イギリスの諜報《ちょうほう》員、公安外事査閲局の職員、それに米国民政府の連絡員だ。四人とも部外者にすぎん。国際法に違反した極秘作戦について、誰ひとり知る立場にない」

「ああ、そうとも」ボンドは重苦しい気分で同意せざるをえなかった。「俺たちは知るべきでないことを知ってしまったわけだ。米軍が支配する小帝国みたいな島で」

27

午前四時をまわった。那覇市郊外にある沖縄山城《やましろ》ホテル、五階のバルコニーに斗蘭はたたずんでいた。

夜間もワイシャツにスーツ用スカートかスラックスで就寝してきたが、さすがにもう限界だった。鼎淵通商本社から帰ってきたのち、すぐにシャワーを浴び、ナイトドレスに着替えた。夜風にあたるうちに心がようやく落ち着いてきた。市街地方面が静寂に包まれていることにも安堵《あんど》する。

斗蘭はぶらりと室内にひきかえした。また憂鬱《ゆううつ》な気分が重くのしかかる。ボンドが勝手な行動をとり、米国民政府の機密に触れてしまった。しかもベトナムにおける戦争に関する、国際法に反した非公式作戦だとわかった。人道的にみても問題が多い。これをどう父に報告したものかと迷う。

部屋にあったミニボトルのウィスキーをグラスに注ぐ。いまあれこれ考えても始まらない。酒で頭をとろけさせて眠りにつくしかない。そのことだけに集中すればいい。斗蘭はグラスをとりあげた。琥珀《こはく》いろの液体に、自分の顔がうっすらと映りこんでいる。

だしぬけに轟音《ごうおん》が部屋を揺るがし、視野が真っ白に染まった。グラスがどうなったのかはわからない。たぶん放りだしたにちがいない。斗蘭は悲鳴とともに両手で頭を抱え、その場にしゃがみこんだ。

電灯が消えた。バルコニーを振りかえる。硝煙のにおいが濃厚に漂う。闇のなか、砂埃《すなぼこり》と煙が充満する室内が、うっすらと浮かびあがってきた。壁面が大きく歪《ゆが》んでいる。なんとバルコニー自体が消滅していた。窓枠の外側にあたる壁面が吹き飛んでいる。本来ならコンクリートに覆い隠された鉄骨があらわになっていた。

斗蘭はそちらに這《は》っていった。流入してくる外気を吸わねば息が詰まる。壁に開いた大穴から外を見下ろす。

表通りには戦時中のような眺めがあった。交通は途絶え、街路灯も消灯するなか、路上の真んなかにジープが縦列に連なる。大勢の米兵がヘルメットに迷彩服姿で一帯に展開していた。ひとりがこちらを指さし、なにか大声で怒鳴った。

米兵らがいっせいにアサルトライフルを仰角《ぎょうかく》に構えた。斗蘭はひやりとし、とっさに身を退かせた。すさまじい掃射が室内に浴びせられた。天井板がみるみるうちに蜂の巣と化していく。

斗蘭は部屋の奥へ駆け戻った。羽田を発つとき着ていた薄手のコートを羽織り、素足に靴を履く。ベッドの下に置いてあったホルスターから拳銃《けんじゅう》を引き抜いた。予備のマガジンはない。鼎淵通商の倉庫で使い果たした。装弾されている八発がすべてになる。

ドアを開け放つ。斗蘭は廊下にでた。まだ明かりが点《つ》いていた。ところが階段方面に向かおうとすると、そこから米兵の群れが駆け上ってきた。

あわててドアの陰に退避する。ドアを開放したまま室内に転がりこんだ。米兵の撃った弾丸が鈍い音とともにドアを貫通する。斗蘭は唇を嚙《か》んだ。これでは数秒のうちに追い詰められる。

いきなり銃声が激しさを増した。矢継ぎ早の発砲は、米兵による攻撃と音いろが異なっていた。しかも急に静寂が戻った。駆けてくる靴音がきこえる。

ボンドの声が呼びかけてきた。「斗蘭！」

思わずため息が漏れる。斗蘭は部屋から駆けだした。廊下にはボンドとライターがいた。どちらもワイシャツにスラックス姿で拳銃を手にしている。

そこかしこで米兵がのたうちまわっているが、床は血の海というほどではない。致命傷をあたえず無力化したようだ。ライターがアサルトライフルを次々に拾い、ボンドと斗蘭に一丁ずつを投げ渡した。

ライター自身はウージーの短機関銃をとりあげた。片手撃ちが可能だからだろう。鉤形《かぎがた》の義手で器用にコッキングレバーを引くと、ライターが廊下の先に顎《あご》をしゃくった。「あっちの外階段を下ったほうがいい。ロビーには兵士がうじゃうじゃいる」

三人は廊下を駆けだした。斗蘭は動揺とともにきいた。「なぜわたしたちに全面攻撃なんか……」

併走しながらボンドがいった。「軍の大物が命令を下したんだろうよ。東側の敵性分子を抹殺しろって」

「東側って？」

ライターが鼻を鳴らした。「そういえば兵士がこぞってしたがうからさ」

　ぞっとする寒気が襲う。違法な極秘作戦を知った部外者を葬り去る気だ。斗蘭たちはまだ米国民政府に素性を明かしていない。誤解を解く必要があった。咳《せ》きこみながら斗蘭は申し立てた。「ワトソン中将に連絡をとりましょう」

「無理だ」ライターが一蹴《いっしゅう》してきた。「どうせ敵側の手先だったと吹きこまれてる。夜明けには俺たちが勤めてるはずの各社に問い合わせて、三人とも嘘が露見するだろうよ。疑惑は確信に変わる」

「そんな」斗蘭は嘆いた。「アメリカは民主主義でしょう。公平な申し開きの機会もあたえられないんですか」

「アメリカはそうでも米国民政府は別でね。軍事政権の独裁みたいなもんだ」

「東京に問い合わせてくれれば父が……」

「沖縄は日本じゃない。ワトソン中将とライシャワー大使は不仲。意思の疎通なんかない」

　背後から銃声が轟《とどろ》いた。ボンドとライターが振り向きざま、アサルトライフルをけたたましく掃射する。米兵の群れが泡を食ったように廊下を撤退していく。だが階段まで戻ると、物陰に身を隠しつつ、ふたたび銃撃を再開した。

斗蘭たちは廊下の突き当たりに達した。ボンドが外階段のドアを開ける。斗蘭を目でうながした。ぐずぐずはしていられない。斗蘭は真っ先にドアから飛びだした。

鉄製の外階段を三人で駆け下りる。先頭は斗蘭だった。踊り場をまわりながら、市街地方面に目を向けたとき、思わず慄然《りつぜん》とした。

那覇市の中心部がやけに明るい。路上のあらゆる場所に、強烈な光源を配置したにちがいない。戒厳令もしくは戦争勃発《ぼっぱつ》そのものだった。悪いことにお尋ね者はこの三人になる。しかも逮捕が目的ではない。遠方からの狙撃も充分にありうる。

一階が間近に迫った。外階段の下で兼佳が見上げていた。「急いでください！　兵士が裏にまわってきます」

三人が外階段を下りきった。近くに停めてあるプリンス・グロリアに乗りこむ。どのドアを開けるか譲りあっている場合ではなかった。気づけば斗蘭は助手席にいた。ボンドとライターが後部座席におさまっている。

兼佳がクルマを急発進させた。通行のない裏道を蛇行ぎみに駆け抜けていく。

背後からボンドがいった。「死亡率が最も高い助手席にきみを座らせたのは、俺とライターの落ち度だ」

縁起でもないと斗蘭は思った。「替わってくれますか」

「あいにくこの狭い車内で動きまわるのは……」

銃声がこだました。車内の全員がいっせいに頭を低くする。兼佳も首をすぼめながら運転しつづけた。

ライターが兼佳に問いかけた。「どこへ行く?」

「宜野湾《ぎのわん》の民間飛行場、すぐそこです。ほかはあらゆる道路が閉鎖されてますから」

ほどなく暗がりのなかで視界が開けた。フェンスすらない広々とした土地に、舗装した滑走路が延びている。兼佳が急ブレーキを踏んだ。斗蘭は前のめりになり、ダッシュボードに顔をぶつけそうになった。

セスナ172、白と赤のツートンカラーの機体が、すぐわきにあった。兼佳が車外に降り立つと、そちらへ走っていった。ボンドとライターもそれに倣う。斗蘭はあわてて彼らにつづいた。

正確には172Dスカイホークと呼ばれるセスナだった。発売になって間もない新しい機体ゆえリコイルスターター式ではない。兼佳もエンジン始動のためロープを引いたりしなかった。すでに操縦席におさまり、クルマのようにセルモーターを回した。プロペラがゆっくりと回転しだすと、機体の振動とともにエンジン音が鳴り響いた。

四人が乗りこんだキャビンは、クルマのなかとそう変わらなかった。セスナにヘッドライトなどあるはずもないが、ふいに滑走路が遠くまで照らしだされた。斗蘭は背後を振りかえった。ジープのヘッドライトによる照射だった。車列が続々と乗りいれてくる。

ライターが怒鳴った。「早くだしてくれ！」

セスナが動きだした。滑走路を徐々に速度をあげつつ前進していく。ジープが追いついてきた。銃声が後方から轟く。まだシートベルトを締められない。四人とも姿勢を低く保たざるをえないからだ。

機首があがった。いよいよ離陸という瞬間、機体後部に裂けるような音が鳴り響いた。斗蘭ははっとしたものの、尾翼が無事なのは目で確認できた。滑走路がどんどん遠ざかる。追っ手のジープが減速したのが見てとれる。兵士らが展開し、仰角に銃撃してくるが、もう距離は開いてきていた。そう命中するものでもない。

ところが機体は妙に揺れだした。操縦桿《そうじゅうかん》を握る兼佳が、さかんにラダーペダルを踏む音がきこえる。兼佳が唸《うな》るようにいった。「被弾してる。たぶん燃料タンクです」

ライターが目を瞠《みは》った。「嘘だろ。遠くまで飛べないってのか」

「それどころか高くも飛べません。下りられなくなっちまうからです。着陸しようにも、まっすぐな道路はどこもかしこも兵隊だらけで……」

ボンドが兼佳にたずねた。「鼎淵通商本社の私道はどうだ?」

「ああ……。車両用の私道に一本、長めの直線がありましたね。でも金網に接触したら機体が壊れます」

「駄目でもともとだよ。やってくれないか」

「これ買い換えたばかりで高かったんですが」

「公安外事査閲局のタイガー田中が払ってくれるんじゃないか。日本政府に請求をまわせば」

斗蘭は耳を疑った。「まさか。鼎淵通商に戻るつもりですか。逃げてきたばかりなのに」

ボンドは平然と応じた。「先行投資してるといってたからな、米軍もあの倉庫にある物を灰にされちゃ困るだろう。むやみに俺たちを攻撃できなくなる」

振動がいっそう激しくなった。嫌な縦揺れが推力不足を如実にしめす。兼佳が操縦桿を前に倒した。「燃料漏れだ。もう限界が近い。シートベルトを締めてください」

指示されるまでもなく、とっくにシートベルトは締めていた。それでも不安定な急降下に肝が冷える。焦げくさいにおいが鼻をついた。真っ暗な一帯のなかにサーチライトが走っている。そびえ立つ煙突が浮かびあがっていた。まぎれもなく鼎淵通商本社だった。斗蘭は震えがとまらなかった。たった数時間で文字どおり舞い戻る羽目になった。

赤く光る砲弾が地上から空中へとばら撒《ま》かれてくる。この機体を狙っているのがわかる。高射砲だった。悪いことに鼎淵通商本社の近くまで米軍が迫っている。いまになって状況が判明してももう遅い。セスナは着陸態勢に入っている。

斜めに急降下した機体を、兼佳の荒っぽい操縦が、半ば強引に水平へと移行させる。工場棟の屋根すれすれをかすめ飛びながら旋回する。恐ろしいほどの低空飛行だった。

サーチライトの照射範囲とそれ以外で、明暗の落差が激しい。闇のなかではどこが地面なのか識別できなくなる。兼佳はそのかぎりではなさそうだった。斗蘭が予期しないうちに、機体下部に着陸の衝撃が走った。タイヤが接地後も何度か跳ねた。機体は敷地内の私道を滑るように走った。行く手に車両乗りいれ用のゲートが見えた。また警備員らが逃げ惑っている。ゲートを突破した瞬間、爆発に近い衝撃と轟音《ごうおん》が機体を揺さぶった。

なおも機体は前進していく。左右の翼が付け根からきれいにもげていた。兼佳が神妙な面持ちで振りかえった。ボンドが澄まし顔で小さく唸った。

行く手に警備員が飛びだしてくるものの、セスナが接近すると、あわてぎみに横に飛び退く。そんな状況が継続したのち、機体の速度が落ちていき、やがて静止した。付近に人影はない。ボンドとライターが側面のドアを開け、機体の外へ降り立っていく。斗蘭も急ぎシートベルトを外し、転がり落ちるも同然に私道へでた。

遠方に光点がいくつも見える。車列のヘッドライトだった。米軍のジープにちがいなかった。敷地内に乗りいれてくる。じきにここも包囲されるだろう。

ライターが兼佳に拳銃《けんじゅう》を渡し、みずからは左手でウージーを構えた。「ひとかたまりになってると手榴弾《しゅりゅうだん》を食らいそうだ」

「ああ」ボンドもアサルトライフルを周辺に向けていた。「いったん散開しよう。例の倉庫で落ち合う」

斗蘭はボンドを見つめた。「また倉庫に？　追い詰められますよ」

「いいんだ。考えがある」ボンドがうながした。「急いでくれ。追っ手を分散させるしかない」

三人の男がたちまち散っていった。斗蘭はため息をついたが、誰ひとり振りかえろうとしない。

やむをえない。斗蘭はアサルトライフルを携え、倉庫のほうへと駆けだした。最も近道になるルートは、ほかに誰も選ばなかった。ひとりぐらいまっすぐそちらへ向かうのも、おそらく理にかなっているだろう。

金網のあらゆる鉄扉が開け放たれている。緊急事態だからか。倉庫の周辺に警備の姿がない。奇妙だった。鼎淵にしてみれば、どうあっても倉庫を死守せねばならないはずではないのか。

遠くで銃声が轟《とどろ》いた。三人の男がばらばらに倉庫をめざしつつ、攪乱《かくらん》に動きまわっているようだ。ふと斗蘭にひとつの推測が思い浮かんだ。

鼎淵は侵入者を米軍に始末させるつもりだ。へたに警備を配置していたのでは、部下が流れ弾に当たる危険性がある。そう考えて撤収させたか。監視塔のサーチライトも動かなくなっていた。警備員はもういないのだろう。ここでは米軍との勝負になるのか。多勢に無勢だ。

斗蘭はアサルトライフルの銃口を行く手に向けつつ、倉庫の出入口に近づいた。内部には照明が灯《とも》っている。ゆっくりと足を踏みいれる。がらんとしていた。フォークリフトが何台も乗り捨ててある。さっきボンドと会った場所からはかなり離れていた。いきなり女の叫び声とともに人影が降ってきた。斗蘭は押し倒され、アサルトライフルが遠くに飛んだ。

馬乗りになっているのはイザベルだった。頭上に高々と掲げた鉄パイプを振り下ろしてくる。斗蘭はイザベルを突き飛ばしつつ、身体を横方向に回転させた。鉄パイプは一秒前まで斗蘭のいた場所に打ちつけられた。

斗蘭は後方に転がった。一定の距離を置き立ちあがる。イザベルが必死の形相で鉄パイプを縦横に振りまわした。絶えず叫び声をあげつづけている。これでは米兵を呼び寄せるも同然だった。

鉄パイプのスイングが斗蘭の顔をとらえかけた。斗蘭は一気に身体を沈ませ、跳ねるようにイザベルの顎《あご》を蹴《け》りあげた。イザベルは宙に浮き、仰向《あおむ》けに床に叩《たた》きつけられた。後頭部を打ちつける鈍い音がきこえた。それっきりイザベルは動かなくなった。口から泡を噴いている。息をたしかめる気になれない。鉄パイプを蹴って遠ざけた。それだけで充分だ。斗蘭はアサルトライフルを拾いあげた。倉庫を慎重に進んでいく。

ここにいれば米軍が攻撃を渋るとボンドはいった。いまは信じるしかなかった。沖縄から生きて脱出できれば奇跡だ。

28

ボンドはわざと倉庫から遠ざかっていた。アサルトライフルを数発撃っては、また別の場所へ駆けていく。

監視塔のサーチライトが動かなくなっている。無人化したのはあきらかだった。アサルトライフルを仰角に構え、遠方への狙撃体勢で光源に狙いをさだめる。トリガーを引き絞ると、発射とともにストックの反動を肩に感じた。サーチライトが割れ、付近が暗闇に転じた。

辺りを米兵が動きまわっているのがわかる。ボンドはすでに位置を移していた。追っ手をかなり分散させられたはずだ。このまま大きく迂回《うかい》しながら倉庫へと向かう。米兵の群れもいずれ倉庫には到達するだろうが、ばらばらに包囲網を狭めてくれたほうが助かる。一気に進軍して来られたのでは総攻撃を受ける。まずは少人数相手に膠着《こうちゃく》状態を作りだし、後続の増援にも手だしをさせない、そんな状況を築くことが肝心だった。

鉄骨資材の積みあがった谷間を駆け抜けていく。ところがそこを脱した瞬間、グローブのようなこぶしが目の前に飛んできた。ボンドはのけぞったものの、完全には回避しきれず殴打を食らった。

転倒した地面は剝《む》きだしの土だった。激痛が痺《しび》れに変わる前に跳ね起きる。寝たままだと失神に至る可能性が高いからだ。資材の谷間に数歩後退することで、敵が複数いた場合に対処しやすくする。

一時的にぼやけていた視界だったが、また焦点が合ってくる。立ち塞《ふさ》がっているのはひとりだった。だが相撲取りにも似た巨漢だ。ゾムリが不敵な微笑とともにたたずんでいた。

この脅威を排除しなければ倉庫へは向かえない。長く一か所に留《とど》まり、小競り合いを繰りひろげるのも好ましくなかった。米兵が群がってきてしまう。絶えず動きまわるべきときに、こんな場所に釘付《くぎづ》けにされるべきではない。

ゾムリはただ仁王立ちしている。悠然とした態度は完全に人を食っていた。睨《にら》み合いに時間など費やせない。ボンドはゾムリに突進していった。低く間合いを詰め肉迫すれば殴打も浴びせられる。

ところがゾムリは意外にもすばやい身のこなしで、一気に距離を縮めてくると、ボンドに張り手を食らわせた。腕で風を切る音をはっきり耳にするほどの勢いだった。ボンドは横方向に叩き飛ばされた。地面に転がりながら耳鳴りをきいた。倒れたのちも震動を感じる。ゾムリが駆け寄ってくる地響きだとわかった。起きあがろうとしたものの、それより早くゾムリがボンドをつかみあげた。またしてもグローブのごとく分厚い手が握りこぶしと化し、勢いよくボンドの腹を抉《えぐ》った。一発で息がとまるほどだった。ゾムリは左右の手刀を矢継ぎ早に繰りだし、ボンドを縦横に打ちのめした。木刀の猛攻を食らったように、ボンドは麻痺《まひ》しきった身体で突っ伏した。

伸びているのは半分事実だが、残り半分は意図的だった。数秒でも体力の回復に努める。感覚がしだいに戻ってきた。ゾムリはとどめを刺そうとするように、ゆっくりとこちらへ向かってくる。

跳ね起きたボンドは腰を深く落とし、ゾムリの腹めがけ突進した。強くタックルを食らわす。トラックにぶつかるような衝撃が走ったものの、ゾムリが倒れることはなかった。ただし巨漢は踏みとどまりきれず、足ばやに後退しだした。近くの大きな円柱に背を衝突させる。金属製の円柱が大きく凹《へこ》んだ瞬間、ボンドは異臭を嗅《か》ぎとった。すばやく後方へ飛び退く。

円柱の上部に亀裂が生じ、大量の液体がゾムリの頭上から浴びせられた。ゾムリは両手を振りかざし、地面に転げながら滝から脱した。すでに全身ずぶ濡《ぬ》れになっている。

油だとボンドは気づいた。ポケットからロンソンのライターをとりだし、着火するやゾムリに向かって投げつけた。

ところが火のついたライターは、ゾムリの胸もとでぽんと跳ねると、地面に落ちた。

一面に油が水たまりのごとくひろがっていて、火種はそのなかに横たわったものの、いっこうに延焼しない。

ゾムリが低い声で笑った。ボンドは唖然《あぜん》とした。この液体はガソリンでも灯油でもない。タンクの中身は菜種油《キャノーラ》だった。そういえば鼎淵通商は食料の貿易が主な事業だ。都合よく揮発性の高い油が工場敷地内にあるはずもなかった。

巨漢がさも愉快そうに笑いながら距離を詰めてくる。凶器に等しい両手のこぶしを高々と振りかざす。そのさまはまさに野人もしくは猿人だった。ボンドは痺れからまだ回復しきれていなかった。あのすばやい手刀攻撃から身を守るすべがない。

ふいにライターの声が呼びかけた。「ジェームズ、避《よ》けろ!」

鉄骨資材の山の上に立つライターは、なにやらドラム缶状の鉄製容器を背負っていた。手にしているのはアサルトライフルではない、似て非なる物体だった。背中の鉄製容器とホースでつながっている。

ボンドは横っ跳びに逃れた。その瞬間、ライターの火炎放射器が火を噴いた。農業用に広範囲の枯れ葉を焼却しうる、猛烈な勢いの炎が斜め下方へと走り、ゾムリを襲った。

キャノーラ油の引火点は摂氏二二〇度と高めだが、さすがにゾムリはたちまち火だるまになった。咆哮《ほうこう》のような絶叫とともに暴れだした。両腕を振りまわし、両足をばたつかせる。赤々と燃え盛る巨体が、ほどなく立っていられなくなり、ゾムリは火の海に突っ伏した。地面にひろがるキャノーラ油は、いまさらのごとく全体が激しく炎上していた。

吹きつける熱風に汗が滲《にじ》んでくる。ボンドはため息まじりにいった。「Leiter《ライター》からLighter《ライター》に改名しろよ。その格好にも機能にもふさわしい」

ライターは鉄骨資材の山から下りてきた。「農業用具の小屋で見つけた。きみのロンソンよりは役に立ったみたいだな」

高価なロンソンのライターは火の海のなかだった。ボンドはつぶやいた。「ああ。肝心なときに着火できたきみの勝ちだ」

米兵たちの怒鳴り声がきこえる。ライターが表情を険しくした。「火災に群がってくるぞ」

「また二手に分かれよう」ボンドはアサルトライフルを拾った。「倉庫へ行け。そろそろ米軍も司令塔がでばってくるころだ」

「ああ。あとでまた会おう。ジェームズ、気をつけてな」ライターが身を翻し、闇のなかへ消えていった。

ボンドは迂回ルートを維持すべく走りだした。行く手の夜空に倉庫棟のシルエットがおぼろに浮かびあがっている。もうかなり近い。銃撃は控えねばならない。せっかくあちこちに米兵を散らした意味が消え失《う》せてしまう。

敷地内はなにやら騒然としていた。さっきの場所以外にも火の手があがっている。フェリックス・ライターがあちこち放火してまわっているようだ。まさしく着火屋《ライター》の名にたがわぬ行為だった。一か所に集中しかけた追っ手が、また分散していくのを感じる。これで多少なりとも時間が稼げる。

倉庫棟との距離が詰まってきた。ボンドは歩を緩め、慎重に物陰から物陰へと前進していった。ほどなく倉庫の出入口が見えてきた。周辺には米兵も警備員もいない。あまりに手薄すぎる。なかへ誘いこんでから一網打尽にするつもりか。望むところだとボンドは思った。米軍は倉庫ごと吹き飛ばすような無茶はできない。虎の子の毒サトウキビ製品が無数に保管されている以上は。

ボンドは倉庫内に入った。照明は灯《とも》っているが依然としてひとけはない。数時間前に鼎淵とアメリカ人らが立ち話していたほうへと走る。広大な倉庫内でまだ五百ヤードほど距離があった。

アサルトライフルを四方に向け、絶えず警戒しながら駆けていく。銃声や火災によって米兵が分散されたとはいえ、この静けさは不自然だ。本来ならボンドが倉庫に入る寸前に仕留めるべきだろう。攻撃できないなんらかの理由があるのか。

そこかしこにフォークリフトが放置してある。見覚えのある一帯に着いた。空中通路を仰ぎ見ると、周囲の壁面に無数の弾痕《だんこん》があった。ボンドが銃撃を受けたのはこの辺りだ。

フォークリフトの陰から人影が現れた。斗蘭がアサルトライフルを手に姿を現した。

「ボンドさん」

別のフォークリフトから兼佳も顔をのぞかせた。拳銃《けんじゅう》を下ろし兼佳が駆け寄ってきた。「遅かったですね。ライターさんは？」

「間もなく来る」ボンドは壁面に積みあがった木箱を眺め渡した。どれもマルセイユ行きの貨物ばかりだった。壁一面の木箱すべてがそうだ。

マルセイユ港ならアジア方面と結ぶ航路もあるだろう。沖縄からわざわざマルセイユへ運び、ベトナムのハイフォンへ戻させる。最終目的地の表記はない。あくまでフランスからの輸出品を装うため、別の箱に詰め替えられるにちがいなかった。むろんそちらでは、送り元が那覇であることは完全に伏せられる。

水平方向から光が照らした。クルマのエンジン音がこだまする。兼佳が狼狽《ろうばい》の声をあげた。「ああ、まずいですよ」

数台のジープが倉庫内を走ってくる。その後ろを米兵の群れが駆け足でつづく。押し寄せる集団は迷彩服ばかりではなかった。警備員の制服も交ざっている。こざかしいことに米兵の前では警備員も丸腰のようだった。銃の不法所持で挙げられたくないからだろう。

ジープとともに大型セダンも併走していた。キャデラックのフリートウッド、シリーズ75だった。

ボンドはアサルトライフルを投げ捨てた。斗蘭と兼佳が面食らった顔を向けてくる。だがボンドが目でうながすと、ふたりとも不服そうに武器を放棄した。

ジープやセダンはわずかに距離を置き、横並びに停車した。米兵らが左右に展開し、たちまち包囲する。すべての銃口がボンドらに向けられた。

真っ先にジープから降り立ったのは陸軍少将の制服だった。五十代とおぼしき口髭《くちひげ》の男が、すさまじい剣幕で声を張った。「ただちに射殺しろ！」

きいた声だとボンドは思った。毒サトウキビの輸出について、鼎淵と立ち話していたのはこの男だ。

「まて」ほかの声が制止を呼びかけた。別のジープから降り立ったのはアルバート・

ワトソン中将だった。「ダニング、この場で発砲など許さん」

ダニングと呼ばれた少将が苦虫《にがむし》を噛《か》み潰《つぶ》したような顔になった。ボンドはひそかに気分が昂揚《こうよう》するのを感じていた。時間を稼いだ甲斐《かい》があった。ワトソン中将までひっぱりだせたとは。

ただしワトソン中将はさすがに友好的な態度をしめさなかった。「ドノヴァンさん、田中瑠璃子さん。いったいなんの真似ですかな」

キャデラックの後部ドアが開いた。数名の幹部クラスとともに、社長の鼎淵が駆けだしてきた。鼎淵は額に青筋を浮きあがらせていた。「こいつらは東側の送りこんだ産業スパイです。武装してるとはただ者じゃありません」

ダニング少将も怒鳴った。「中将、これは戦争行為です！　即刻射殺してしかるべきです」

だが頭上からライターの声が響き渡った。「そういきり立ちなさんな。北ベトナムへの輸出品が灰になってもいいのか？」

はっとした一同が辺りを見まわす。ボンドは空中廊下を仰ぎ見た。ライターの手にした火炎放射器の噴射口から、常時赤い火が小さく立ちのぼっている。倉庫内の壁を覆う木箱に向けられていた。

鼎淵が血相を変え、両手を振りかざしながら走りでた。「やめろ！　燃やすな」

ワトソン中将が怪訝《けげん》そうにきいた。「北ベトナムへの輸出だと？」

あわてぎみにダニング少将が否定した。「ありえませんよ。木箱をご覧ください。どれもマルセイユ行きです」

ボンドは平然と指摘した。「経由地にすぎないんだろ。ハイフォンへ送る砂糖とサトウキビの髄、どちらも毒性だ」

部下がばつの悪そうな顔になったのを、ワトソン中将はめざとく目にとめたらしい。「ダニング少将。どういうことだ。そんな作戦はきいとらん」

「でたらめですよ」ダニングは取り乱していた。「惑わされないでください。ここにある輸出品はすべて合法です」

ライターが大声でいった。「砂糖をなめてみるといい。たったひと口で真実がわかる」

静寂がひろがった。張り詰めた空気が漂う。重い沈黙のなか、ダニングと鼎淵の視線が交錯する。不穏な状況をワトソン中将も見てとったらしい、壁一面の木箱を眺めまわした。いまにも中身の検査を命じそうな態度をしめしている。

だがボンドにとってはベトナムへの非公式な作戦など関心外だった。「鼎淵社長。

私が知りたいのは過去だ。五〇年代の三年間、ジャマイカから大量の燐酸質《りんさん》グアノを輸入しながら、申告を怠ったな。あれはどこへやった？」

鼎淵は顔面を紅潮させた。「きさまは何者だ。なにを嗅《か》ぎまわってる」

「あんたがグアノを買い付けた相手についてだ。クラブ島のドクター・ノオ。いまどこにいる？」

愕然《がくぜん》とした面持ちの鼎淵を眺めるうち、秘密にかぎりなく接近しつつある、ボンドはそう確信した。心当たりのない男の表情ではない。ドクター・ノオの名にもまちがいなく聞きおぼえがある。

それは鼎淵にかぎらないようだった。ワトソン中将が目を剝《む》いた。「ドクター・ノオだと？　危険分子の中国人だろう」

「中将」ダニング少将がむきになった。「危険分子はこいつらです。射殺が駄目なら逮捕を」

「むろん逮捕する。だが鼎淵社長の身柄も拘束しよう。ダニング、きみにも事情をきかねばならん」

ダニングの表情が凍りついた。鼎淵も怯《おび》えをしめしている。ただ恐怖に身を震わすばかりではない。いまにも窮鼠《きゅうそ》が猫を嚙む決断に至る、その寸前の追い詰められた心境こそが、ありありと見てとれる。

鼎淵が無言のうちにダニングに目で問いかけた。ダニングが歯軋《はぎし》りとともにうなずいた。鼎淵は日本語でなにかをわめいた。おそらく沖縄方言と思われた。警備員らになにを命じたか、深く考えるまでもなかった。

一行のなかから警備員らが躍りでた。制服の下に隠していた拳銃をとりだす。空中廊下のライターを仰角に狙い、警備員の群れが一斉射撃を開始した。重なりあう銃声が耳をつんざく。ライターがその場に身を伏せた。動揺した米兵らが警備員たちに銃を向ける。制服を着ていても、アシバーあがりのゴロツキばかりだけに、警備員らは反撃を躊躇《ちゅうちょ》しなかった。たちまち至近距離から米兵たちを容赦なく銃撃する。米兵が次々と倒れるなか、双方の撃ち合いが始まった。

銃弾が飛び交うなか、ワトソン中将が茫然《ぼうぜん》と立ち尽くしている。ダニング少将がその背後に迫った。腰のホルスターから拳銃《けんじゅう》を抜く。ワトソンが振りかえった。ダニングがトリガーを引き絞ろうとする。

ボンドはワルサーPPKを引き抜き、ダニングの側頭部を銃撃した。二発の銃撃で仕留めた。頭骨が割れ、血飛沫《ちしぶき》を撒《ま》き散らすダニングが、その場にくずおれる。赤い液体の降りかかったワトソンが、すくみあがったようすでたたずんだ。

側近らが駆けつけ、ワトソンをジープの陰へと退避させる。倉庫内は米兵と警備員の銃撃戦により、壮絶な修羅場と化していた。斗蘭と兼佳もフォークリフトの陰に隠れ、警備員と激しく撃ち合っている。

鼎淵がひとり離脱したのを、ボンドは見逃さなかった。木箱と反対側を壁づたいに走り、巧みに騒動のなかを切り抜け、倉庫の奥へと逃走していく。

ボンドは鼎淵を追跡し始めた。目の前に警備員が立ち塞《ふさ》がったが、銃声とともに倒れた。ボンドが振りかえると、斗蘭の拳銃がこちらを向いていた。みごとな援護だった。だが礼を口にしている暇はない。ボンドは猛然と走りだした。

逃げていく鼎淵は門口を抜け、隣接する倉庫へと駆けこんでいった。奇妙だとボンドは直感的に思った。外にでるのなら別のルートだ。鼎淵はなにをめざし走っているのか。

鼎淵の後ろ姿がしだいに大きくなってきた。追いあげるうち距離が詰まってきている。誰もいない倉庫で鼎淵がふいに足をとめた。書棚に並ぶファイルから一冊を引き抜く。それを小脇に抱えたものの、ボンドに向き直るや窮地を悟ったらしい。近くの引き出しを開け、なかから黒光りする物体をつかみだした。

拳銃だった。銃口がこちらに向けられる。だが鼎淵は慌てているせいか、スライドを引くのを忘れていた。気づいたようすだったが、もう一方の手にファイルを抱えているため、あたふたと扱いかねている。ようやくスライドを引いた。あらためてボンドを狙い澄まそうとする。

ボンドは立ちどまった。両手で拳銃を構える。照門と照星を標的に重ね合わせるのはひさしぶりだった。それが可能になるほど鼎淵の動作は遅かった。ボンドは三度トリガーを引いた。銃火が連続して閃《ひらめ》く向こうで、鼎淵が後方へ弾《はじ》け飛び、即座に倒れこんだ。

ワルサーの銃口を向けたまま、ゆっくりと歩み寄る。俯《うつぶ》せの鼎淵を蹴《け》って仰向《あおむ》けにする。瞼《まぶた》の痙攣《けいれん》がないことが即死を意味している。顔面に一発、胸部に二発命中していた。

死体の手からファイルを奪う。表紙の記載は日本語だったが〝グアノ〟というカタカナは読みとれる。日本語の発音も英語と同じguano《グアノ》だった。鳥の糞《ふん》の堆積《たいせき》物を意味している。

銃撃音がつづくなか、複数の靴音らしきものをききつけた。ボンドはすばやく振りかえった。だがワルサーのトリガーは引かなかった。駆けつけてくるのは味方の三人だった。ライターは重そうな火炎放射器から解放され、身のこなしも軽そうになっていた。

床に横たわる鼎淵に、斗蘭がアサルトライフルを向けた。死体だと気づいたらしくため息を漏らす。斗蘭がボンドを見つめた。「手がかりを殺したんじゃ意味ないでしょう」

ボンドはファイルを差しだした。「ここに答があることを祈る」

ライターと兼佳が背後の門口に銃を向け、油断なく警戒にあたる。斗蘭がファイルのページを繰った。

「どうだ？」ボンドはきいた。

斗蘭が唸《うな》った。「精査しなきゃいけませんが、この帳簿によると、グアノは別の場所へ送られたようです。スベルドロフスクに」

スベルドロフスク。ソ連のウラル地方だ。ウラル山脈の東麓《とうろく》から西シベリア平原に位置し、南西部の一部が山脈の西側にかかる。東京から直線距離で約三八〇〇マイルある。

怒号とともに警備員の十人前後が門口に殺到してきた。拳銃やアサルトライフルを乱射してくる。敵の狙いがさだまらないうちに、ライターと兼佳が撃ちかえした。門口の敵勢はたちまち殲滅《せんめつ》させられた。

兼佳がいった。「米軍はこの工場に集中してくるはずです。宜野湾港まで行ければ、そこから貨物船に隠れて、鹿児島へ逃れられます」

ボンドは応じた。「いい提案だ。行こう」

四人はいっせいに駆けだした。さすがにライターの息が荒くなっている。ボンドも三十代ほど無限の体力を持続できなくなっていた。それでも緊張感が全身を突き動かす。ドクター・ノオの行方を突きとめるまでは死ねない。標的はおそらく東京オリンピックだ。危機は間近に迫っている。

29

十月六日、火曜。開通したばかりの東海道新幹線、車両連結部に近い昇降口の前に、ボンドたち三人は立っていた。

ライターは浮かない顔で、ドアの窓ガラスの外を眺めている。斗蘭も憂鬱《ゆううつ》そうにうつむいていた。ふたりとも顔の痣《あざ》や傷が増えている。ボンドも人のことはいえなかった。瞼や頬の腫《は》れはいっこうに引かない。まるで最終ラウンドを戦い抜いたボクサーのありさまだった。鹿児島から鉄道を乗り継ぐあいだ、なにもせずともいっそう腫れていったようにも思える。

ボンドの手もとには、新大阪駅の売店で買った英字新聞があった。鼎淵幸造社長の死がようやく報じられている。ただし鼎淵通商本社での騒動についてはいっさい記載がない。米国民政府は不祥事を隠蔽《いんぺい》していた。ワトソン中将は無事だったが、ベトナム情勢が厳しさを増すばかりの昨今、国際法違反に言及できるはずもなかった。

ライターが物憂げにつぶやいた。「オリンピック開会式まであと四日か」

斗蘭は視線を落としたままだった。「兼佳さんに迷惑をかけちゃいましたね。火消しが大変そう」

「しかし」ボンドは両手をポケットに突っこみ、壁にもたれかかっていた。「ワトソン中将が味方してくれる。彼がお咎《とが》めを受けることはなさそうだ」

「……あのファイルですけど」斗蘭の顔があがった。「鼎淵通商はクラブ島から燐酸《りんさん》質グアノが到着するたび、ただちにスベルドロフスクへ輸出していました。品名は牛肉に偽装。三年間のグアノの輸入量が約一万トン。ソ連への〝牛肉〟輸出は約一万五千トン。うち約五千トンは本物の牛肉だったようです」

ボンドはうなずいた。「グアノはすべてソ連行きだ。米軍の毒サトウキビ作戦におけるマルセイユと同様、ドクター・ノオも鼎淵通商を経由地に利用しただけだな」

「ジェームズ」ライターがいった。「スベルドロフスクは天然資源が豊富な土地だ。金や白金、銅に鉄。石油、石綿。ジャマイカと同じくボーキサイトもだ。クラブ島から燐鉱石《りんこうせき》がわりに、鳥の糞なんか輸入する必要はないだろう」

「肝心なことを忘れてるよ。一九四九年、ソ連で初めて稼働したウラン濃縮施設が、ほかならぬスベルドロフスクにある」

ライターと斗蘭が驚きのいろを浮かべた。斗蘭がきいた。「核兵器開発ですか」

「そうとも」ボンドは淡々と答えた。「燐鉱石にはウランが含まれてる。クラブ島の燐酸質グアノはとりわけ純度と割合が高い。濃縮ウラン工場のあるスベルドロフスクに輸送されたのは、そこから核爆弾の原料となるウラン235をとりだすためだ」

天然ウランにはウラン235とウラン238がある。235のほうは中性子をぶつけると核分裂し、膨大な熱エネルギーを放出する。238は核分裂しにくい。

核爆弾製造に利用できるウラン235は、天然ウラン鉱石のなかにも、わずか〇・七パーセントしか含有されていない。原子爆弾の中身はそんなウラン235が、ほぼ百パーセントを占めねばならない。

ボンドは思考を言葉にした。「天然ウラン鉱石ほど効率がよくなくとも、クラブ島の燐酸質グアノが一万トンもあれば、約二百二十ポンドのウラン235ができる。I

AEAの監視にもひっかからずに」

斗蘭が表情をこわばらせた。「約百キログラムですか？　ヒロシマ型原爆でも六十四キログラムだったのに。それも実際に核分裂反応を起こしたのは一キログラムていどです」

ライターが唸った。「もっと威力のある原爆を製造してるってのか？　だがどうにもわからん。中国じゃなく、またソ連か？」

苦笑までは至らないものの、皮肉がボンドの口を衝《つ》いてでた。「おっしゃるとおり朝令暮改ってやつでね。クラブ島にいたころのドクター・ノオは、たしかにソ連と提携していた。グアノを直接スベルドロフスクに送らなかったのも、ウランが目的だってことを、第三者に気づかれたくなかったからだ」

「ところが」ライターがボンドを見つめてきた。「その後ノオ博士はソ連と切れて、中国と結びついたと推察されるはずじゃなかったか？　中ソは犬猿の仲なんだから、ドクター・ノオとしても、どっちかとしか仲よくできんだろ」

「ああ、中国なら筋が通ってた。だがいまでも鹵《ろ》獲《かく》電波で日米の軍用機を邪魔するドクター・ノオが、原爆を作らせたのがソ連だとすれば、話がまた怪しくなってくる」

「ソ連に作らせた原爆は、とっくにドクター・ノオが引き取ってて、いまは中国の指示のもと、新たな作戦に従事してる可能性は？」

「もちろんありうるが、だとするとソ連が指をくわえて見てるかな。オリンピックにはソ連の選手団が参加してる。中国は非参加だ。そんな東京で核爆発を起こせば、中ソこそが一触即発になる」

「共産圏の大国どうしが戦争突入か。西側じゃ歓迎するお偉方もいるだろうが、極東の日本はたまらないな」

斗蘭が大仰に顔をしかめた。「当然ですよ。でも日本はオリンピック決定後、海外から持ちこまれる物を徹底的に検閲してきました。空路も海路もです。核爆弾の密輸が可能とは思えません」

ライターがぼそりと指摘した。「少なくとも鹵獲電波発信装置が入ってくるのは阻止できなかった」

むっとした斗蘭がライターに反論した。「日本海からの発信だったかもしれないんです」

「あれは張りぼてだったろ。最新の研究では、最大出力での発信なら、もっとテレビ放送に影響がでたはずって話だよな？　出力を弱めるために国内に機械を持ちこんだ可能性は高い。電車の一車両内にも仕込めるんだ」

「鹵獲電波発信装置は部品単位ならすべて合法です。核爆弾はそのかぎりじゃありません。最大百キロものウラン235を含む装置なんて、税関を通過できるわけが……」

「ヒロシマ型原爆は長さ十フィート、直径二・三フィートだぜ？　どっかの貨物船に隠してあったとして、絶対に見つけられるといいきれるか？　俺たち三人とも、みごと船底に潜んで、米国民政府の目を逃れてきたばかりなのに」

「……ヒロシマ型だなんて、軽々しくおっしゃらないでいただけますか」

車両連結部のドアが横滑りに開いた。乗客が通りかかった。険悪な空気が漂うなか、三人は沈黙した。

乗客が通り過ぎると、ライターがばつの悪そうな顔になった。「悪かった、タイガーのお嬢さん。無礼を口にするつもりはなかった。長くこっちにいると、つい自分がアメリカ人ってのを忘れちまう」

「いえ……」斗蘭が頭をさげた。「失礼しました。あなたに反発したかったわけじゃありません」

ライターがその場を離れだした。「ビュフェ車両へ行ってコーヒーを買ってくる」

スライド式のドアを開け、ライターが隣の車両へ移っていった。ボンドは斗蘭とふたりきりになった。

ふたたび英字新聞に目を落としつつ、ボンドは静かにいった。「フェリックスに悪気はないよ」

「ええ、わかってます」斗蘭は憂愁に満ちたまなざしを窓の外に向けた。「でももう大量虐殺なんて」

30

十月十日を迎えた。雲ひとつない青空がひろがっている。国立競技場の観客席は満員だった。レディススーツに身を包んだ斗蘭は、雛壇《ひなだん》状の観客席内を走る通路を歩きつつ、絶えず周囲に目を光らせていた。

ここ数日で幸いだったのは、顔の負傷がめだたないていどに回復したことだけだ。父からは沖縄の件で大目玉を食らった。鹵獲電波は沈黙していたが、それゆえ発信源は突きとめられない。発信装置のありそうな建物、列車、船舶を片っ端から調べたものの、まったくの空振りに終わった。事態はなにも進展しないまま、とうとう開会式の日を迎えてしまった。

公安査閲局の職員は外事内事の区別なく、全員が駆りだされている。斗蘭は開会式の警備に割り振られたが、課長の宮澤は中国大使館を監視中だった。

もし安心材料があるとすれば、中ソの大使館になんの動きもない、その事実に尽きる。大使のみならず職員も退避せず、館内のテレビで開会式を楽しんでいるときいた。公安外事査閲局の諜報員《ちようほう》数名が中国大使館に潜入している。彼らからの報告だけに疑いようがない。CIA日本支局もソ連大使館を内偵中だと報告が入った。異変はないらしい。少なくともきょう東京で核爆発はなさそうだ。

とはいえこんなぎりぎりの緊張感のなかで、とりあえず平和が維持されていること自体、斗蘭にしてみれば不本意だった。なにが起きようともドクター・ノオの気まぐれしだいだというのか。

観客席にはさまざまな国の言語が飛び交っている。フィールドにも多様な国家の旗が翻る。ジェットの飛行音がきこえた。観衆がいっせいに空を仰ぎ見る。

F86戦闘機の五機編隊が飛来した。ブルーインパルスの曲芸飛行だった。斗蘭は固唾《かたず》を呑《の》んで見守った。空にばかり集中してはならない、そう自覚しているものの、やはり目を離せない。鹵獲電波が発せられたら最後だ。だが中国大使館に避難の動きはない。軍用機墜落も核爆発も起こりはしない……。

五機はそれぞれ旋回し、飛行機雲で五つの輪を描いた。感嘆と歓声が同時に沸きあがった。万雷の拍手がまた斗蘭を不安にさせた。仮に発砲があったとしても、銃声は耳に届かない。

フィールドにオリンピック旗が運びこまれる。世界じゅうの選手らが入場してくる。応援団の集う位置のちがいにより、歓声に包まれる観客席の区画も変わる。斗蘭はしきりに通路を歩きまわった。立ちあがる観衆のなか、無関心に座りつづける者を探す。だが不審人物は見あたらなかった。予想以上に観客の目はフィールドに釘付《くぎづ》けになっていた。

聖火リレーの最後のランナーが入場してきた。聖火台への階段を駆け上っていく。やがて聖火が灯《とも》された。すべての観客がいっせいに立ちあがり、拍手喝采《かっさい》がひろがる。斗蘭はまたもひやりとした。周りがみな立っているせいで遠方が見渡せない。

ほどなく観客らは着席しだした。国立競技場に静寂が戻りつつある。斗蘭はひそかに安堵《あんど》をおぼえた。開会式だけはなんとか乗りきった。今後もずっとこんな日々がつづくのか。不安を募らせるだけの自分が腹立たしかった。現状を打開する方法はないのだろうか。

斗蘭ら公安査閲局職員の心配をよそに、国民はオリンピックに熱狂していた。翌十一日、日本は初のメダルを獲得した。重量挙げバンタム級で一ノ関史郎《いちのせきしろう》が銅メダル。

十二日には重量挙げフェザー級で三宅義信《みやけよしのぶ》が優勝。十三日、アメリカのドン・ショランダーが水泳競技男子一〇〇メートル自由形で金メダル獲得。十四日には水泳競技女子一〇〇メートル自由形で、オーストラリアのドーン・フレーザーが、史上初めて一分の壁を破った。陸上競技男子一〇〇〇〇メートル競走で伏兵ミルズが優勝。レスリングのフリースタイルで吉田義勝《よしだよしかつ》と渡辺長武《わたなべおさむ》、上武洋次郎《うえたけようじろう》が優勝。

その十四日の夜、斗蘭は公安外事査閲局の局長執務室に呼びだされた。室内には大勢がひしめきあっている。ボンドとライターが椅子に座っていた。どちらも顔の腫《は》れがあるていど引いている。ほかにCIA日本支局のコンラッド・エイムズとカーティス・ハリントンにも椅子が用意されていた。斗蘭や宮澤を含む職員らは立たざるをえなかった。

エグゼクティブデスクにおさまった父は、なぜか最初から憤然としていた。老眼鏡をかけ、手もとの書類に目を落とすと、田中虎雄局長は英語でいった。「琉球列島米国民政府から米英大使館と日本政府に通達があった。読むぞ。フェリックス・コーンウェル、ジェームズ・ドノヴァン、田中瑠璃子。以上三名の身柄拘束を緊急依頼する」

大半の職員らは意味がわからず静まりかえっている。むろんそれら偽名の張本人たちにとっては、心穏やかならざるものがあった。ボンドとライターが顔を見合わせている。斗蘭は父にきいた。「なぜですか」

「東側の工作員である可能性が濃厚としている」

「あのう……。現地連絡員の兼佳氏による弁明を受け、ワトソン中将にも納得していただけたものと……」

ボンドが腕組みをしながら微笑した。「タイガー、彼女のいうとおりだ。あれから一週間以上も過ぎてる。なぜいまごろになって蒸しかえしてくる？」

虎雄はむっとしていた。「私もきみらの報告を鵜呑《うの》みにしたが、現にワトソン中将の名義で身柄拘束が求められている」

室内が静まりかえった。ライターが咳《せき》ばらいをした。「失礼。この目で見てきましたが、あの島の統治は未熟そのものです。軍が政治をやっちゃ駄目というい見本だな。隅々まで目が届いていない」

斗蘭の父が据わった目をライターに向けた。「なにをおっしゃりたいのかな」

「アメリカの組織ってやつを理解してほしいんですがね。特に軍の場合は部署ごとに細分化されてる。通達はいっせいにおこなわれるものの、報告はばらばらで、そのうちひとつでも不審な声があれば、すぐに対象者の身柄を拘束しろと強硬手段にでる」

「不審な声というのは？」

「私たち三人が鼎淵通商の騒ぎに巻きこまれたとき……」

「巻きこまれたんじゃないだろう。きみらが騒動を起こしたんだ」

「……ええ、ではそうしておきましょう。鼎淵通商の騒動に前後して、米国民政府は私たち三人に関する情報を、全部署に募ったでしょう。知っていれば報告しろと求めたんです。どこかの部署の誰かが、この三人に侵入されたとでも証言すれば、米国民政府は身柄拘束要求をだします」

「あなたの言いぐさだと、身柄拘束要求などたいして目くじらを立てるような事態ではない、そんなふうにきこえるが？」

三十代のカーティス・ハリントンが身を乗りだした。「田中局長。彼のいうことはあながちまちがっていません。軍人が政治のまねごとをするとこうなります。しかもワトソン中将は、身柄拘束要求をだした根拠を、われわれにも開示しようとしない」

ハリントンの上司、五十代のコンラッド・エイムズもふてくされた顔でうなずいた。

「琉球列島米国民政府は独立国家気取りだ」

ライターが虎雄にいった。「沖縄は那覇以外にも、小規模な軍用施設が点在してます。遠く離れた過疎状態の施設からでも、たとえば私たち三人を見たと報告があれば、ろくに裏付けをとらないうちに米国民政府が身柄拘束要求をだすんです」

エイムズがまた同意した。「充分にありうる」

虎雄の苛立《いらだ》ちが顕著になった。「するとなにか。僻地《へきち》の軍用施設職員による世迷《よま》いごとのせいで、きみら三人が容疑者あつかいを受けとるというのか」

ボンドは首を横に振った。「世迷いごととはかぎらない。私たちを嵌《は》めたい誰かのしわざかも」

「敵性分子が米国民政府内にいると？」

科技課の山根が挙手した。「すみません。それに関連することかどうかわかりませんが、お話をうかがっているうちに、これを報告すべきではないかと」

田中虎雄局長がじれったそうにきいた。「なんだ？」

山根が手にしているのは、筒状に丸めた大判の紙だった。同じ科技課の古賀とともに進みでる。眼鏡の眉間《みけん》を指で押さえ、山根が緊張の声を響かせた。「鹵獲《ろかく》電波発信装置は発見できていませんが、ひとつの可能性として、航空機に積んでいるのではないかと」

「航空機？」虎雄が眉《まゆ》をひそめた。

古賀がうなずいた。「建物内ではなく移動しているという推測は優れていたのですが、われわれは列車や船舶ばかりに気をとられていました」

「だが航空機なら、みずからも鹵獲電波の影響を受けるんじゃないのか」

「いえ。標的となる軍用機の周波数に合わせ、その方位と距離にのみ指向性電波を送信するので、自機の操縦が狂わされることはありません。いわば盲点でした」

「そうはいっても、発信装置は全長二十メートル、重量も推定で十八トンはある。載せられる航空機などあるのか」

「あります。たとえばソ連の軍用輸送機アントノフＡｎ12です。全長約三十三メートル、最大積載量は約二十トンです。貨物や人員の輸送に用いられるので、機内はほぼ空洞です。中国軍も購入し配備しています」

エイムズが顔をしかめた。「アントノフが領空侵犯していれば米軍基地が気づくだろう」

山根がエグゼクティブデスクの上に大判の紙を開いた。「おっしゃるとおりなんですが、局長、これをどう思いますか。五月十九日、Ｆ86墜落時に飛行中だったほかの軍用機の位置です。八月二十一日のＣ46墜落時がこれ、九月十日のヘリ墜落時がこっちです。九月十五日も。この軍用機は常に事故現場から五百キロ圏内を飛んでるんです」

大判の紙は日本地図だった。航空機の空路が無数にびっしりと書きこんである。老眼鏡をかけた虎雄が記載内容を丹念に読みこむ。

やがて虎雄がつぶやいた。「機体番号７１－５１０４２……。Ｃ１３０輸送機か」

ざわっとした驚きがひろがる。斗蘭も息を呑《の》んだ。アメリカの軍用輸送機、ロッキードＣ１３０ハーキュリーズ。全長約三十メートル、最大積載量約二十トン。たしかにＣ１３０なら発信装置をまるごと積みこめるだろう。米軍機の内部。もしそれが事実だったとすれば、いままで発見できなかったのもうなずける。

ライターは納得顔だったが、ＣＩＡ日本支局のふたりは難色をしめすにちがいない、斗蘭はそう予想した。鹵獲電波を発していたのが米軍機であるはずがない、そんなふうに抗議の声をあげるだろう。

ところが意外にもエイムズとハリントンは神妙な顔を突き合せていた。ぼそぼそと言葉を交わしたのち、ハリントンが立ちあがり退室していった。エイムズが虎雄に告げた。「機体番号から所属を調べさせる」

機体番号からおおよその所属がわかったらしい。日本国内の在日米軍基地ではなく、琉球列島米国民政府の管理下だと確信した可能性が高かった。ＣＩＡ日本支局の彼らが、米国民政府に好ましい感情を抱いていないことは、これまでの態度からも察しがつく。

ボンドがきいた。「C130を所有するのは米軍だけか？」

うなずいたのはエイムズだった。「いまのところ自衛隊にはない」

ハリントンが早々に戻ってきた。席につくやメモ用紙を読みあげた。「機体番号71－51042。米国民政府、伊江島《いえじま》基地にたった一機のみ配属されています」

「伊江島」虎雄がつぶやいた。「たしか沖縄北部の島だな」

「そうです」ハリントンはメモ用紙を凝視しつづけた。「沖縄本島の西海五・六マイル。北緯二六度四二分五八秒、東経一二七度四七分二五秒。戦時中は日本軍が巨大な滑走路を建設していたため、米軍が集中的に攻撃。一九四五年四月十六日からの伊江島の戦いで、四千七百人が死亡。うち島民の犠牲は千五百人……」

ハリントンの声が小さくなった。あの伊江島かと斗蘭は思った。島民は沖縄戦における本島の住民と同様、集団自決に追いこまれた。生存者は米軍に収容され、北部の収容所や阿嘉島《あかじま》に移送された。わずか十九年前のできごとだった。

もともと日本軍が、東洋一と呼ばれる航空基地の建設をめざし、伊江島のほぼ全体を強制接収していた。東飛行場に三本、中飛行場に二本、西飛行場に一本の滑走路を敷く計画を立ててた。それを戦後、米軍が占拠したため、現在も伊江島の大部分は米軍の施設になっている。帰還を許されたかつての島民は、敷地外のごく限定された地域での暮らしを余儀なくされている。

宮澤が発言した。「伊江島は小さな島ですが、それでも二十二平方キロメートルぐらいあります。その大半が米軍施設なら、兵士も大勢いるのでは？」

エイムズが首を横に振った。「終戦直後はそうだった。しかし一九四八年八月六日の事故を機に、人員の大幅削減が図られた」

「……なんの事故ですか？」

斗蘭は宮澤に説明した。「弾薬類の大量爆発事故です。伊江島の波止場に接岸中の米軍弾薬輸送船が、戦時中の未使用弾や不発弾の回収中、荷崩れを起こしたんです。悪いことに夏休み中で、島民の家族の乗った連絡船が到着しており……。死者一〇七人、負傷者七〇人の大惨事になりました」

ハリントンが難しい顔でいった。「その後、同施設の兵力規模は縮小、補給や保管の役割だけを担っています。滑走路や格納庫など用地は広いままですが、人員は極端に少数となり、戦闘機などの配備もありません。C130一機を有するのみです」

虎雄が疑問を呈した。「少数とはいえ軍施設である以上、兵士たちは本国の家族に手紙を書くだろうし、電話もするだろう。ほかの基地にも知り合いがいて当然だ。勝手な真似などできないのではないか」

エイムズが虎雄を見つめた。「そうでもないんだ。戦時中を考えればわかるが、辺境の小規模な基地というのは、中央から隔絶された独自の世界になる。ましてちっぽけな離れ小島では……」

ライターも同感だという顔になった。「兵士全員が敵に寝返ってるとは考えにくいですが、施設のトップが敵性分子だったとしても、部下は気づけないでしょう。ほとんど任務らしい任務もない、人口密度が極端に低い島内施設のようですから」

虎雄は科技課のふたりに向き直った。「米国民政府による三人の身柄拘束要求は、内部からの報告に端を発した可能性がある。それをきいてC130が怪しいと確信を深めたのだな？」

山根がうなずいた。「沖縄を統治する米軍の本部は、伊江島の内情までは知りもしないでしょう。もし伊江島の士官から、三人が危険分子だと証言が寄せられただけでも、ひとまず身柄拘束要求に至るはずです。事実確認は後まわしにしたうえで」

「その目的はむろん、三人を沖縄に寄せつけまいとすることにあるわけだな」

身柄拘束要求は引き渡し要求ではない。軍が統治する特別な地域ゆえの要請だった。日米英の司法力により、当事者三人を取り調べるよう求めるものでしかない。日米英各国での取り調べ中は、当然ながら三人とも身動きがとれなくなる。沖縄へ行く自由もあたえられない。伊江島のＣ１３０が鹵獲電波発信装置を積んでいるとすれば、当地の軍関係者が三人を沖縄から遠ざけようとするのは、おおいに理にかなっている。特にジェームズ・ボンドは寄せつけたくないにちがいない。

ボンドが立ちあがった。「なら話は早い。身柄拘束要求を受けよう」

ライターが驚きのいろとともに腰を浮かせた。「なんだって？　どうするつもりだ」

「知れたことだ」ボンドは軽い口調で答えた。「伊江島の誰が報告したか知らないが、俺たち三人の疑惑について、本人たちに取り調べてもらうのさ」

虎雄が目を瞠《みは》っていた。「また無鉄砲なことを……」

ざわめきがひろがるなか、斗蘭は言葉を失っていた。ボンドがなにを意図しているのか徐々にわかってきた。向こう見ずにもほどがある。

だが斗蘭自身、おそらく最終的には拒めなくなるはずだ。自分の決断についてそう思った。ほかに真実を突きとめる方法などありはしない。

31

ずんぐりとした機体の大型輸送ヘリは、前後二機のローターを備えている。ＣＨ47

チヌークのキャビンに斗蘭はいた。

両翼のない飛行機のような胴体は、前後が約三十メートル、左右の幅は約四メートル、高さが六メートル近くある。ほぼ立方体の形状で、内部はがらんどうも同然だった。

機体が大きく傾く。旋回が始まった。斗蘭は内壁から張りだす座席についていたものの、体勢を崩しそうになり、かろうじてシートベルトにより引き留められた。本来なら周りに手をつき、自分の身体を支えるはずが、そうできなかったのには理由がある。

斗蘭は拘束衣を着せられていた。長袖《ながそで》のジャケットは、両腕を胸の前で交差させ、密着状態で固定されている。上半身の自由は完全に奪われていた。向かいの席に座るボンドとライターも同じありさまだった。

それでもなんとか斜め後ろを振りかえるのは可能だ。窓の外に青い海原が見えていた。出発時は真っ暗だったが、もう陽が昇っている。瓢簞《ひょうたん》形の小さな島が浮かんでいた。あれが伊江島だった。数本の滑走路が走るほかは、島全体を緑ばかりが覆う。集落の屋根や田んぼは海岸線にわずかに存在するだけだ。ほかは米軍の占有する土地なのだろう。

機体は水平を維持しつつ、垂直方向に降下していった。ずっと振動を感じなかったが、接地の瞬間のみ軽い縦揺れが生じた。

リアハッチが下降した。寸胴《ずんどう》の機体が後方で輪切りにされたかのように、大きな開口部分がひろがった。晴天の空から朝の陽射しが降り注ぐ。沖縄ならではの温かい潮風が吹きこんでくる。

ハッチの外の光景は、ふつうの米軍基地と趣を異にしていた。なにもない滑走路に、たった一台のジープが停車している。出迎えの兵士はふたりだけだ。いずれも迷彩服姿で、ひとりは伍長《ごちょう》の階級章、もうひとりはヒラの兵士だとわかる。どちらも青年と呼べる若さで、ただぽかんとした顔をしていた。

伍長は敬礼もせず、唖然《あぜん》としながらキャビン内を眺めた。

拘束衣の三人のほかに、スーツ姿のふたりが搭乗している。CIA日本支局のエイムズとハリントンが、それぞれシートベルトを外し、やおら立ちあがった。ハリントンがいった。「さきほどの無線通信ではどうも。バルフォア伍長ですか」

「そう……ですが」バルフォアは要領を得ない態度をしめした。「あの、ええと。エイムズさんとハリントンさん？」

エイムズが歩み寄り、バルフォア伍長に手を差し伸べた。「私がエイムズだ。米国民政府の身柄拘束要求を受け、CIAが三人を捕らえた。東側の危険人物とみなす理由をたずねたところ、こちらの施設で破壊工作をおこなった疑いがあるとの報告を知り、取り調べのため連行した」

「はい。ですが」バルフォア伍長が当惑顔で握手に応じた。「こっちに連行されても……。上もなぜうちに護送されてくるのか、わかりかねるといっておりまして」

「破壊工作におよんだとされる三人か否か、この施設で結論がだされたのち、米国民政府でも取り調べが実施される」

「引き渡しの要求があったんでしょうか。米国民政府から」

「いや。だが罪状も不明のまま、われわれが米英日の市民を裁くことはできない。ゆえに取り調べの責任は米国民政府で負うよう要請した。受諾されたため、まず伊江島に連行した」

ハリントンが付け加えた。「すべて事前に通達し、こちらの最高責任者であるリドル少佐から、了承の旨伝えられておりますが」

「ええ。うかがってはおります」バルフォア伍長は渋りがちに踵《きびす》をかえした。「ではどうぞ」

ようやく降りられるらしい。コックピットから米軍の副操縦士が現れ、三人のシートベルトを外してまわった。斗蘭は両腕の自由がきかないまま立ちあがった。ボンドやライターとともに歩きだす。三人とも機体後部から外へ降り立つ。

なるほど、過疎状態の軍施設とは言いえて妙だった。広い滑走路にはなにもなく、両側には雑草が生い茂っている。近くに格納庫がひとつ、隣に鉄筋コンクリート造とおぼしき建物。それなりに大きくはあるがひとけはない。屋上からいちおう管制塔が生えているものの、ガラスのなかに人影は見あたらなかった。いまCH47が着陸したばかりだというのに、誘導した管制員はもう席を外したのだろうか。

寂れきった軍施設。本来なら三人の引き取りを拒むつもりだったのか、あきらかに人数ぶんは乗れないジープ一台のみがある。バルフォア伍長ともうひとりの兵士が、建物へと徒歩で向かいだした。CIAのふたりが顔を見合わせる。迎えの車両も呼ばないバルフォアに面食らっているようだ。このまま歩くしかないらしい。

伍長と兵士は振り向きもせず、さっさと先導していく。ライターがわずかに歩を緩め、先頭のふたりと距離を置くと、小声でささやいた。「うまくいった。伊江島に潜入できた」

エイムズは声をひそめながらも毒づいた。「どこがうまくいったんだ？　私たちは分析官なのに、なぜこんなことにつきあわなきゃならんのだ」

ボンドが控えめに笑った。「お互い様だよ。俺たちもあんたらに協力してきた。おかげで一緒に怪しい島の土を踏んでる」

「頼んだおぼえはないがな」エイムズが吐き捨てた。

その声がわずかに高かったせいか、兵士が怪訝《けげん》そうに振りかえった。エイムズは気まずそうに口をつぐんだ。バルフォア伍長は振り向きもせず歩きつづけている。こんな面倒は早々に終わらせるにかぎる、後ろ姿がそんなふうにぼやいていた。

建物の正面玄関を入った。やはり軍施設とは思えないほど閑散としている。受付のカウンターには誰もいない。見張りは立っていなかった。階段に迷彩服ふたりが座り、瓶ビール片手に雑談にふけっている。こんな朝っぱらから飲酒とは驚かされる。その先に進むと、廊下に面した部屋のドアが開いていた。事務机にひとりの兵士がついている。いちおう書類仕事らしきものをしていた。あとは空き部屋ばかりがつづく。

食堂にはまとまった数の兵士たちがいた。それでも十数人ていどでしかない。迷彩服を着てはいるが、みな非番のごとくくつろぎ、朝食をとりつつ瓶ビールを呷《あお》っている。バルフォア伍長が通りかかっても、立ちあがる素振りさえみせない。伍長のほうもなにもいわない。

緊張感のない軍施設だった。食堂には酔い潰《つぶ》れている者さえいる。たぶん夜通し飲んでいたのだろう。いまは勤務時間内にちがいないが、配置につくことを義務づけられていないようだ。

楽にサボれるのなら、この状況を対外的には秘密にしておこうと考える兵士も、日々増えていって当然かもしれない。軍規を重視するような真面目な兵士は、上が左遷させてしまうのだろう。ここには怠惰な村社会が形成されている。咎《とが》める者は誰もいない。

そんな施設内にあっても営倉は存在するようだ。むしろこんな風紀の乱れきった状況だけに必須《ひっす》の設備か。ロッカールームを進んだ先の突き当たりに、のぞき窓しかない鉄扉が四つ並んでいた。いま懲罰を受けている兵士はいないらしく、なんの物音もしない。警備の兵士もいなかった。

案内してきた兵士が扉を解錠にかかる。バルフォア伍長が壁のクリップボードを手にとった。「ひとり一室だな。ええと、まずはフェリックス・コーンウェ……」

ボンドとライターが同時に動いた。両腕を難なく広げ、伍長と兵士をそれぞれ羽交い締めにする。動揺したふたりが騒ぎだす前に、斗蘭は拘束衣の下から拳銃《けんじゅう》を引き抜き、銃口を向けた。声をださないよう目でうったえる。

医師免許を有するハリントンが、カバンのなかから注射器をとりだす。怯《おび》えきった顔のバルフォア伍長の袖《そで》をまくり、静脈に針を突き立てた。次いで兵士に対しても同じようにする。バルビツール酸系麻酔薬だった。ふたりはたちまち弛緩《しかん》し、その場にくずおれた。

斗蘭ら三人は拘束衣を脱ぎ捨てた。揃ってパジャマに似た受刑服姿になった。ボンドはロッカールームへ向かった。「制服に着替えよう」

エイムズが異議を唱えた。「施設内の兵士が少ない。新顔がうろついていればすぐバレるぞ」

ライターはすでにシャツを脱いでいた。手のかたちをした義手を外し、鉤形《かぎがた》に付け替える。「あなたがたはスーツのままでいいんじゃないか？　CH47が飛来したのは、ここの全員が知ってるだろう。来客を装っていれば問題ない」

斗蘭は男の目など気にせず、手早く服を脱ぎ捨てると、兵士の制服を身につけた。細い脚にズボンが多少だぶつく。肩幅もずいぶん余っていた。それでも長い髪をまとめ、帽子の下に押しこむと、女っぽさはだいぶ抑えられた。姿見のなかには痩《や》せ細った平凡な米兵が立っていた。

ボンドは迷彩のジャケットにズボン、軍用ブーツ姿だった。ジャケットの下に装着したホルスターから、ワルサーの抜き差しをたしかめる。ドアへ向かいつつボンドはいった。「C130は滑走路上になかった。たしかめるべきは格納庫しかない」

エイムズがきいた。「私たちも行くのか？」

ライターはボンドにつづきながらエイムズを振りかえった。「CIAってのはなにも見なくていい仕事だっけ？」

ハリントンが緊張の面持ちでライターを追いかけだす。エイムズが仕方なさそうに歩調を合わせた。

ボンドを先頭に廊下へでた。さっき来たのとは逆の方向へ歩きだす。この種の施設にはあちこちに出入口がある。

配属人員の極端に少ない施設だった。誰とも顔を合わせないうちに、斗蘭ら一行は通用口を抜け、また陽射しの下にでた。隣接する滑走路へと歩を進める。滑走路周辺を走りまわる車両などはない。手入れが行き届かないのか、建物の外壁のいたるところに、青い苔《こけ》がひろがっている。数台のジープも雨ざらしにされて久しいようだった。錆《さび》がめだっている。

ここに蔓延する怠惰さは、上官による意図的なものにちがいない。施設内の空気を際限なく弛緩させている。幹部にあたる人間はひとりかふたりにすぎないだろうが、軍規に反した行動をとる自由は充分にありそうだ。米国民政府の目の届かない離島で、最高責任者は好きなように策謀をめぐらせられる。

格納庫の裏手を入った。正面の左右開きのハッチは開放状態で、陽光を内部にとりこんでいる。それが照明がわりになっていた。Ｃ１３０ハーキュリーズの巨大な機体が、格納庫内にぎりぎりおさまっている。

両翼を含む幅は四十メートルを超える。高さも十二メートル近くあった。左右の翼に二基ずつ、合計四基のプロペラを備える。全体が丸みを帯びていた。キャビンには兵員約百人を詰めこめる。最大速度は三四五ノット、すなわち時速六三九キロもでる。巡航速度は五四〇キロだった。

溶接の火花が騒々しく散る。わりと大勢の作業服が立ち働いていた。というより軍施設の大半の要員が、ここ格納庫内にいたようだ。二十人前後の作業服は、誰もがそれぞれの仕事に追われ、こちらを振り向きもしない。

機体後方のハッチが下りている。斗蘭たちは壁際をそちらへと歩いていった。

近づくにつれ鳥肌が立ってくる。巨大な機器類が機内をびっしりと埋め尽くす。機体の真後ろに立ったとき、斗蘭は思わず息を呑《の》んだ。ボンドが鼻を鳴らすのがきこえた。

棒状のアンテナがまず目に飛びこんできた。高周波結合器と冷却器の特徴的な形状も図面どおりだった。発電機の周りには複雑な配線がなされている。比較するまでもなく、日本海で見た張りぼてとはまったくちがう。まぎれもなく本物の質感だった。作業服のひとりが、鉄製の溶接面《シールド》を顔にあて、手もとで火花を散らしつづける。そんな作業服がふとこちらを見た。手を休めるとシールドを下ろす。

七三分けの髪に面長、鋭さを秘めた青い目に鷲鼻《わしばな》、角張った顎《あご》。斗蘭は衝撃を受けた。

ヤネス・ゴリシェクは斗蘭を見つめていた。その顔に屈託のない笑いがひろがる。「やあ! きみか。オリンピックの宇宙中継はどうだい? 世界からすさまじい反響じゃないか」

斗蘭は茫然《ぼうぜん》としていた。どう答えるべきか迷っているうち、周囲に金属音がこだまするのをきいた。アサルトライフルのコッキングレバーの作動音だった。いつしか作業員らが詰め寄り、銃口をいっせいに向けていた。

見た顔ばかりだと斗蘭は思った。白人の男が大半を占めるが、なかには女もいる。年齢はみな三十代ぐらい、YRRTのメンバーたちだった。

ひとりがつかつかと歩み寄ってきて、斗蘭の制服に手を突っこむと、拳銃を没収した。ボンドやライターの武器も奪った。CIAのふたりはそもそも丸腰だったが、いまや戦々恐々としていた。

ボンドが察したように口もとを歪《ゆが》めた。「おまえらがＹＲＲＴか。電波の天才が実行犯だったとは、なんともありきたりだな」

ゴリシェクは友達のような笑顔を保っていた。「殺してくれればよかったのに。あんたジェームズ・ボンドだろ？　ヤネス・ゴリシェクだ。噂どおりのあんたなら、とっくに俺に鉛の弾をぶちこんでるはずじゃないか？」

妙な軽口にボンドの表情も硬くなった。「そうしてほしけりゃ、いつでも期待に応《こた》えるさ」

「あいにく銃をとりあげられちゃ無理ってもんだ。ちがうか？」ゴリシェクの目がまた斗蘭に移った。「そしてきみ。田中斗蘭。残念だなぁ、こんなとこで非ロマンティックな再会か。人生の不幸は幸福の倍ある」

ホメロスの『オデュッセイア』からの引用だった。教養があるわりに行為は愚かな犯罪者そのものだ。存在自体が腹立たしい。

ハリントンがうわずった声をあげた。「ありえない……。あなたは日本と世界に貢献した人でしょう。なんのために宇宙中継を実現させたんです？　まさか張りぼての偽装置を本物と信じさせる目的で、わざわざあんな苦労を……」

「わからないのかい？」ゴリシェクが笑った。「必要だったんだよ。テロは世界じゅうのテレビで同時中継しなきゃ。地球の隅々にまで恐怖を知らしめてこそなのに」

ライターがからかうような口調でいった。「時代は変わったな。テレビがテロリストの自己顕示欲を満たすための道具とはね。〝アイブ・ゴット・ア・シークレット〟にでて、くだらん性生活を披露する主婦と変わらん」

ゴリシェクはライターの鉤爪の義手を興味深そうに眺めた。「へえ、あの人の手と同じか。物をひっかけるときには案外役に立つんだろ？　まだ左手が残ってるから、そう不自由でもないか」

沈黙が降りてきた。ライターがボンドを見つめた。ボンドの頬筋がひきつっていることに斗蘭は気づいた。義手の持ち主について、あの人、ゴリシェクはそういった。斗蘭は胸騒ぎをおぼえた。まさかここ伊江島にドクター・ノオが……。

まだ口もとを歪めているものの、ゴリシェクの目からは、とっくに笑いが消え失《う》せていた。「うっかりしてた。しょせん電波屋の整備係にすぎない俺たちの御託なんて、そう長々ときかせるもんじゃないよな。伊江島米軍施設、最高責任者のもとにお連れしなきゃ」

32

ゴリシェクは格納庫に留《とど》まり、ほかの十人ほどとともに仕事をつづけるようだった。残りの作業服、約十人がアサルトライフルを手に、ボンドらを連行した。

格納庫からさっきの建物へと、また徒歩で移動させられる。ボンドはYRRTを名乗る連中について、付け焼き刃の素人ではないと感じていた。

アサルトライフルはソ連製のAK47ばかりだ。すなわちこの軍施設の銃器には手をつけていないとわかる。下っ端の兵士らには気づかれようがない。YRRTメンバーは、おそらくC130の整備チームと紹介され、違和感なく受けいれられているのだろう。実のところ機体の整備もYRRTがおこなっているらしかった。単なる電波の専門家ではありえない。航空機に精通しているからこそ、これまでも軍用機への鹵《ろ》獲《かく》電波を調整できていた。

裏口から通路に入った。兵士たちがいる区画にまったく立ち寄らず、将官専用とおぼしき無人の廊下を、ひたすら突き進んだ。やがて木製のドアに行き着くと、作業服のひとりがノックした。ドアには金いろの切り文字が貼り付けられていた。セオドリック・G・リドル少佐とある。最高責任者のオフィスだった。

開いたドアに足を踏みいれる。ボンドとライター、斗蘭はいずれも間近から、AK47の銃口を突きつけられていた。ふたりのCIA分析官も同様だった。武器を手にした大勢の作業服が部屋にひしめきあう。

そんな状況ながら、エグゼクティブデスクでこちらに背を向けて座る男は、驚いて振りかえったりしない。最高責任者がすべてを把握済みと裏付けられた。

作業服のひとりがドアを閉める。正面の肘《ひじ》掛《か》け椅子がゆっくりと回り、リドル少佐がこちらを向いた。

ボンドの気分はおおいに萎《な》えた。空軍少佐の紺いろの制服に身を包んではいる。だがいかにも小役人っぽい、頭髪の薄い丸顔の三十代前半では、完全に階級章に負けてしまっていた。ライターも半笑いで、嘆きに似たため息を漏らす。

ジャマイカ支局長兼カリブ海域支局主任、臨時代行のヒューバートは、あきらかに歓迎しない態度をしめしていた。口のきき方は高慢でぞんざいだった。「沖縄に近づくなというメッセージを伝えたつもりだったんだがな。逆に出向いてくるとは、どこまで厄介な連中なんだ」

ライターがいった。「ブルーマウンテンのコーヒー農園で鍬《くわ》を振りあげてるかと思ったら、こんなとこに潜りこんでたか、ヒューバート」

ボンドもヒューバートに問いかけた。「ジャマイカを留守にして、Mの怒りは買ってないのか？」

斗蘭が訝《いぶか》しげにたずねてきた。「誰ですか」

「同じ職場の若手でね」ボンドはしらけた気分で答えた。「元MI6というべきかな。俺のポストを譲ってやったのに、放りだして沖縄へ遊びにきてるぐらいだから」

ヒューバートは笑わなかった。「あいかわらず人を揶揄《やゆ》することしかできないんだな、ボンド。遊びではない。私はこの軍施設のすべてを支配している」

「無理しなさんな。兵士を怠けさせて職務放棄に仕向けただけで、人心掌握なんかできてない。部下を従属させてこそ支配者だが、おまえはただここに潜んでるだけだ。リドル少佐とやらに挿《す》げ替わって、オフィスに引き籠《こ》もるしか能のない男だ」

「ところがそれでYRRTメンバーに活躍の場をあたえるには充分でね。彼らは高度に訓練されたプロの集まりだよ。ナチスと戦ったパルチザンの子供たちだ。ソ連と手を組み、ユーゴスラビア社会主義連邦共和国の成立に貢献した」

誇らしげな態度をとる作業服らを横目に、CIA日本支局のエイムズがヒューバートに問いただした。「ここからC130を飛ばし、軍用機に鹵獲電波を放っていたのか？　きみがすべてを指揮したのか」

「当然だ」ヒューバートが肘掛け椅子の背にふんぞりかえった。「米軍機や自衛隊機の飛行計画から、通信電波の周波数まで、なにもかも知り放題だったからな」

「きみは本来アメリカの軍人でもない。ただの成りすましに、こんな大それたことは可能にならない。雇い主はどこだ」

ヒューバートは不快そうな面持ちになった。「なんの話だ。私はここを仕切ってるといっただろう。名実ともに伊江島米軍施設の最高責任者だぞ」

斗蘭がヒューバートを見つめた。「製造した核爆弾はここに持ちこんだんですか」

沈黙がひろがった。ヒューバートの表情が険しくなった。ヒューバートが斗蘭にたずねかえした。「どこでそんな話を？」

ライターが一蹴《いっしゅう》した。「核爆弾の持ちこみなんか無理だろ。米国民政府が粗だらけでも、さすがに海上臨検には抜かりがない。キューバ危機でいちど痛い目に遭ってるからな」

「そうかな」ヒューバートが強がりをしめした。「C130がなにを積んでるか、米国民政府の連中は気づきもしていないのに？」

「ここ所属のC130は、沖縄と日本国内を飛ぶだけじゃないか。諸外国と行き来する航空機や船舶は、ひとつ残らず米国民政府のチェックを受ける。二百二十ポンドのウラン235を含む物体を持ちこめるはずがない」

「それはそうだ」ヒューバートがにやりとした。「持ちこむ必要なんかない。ウラン235でなにを作ったと思う？　ただの核爆弾じゃないんだ。核弾頭でね。ミサイルで発射すれば海上臨検などひとっ飛びだ」

斗蘭が愕然《がくぜん》とする反応をしめした。衝撃を受けたようすで絶句している。母親をV2ロケットで失った過去が脳裏をよぎったか。

嫌な空気が充満しだした。ヒューバートを小物と侮っているうちに、のっぴきならない事態が想定されつつある。ボンドはヒューバートを見つめた。「ミサイルを手にいれたっていうのか」

「MI6も知ってのとおり、ソ連は約二百基の大陸間弾道ミサイルを有してる。米軍機や自衛隊機を次々と墜落させた報酬に、ミサイル一基ぐらい譲ってもらえるとわからないか？」

ボンドは皮肉たっぷりな口調で否定した。「そんなわけがない。YRRTの奴らを雇い、ここをひそかに占拠しつづけるのに、どれだけの金がかかるか計算するまでもない。C130を飛ばすのにもな。報酬をすべてミサイル購入に充てられるものか」

ヒューバートは返答を避けた。「フルシチョフは最後まで妨害してきた。外国人にミサイルを売れるはずがないといってね。だから失脚させる」

今度はソ連の第一書記長を失脚させるときた。分不相応なはったりにしか思えない。ハリントンもそう感じたらしく、半ば侮るような物言いできいた。「ソ連からミサイルを購入したとしても、彼らの領土内での発射を許してはくれないでしょう。どこへ運ぶにしても、国境を越えるのは至難の業と思いますが？」

「ところがそうでもない」ヒューバートの虚勢はなかなか崩れなかった。「世界地図を見ろ。ソ連国内をまっすぐ南下し、モンゴルとカザフ共和国のあいだを抜ければ、国境は一本越えるだけで済む。カザフはソ連構成国だし、その先のタクラマカン砂漠とのあいだには、実質的になんの境界も築かれていない」

ボンドはからかった。「ミサイルをロバ車にでも牽引《けんいん》させて、砂漠をひたすら南へ向かうのか？　どこへ運ぶ？　南の果てのネパールかインドか？」

「そこまで行く必要はない。砂漠の真んなか、ロプノールまで行けば、周りにはなにもない。ミサイルの発射台を築くには好都合だ」

「湖水が蒸発して塩湖になった〝さまよえる湖〟でか？　作業に従事する連中はみんなひからびて死んじまうだろうな」

「キューバ危機で核ミサイルや兵員、発射台の建築資材、ロケット装置、戦車をこっそり搬入できたのを忘れたか。ソ連領土を遠く離れた遠方に資材を運び、現地で発射台を築くための、効率的かつ卓越した技術が養われてる」

斗蘭がヒューバートを睨《にら》みつけた。「ロプノールからどこへミサイルを飛ばそうというんですか」

「むろんオリンピック開催都市だよ。全世界の選手団が一堂に会し、政府関係者やジャーナリストがこぞって訪問し、在日大使館が集中する東京。世界情勢を根底から覆すのに、これ以上の標的はない」

「ロプノールから東京まで四二〇〇キロもあります。狙えるはずがない」

「購入したソ連製の二段式ミサイルR9は、射程三七〇〇マイル、六〇〇〇キロだよ？　充分に届く」

「命中はさせられないでしょう」

「できるとも。そのためC130に誘導電波発信装置を積んであるんじゃないか。鹵《ろ》獲《かく》電波で軍用機を墜落させたのは、米軍機や自衛隊機の飛行を減らし、防空を手薄にするためにすぎない。C130の真の役割はミサイルの誘導だ」

斗蘭の顔に動揺のいろが浮かんだ。「誘導電波を発するにしても五〇〇キロ以内でしょう。C130ではミサイルの飛行中、ずっと併走しつづけられません」

「併走の必要はない。ほぼ垂直に打ち上げられたミサイルを、東京への方位に誘導するため、C130は発射地点の五〇〇キロぎりぎりまで赴く。タクラマカン砂漠上空では、中国軍のレーダーに捉《とら》えられないよう低空飛行でな。それ以降は燃料のつづくかぎり、追いかけながら微調整するだけでいい」

「タクラマカン砂漠までC130で進入できるはずがありません。上海上空を飛ぶことになります」

「あのC130は何重にも塗装がしてあってね。飛行中の風圧と水分で被膜が剝《は》げ、中国軍のアントノフAn12そっくりの塗装が現れる仕組みだ。むろん中国軍の信号を発しながら、事前に仕込んでおいたフライトプランどおりに飛ぶ」

ボンドは黙っていた。ヒューバートの説明が論理的であることに気づかないわけにはいかない。ロプノールは中国の領土内にある。ソ連から購入したミサイルをそこから発射し、中国に責任をなすりつけるつもりだ。

東京の壊滅後、オリンピック非参加国の中国には、全世界から非難が殺到する。西側諸国と中国のあいだで戦争になりうるだろう。ソ連は選手団を犠牲に、共産圏唯一の大国として君臨する。世界の勢力図は大きく塗り変えられる。

疑懼《ぎく》が急激に胸のうちにひろがる。ソ連に利すると同時に、中国を貶《おとし》める作戦。動機が当てはまる人物はひとりしか考えられない。ボンドはヒューバートに詰問した。

「おまえを操ってるのは誰だ」

「私は最高責任者だといっただろう、ボンド。マイアミのコテージで私の部下を殺したぐらいでは……」

「戯《ざ》れ言《ごと》はいい。こんなビジネスでソ連と取引できるのはただひとりだ。おまえは小間使いにすぎない。例の自称ドクターからいくらもらってる？」

ふいに男の声が飛んだ。「百万ドル」

思わず肝が冷える。ヒューバートが怯《おび》えた顔で立ちあがった。YRRTメンバーらも緊張したようすで背後を振りかえる。ライターがぎょっとする反応をしめした。斗蘭も凍りついている。

ボンドは後方に目を向けた。開いたドアの前に立つ男がこちらを見ている。過去に戻ったような強烈な既視感がある。

古代中国の皇帝のごとく、青銅いろに輝く着物風の衮服《こんぷく》に身を包んだ、禿《は》げ頭と黒い口髭《くちひげ》の怪人物だった。顎《あご》は尖《とが》っていた。皺《しわ》のまったくない顔は、やたら高い鼻と同様、整形手術のなせるわざだった。衮服の袖《そで》からのぞく両手は、以前と変わらず鉤爪《かぎづめ》の義手になっている。痩《や》せ細った長身は、ボンドより六インチ以上も高いうえ、背筋をまっすぐ伸ばしていた。骨格は正常なようだ。グアノの山に押し潰《つぶ》され、身体ごと歪《ゆが》んだようすもない。

ドクター・ノオが薄気味悪い声を響かせた。「きみの死亡記事は楽しく読ませてもらった、ボンド君。だが二度死ぬのはきみの専売特許ではないのだよ」

33

ボンドはひとりだけ地階の屋内射撃場へと連行された。的と射手の中間地点で、ボンドはドクター・ノオと向かい合った。

ふたりが立つ間隔は十歩ほど開いている。それ以上距離を詰めてはならない、そんな指示を受けていた。射手のカウンターには五人のYRRTメンバーが横並びに立っている。いずれも銃身に二脚《バイポッド》を付けたAK47を据え、ボンドに銃口を向けつづける。へたな動きをすればただちに銃撃する。どの顔にもそう書いてあった。

一対一の対話に指名してくるとは、ドクター・ノオの性格もあいかわらずだとボンドは思った。クラブ島でもボンドとハニー・ライダーを食事に誘い、長々と珍説を披露してきた。ノオ自身の解釈、価値観、倫理観をけっして曲げようとしない。あのときもボンドがあくまで受けいれずにいると、話はいつまで経っても終わらなかった。

いまこそねじ伏せられると思ったのか、ノオが高飛車に告げてきた。「私は執念深い。屈辱と苦痛は数百倍から数千倍にしてかえすつもりだ」

ボンドは悠然とノオを眺めた。「全快おめでとう、自称ドクター。私のほうはこのところ、少しばかり貧血ぎみでね。食欲不振も少々」

「私はそのドクターではないんだ、ボンド君」ノオは笑いもしなかった。「権威をまといたいがための詐称でもない。多様な専門分野に長《た》けていることを、きみなら納得済みだと思うんだがね」

「前は偏執狂だと自分で認めたのに」

「権力への欲求などすでに満たされとるよ。私個人でソ連と対等な取引をおこなえる立場にある。今後の世界は大きく変わり、私の地位もより揺るぎないものとなる。西半球をまかされるのだからな」

「なにをまかされるって?」

「ソ連が唯一無二の大国となる、新たな世界における秩序だ。南北アメリカ大陸を含む西半球は、私に裁量が一任されとる」

これはまたとんでもない誇大妄想狂だ。ボンドはからかいを口にした。「そんな約束をできる人間がソ連にいたかな？」

「フルシチョフが邪魔だったので失脚させ排除する。後任のブレジネフは虚栄心に満ち、賄賂《わいろ》が効きやすい男で、操るのは容易だ」

「おまえがそう思ってるだけかもな」

「私が真実しか見据えないのはわかっとるだろう。どんな秘密をも看破する」

「頭上に迫ったグアノ満載のクレーンは見通せなかったようだがな」

ノオが沈黙した。ＹＲＲＴメンバーらがいっせいに身構える。ボンドは寒気などおぼえなかったが、ノオの冷めきった目が妙に気になる。前ほど挑発に乗ってはこない。饒舌《じょうぜつ》でもない。忍耐強さが培われているようだ。

「ボンド君」ノオが淡々と告げてきた。「私が圧死と窒息死の寸前まで至ったことは認めよう。ヒューバートとフォーガスの手助けなしには、そのまま絶命するところだった」

「ヒューバートと誰だって？」

「きみがマイアミのコテージで射殺した男だ」

「それは気の毒なことをした。ジャマイカ界隈《かいわい》に残る手下はふたりだけだったか」

「あの地域にはもうなんの未練もない。YRRTの優れた人材を集められたのだからな。ヒューバートとフォーガスはあくまできみの監視役にすぎなかった。ジャマイカに左遷されたきみのだ」

「しかし俺が日本へ飛んだことまでは気づけなかったか。俺が乗りだすと知って慌てたろ？　黄金銃やミスター・ビッグになぞらえて、鹵獲電波もソ連が俺をおびきだすための策略にすぎないとみせかけた。おまえが呑気《のんき》にここで暮らしてるのを突きとめられちゃ困るからな」

「きみが偽名で記者団に紛れ、こっそり来日した事実を知るまで、多少の時間は要した。だがそのこと自体はなんの問題もない。きみはいつも派手に暴れまわる。日本にいるのが判明するのは時間の問題だった」

「ソ連のせいにしたんじゃ、おまえのビジネスパートナーたちが困るだろうに」

「最終的には中国から発射された核ミサイルが、東京を滅ぼしたという事実だけが残る。前時代のささいなわだかまりが尾を引いたりはしない」

「どうも納得がいかないな。ソ連は選手団や大使館員を見殺しか？」

「大使館員には秘密裏に避難が呼びかけられた。大使と家族、主要な外交官は、とっくに身代わりと入れ替わっとる。選手団のほうは新たな世界への礎となる」

ボンドは皮肉を口にした。「金メダルをめざして努力した結果が、じつは偏執狂のための人身御供《ひとみごくう》だと知ったら、選手たちはどんな顔になるだろうな」

「もともとソ連におけるオリンピック選手は人身御供だ。誇り高き祖国のために生涯を捧《ささ》げる運命だ。世界の英雄たちはつい十九年前まで、いつでも戦いに命を投げだす覚悟だった。選手団はその仲間いりを果たすんだよ」

胸糞《むなくそ》の悪いこじつけだとボンドは思った。「俺には作戦が完了するまで東京にいてほしかったんだろ？　あいにくだったな」

「きみがここに来るときいて、このように正装で迎えさせてもらった」ノオは左右の義手を開いた。「クラブ島以来の再会に感激しとる」

「よく似合うよ、ノオ。エリザベス・テイラーみたいだ」

ノオが硬い顔になった。「ボンド君、ききたいんだがね。せっかく得た二度目の人生も、ちっぽけな祖国への忠誠心にすり減らすばかりか？」

「仕事の成果が給料の査定に響くんでね。おまえみたいな自営業者が、夜更かしと朝寝坊の特権を誇りたがるのは知ってる」

「私をただの自営業者だと思うかね？」

「いや。もっと低俗だ。税金をおさめていないからな」

また沈黙が生じた。ノオは背を向けるとボンドから遠ざかった。衮服の裾《すそ》は常に床すれすれで、靴の動きすら見えず、滑るように移動していった。

立ちどまったノオがゆっくりと振りかえった。「私が射撃を命じれば、きみの無残な死骸《しがい》が横たわることになる」

「なぜまだそうしない?」

「杀鸡儆猴《シャージーシンホウ》」ノオがいった。「〝鶏《とり》を殺し、猿を戒める〟という意味だ。見せしめだよ、ボンド君。きみのような男がどんな目に遭うのか、広く知らしめておかねば、新たな秩序に支障が生じる。きみに似た愚かな謀反者が出現せんともかぎらんからな」

「宇宙中継で世界じゅうに東京壊滅を目撃させるのも、見せしめの一環か?」

「そのとおりだ。抵抗は無意味だと全人類の胸に深く刻んでこそ、新たな世界における支配が安定する。無謀な矢を放った中国の愚かしさも、歴史の共通認識となる」

「いまだ中国への恨み辛《つら》みが原動力か」

「私生児としてあつかわれた私へ、なんら救いの手を差し伸べなかった国家と民族への大いなる復讐《ふくしゅう》は、けっして子供じみてはおらんよ。中国人は身勝手で愚かで不勉強で、思いこみが激しく、マナーも欠如した民族だ。そのくせ数ばかり多い。根絶やしにしたほうが将来的な平和につながる」

「おまえも半分はその国の血だろう」

「ドイツとの混血の私は独特な存在だ。国家など超越しておる。それゆえ世界を変える権限と知性を有する」

やはり偏執狂なのは変わっていない。むしろ拍車がかかっている。これがドクター・ノオなりの第二の人生なのだろう。人類全体への遺恨が、生き長らえたことにより憎悪となって持続し、強烈な復讐心となり肥大化していった。すべての人間をひれ伏させるまで、ノオはけっして満足しないにちがいない。ひとことでいえば、いみじくもノオ自身が口にしたとおり、どこまでも子供じみた性格の持ち主だった。

ノオの一重瞼《まぶた》がじっと見つめてきた。「きみにも無限の地獄を味わってもらう必要がある」

「富士山《ふじさん》より高いグアノの山に埋もれさせるか？」

「もっと効果的な方法だ。きみの肉体的な強靭《きょうじん》さは、クラブ島の生存実験を切り抜けたことで証明されとる。よってあたえるべきは精神的な苦痛に特化すべきと考える」

カウンターの向こうでＡＫ47を構えていた五人が、銃を手にしたまま近づいてくる。歩きだすよう無言のうちに指示してきた。ボンドは歩を進めざるをえなかった。

ここは施設の地階だ。剝《む》きだしのコンクリート壁に囲まれた通路を抜けると、その先に空洞があった。やはりコンクリートが構成する地下室で、天井に埋めこまれた電球が室内を照らしている。軍施設の正規兵らが寄りつかない部屋にちがいない。一方の壁には手枷《てかせ》や足枷のみならず、腕枷や脚枷まで、ひと揃いの拘束具一式が取り付けられている。そこに四人が横並びに磔《はりつけ》にされていた。斗蘭とライターはただ黙りこくっていたが、CIAのエイムズとハリントンは狼狽《ろうばい》をあらわにしている。

端にもうひとりぶん磔が可能な枷一式がある。ボンドはそこに立たされた。YRRTメンバーらが枷をひとつずつ固定していく。反抗しようにも、十人以上のYRRTがAK47で狙い澄ましている。好ましくない状況と知りながらも、いまは無抵抗にしたがうしかなかった。

正面の壁にはテレビがいくつも並んでいた。ヤネス・ゴリシェクがこちらに背を向け、それぞれのテレビの受信状態を調整する。画面にはいずれも異なる映像があった。

ひとつは英語圏のニュース放送らしい。見出しの表示も英語だった。ソ連のタス通信が、フルシチョフの辞任を伝えたと報じている。後継者はブレジネフとコスイギンだという。その隣のテレビはオリンピック中継で、陸上競技のもようを映しだしていた。

次の一台はテレビ放送ではなく、どこかの定点カメラのようだ。草一本生えていない砂漠の真んなかに、ぽつんとミサイル発射台が存在し、その根元にカメラが設置されている。周囲には車両ひとつ見あたらない。ミサイルは空に向け垂直に立っていた。煙状の排気が見てとれる。ボンドのなかに悪寒が走った。発射態勢のようだ。燃料の注入もとっくに完了している。

最後のテレビの映像は滑走路のようすだった。この伊江島の滑走路だとわかる。格納庫からC130がゆっくりと姿を現した。

ゴリシェクが振りかえった。「シンコム三号には余裕があってね。ロプノールからの宇宙中継も接続できた。視聴できるのはここだけだよ」

ドクター・ノオが歩み寄ってきた。「ボンド君。予定ではもう少し先でも構わなかったのだが、きみらの飛びいりを受け、きょう十六日に作戦を繰りあげさせてもらう。C130が誘導圏内に到達しだいミサイルを発射する」

斗蘭が悲痛な声で呼びかけた。「やめてください！　核戦争が起きればあなたたちも……」

YRRTメンバーのひとりが銃尻《じゅうじり》で斗蘭の腹を殴打した。斗蘭は息が詰まる反応をしめし、激しく咳《せ》きこんだ。

ボンドは怒鳴った。「よせ！」

ほかのYRRTメンバーが銃口を突きつけてくる。単なる脅しではなかった。男の血走った目からは殺意が見てとれる。いまにも容赦なくトリガーを引きそうだった。

ノオが静かにいった。「いいかね、ボンド君。きみを最後まで生かしておく気はない。前はそれで失敗したのだからな。ここで東京が破滅に向かうのをまのあたりにさせる。己の無力さを嫌というほど噛《か》み締めることになるだろう。ミサイル着弾より前に死なせてやる。そのほうが息絶える瞬間まで無念が持続する」

ボンドは鼻を鳴らしてみせた。「核が爆発したらその瞬間に放送が途切れる。世界に目撃させるとかいってたが、なにも映りゃしないだろう」

「そうとも。それでも祭典の唐突な幕切れは、全人類の脳裏に深く刻みこまれる。きみらには鑑賞してもらえなくて残念だ」

テレビから音声が小さく漏れきこえてくる。C130のコックピットと管制塔の無線通信だとわかる。操縦士からのクリアランスリクエストだった。「伊江島管制塔、こちらC130、71－51042。横須賀への発進許可を求む」

地上管制がルート名と初期高度、トランスポンダーコードを答える。滑走指示《タキシング》が告げられた。

横須賀へ飛ぶなどでたらめにすぎない。ロプノールへ向かうつもりだ。離陸後しばらくは通常飛行をつづけるだろうが、やがて超低空飛行でレーダーから姿を消すだろう。C130が中国の領空内に侵入し、タクラマカン砂漠上空の三百マイル圏内に達すれば、ミサイルが発射される。誘導電波がミサイルの針路を東京へ向けさせる。テレビのモニター画面にC130が映っている。滑走路上で静止していた。操縦士から管制塔へ、滑走路手前での待機が報告される。離陸許可が下りた。

ゴリシェクがテレビのわきにあるスイッチをいれた。「C130。実際の飛行ルートは事前の通達どおり。東シナ海を通過、高度三三〇〇フィートで南京《ナンキン》上空に進入。中国軍機アントノフの識別信号を発しているから問題はない。タクラマカン砂漠への侵入時には、高度二八〇〇フィートに降下、レーダーを回避せよ」

マイクが備わっているらしい。管制塔にきかれずコックピットと会話ができているようだ。操縦士の音声が応答した。「了解」

プロペラの爆音はスピーカーからもきこえた。C130が滑走を開始した。巨大な機体が加速していき、やがて大空へと舞いあがった。

ライターが悪態をついた。「畜生」

コックピットと管制塔が、高度や巡航速度についてやりとりをしている。伊江島の航空管制から圏外にでるまでは、規定の空路をとるつもりだ。なんの問題もなく離陸したように見える。だがこのまま行けばC130は地獄への使者になる。操縦士から秘密の通信があった。「ゴリシェク。ロプノールまで達すれば当機からの映像電波には遅滞が発生する。発射台からの映像を参照のこと」

ゴリシェクが応じた。「了解、C130。以降の無線通信を禁ずる。幸運を祈る」「了解」それっきりコックピットからの音声は沈黙した。

滑走路が映っていたモニター画面が、C130の機首から見る映像へと切り替わる。雲のなかを飛行していく。眼下は海だった。じきに高度を下げるにちがいない。画面の隅には飛行時間が映像に重なって表示されていた。

ノオが生気のない目を向けてきた。「では失礼する、ボンド君。テレビを楽しむうち、ほどなく処刑の時間がくる。きみに対しては余計な真似などしない。それが最も効果的に苦痛をあたえる方策だと悟った」

滑るような移動でノオが通路へ立ち去っていく。ゴリシェクは斗蘭にウィンクしたのち、また『オデュッセイア』の一節を残していった。「涙のたむけは、われが渇望するすべてなり」

YRRTメンバーらも退室していったが、全員ではなかった。居残りの五人が横一列に並ぶ。処刑部隊のごとくアサルトライフルを携えている。ときが来たら銃を水平に構え、ボンドら五人に狙いをさだめるのだろう。

ハリントンが激しくうろたえだした。「なんとかならないんですか！　連絡の一本もいれられないなんて。このままでは破滅です！」

エイムズが怒鳴った。「うるさいぞ！　黙らないか。わめいたところでどうにもならん」

ふたりが口喧嘩《くちげんか》を始めるのを、ボンドは黙って聞き流していた。映像を観るかぎり、C130の飛行にはなんの危なげもなかった。発射態勢のミサイルもまたしかりだった。ムーンレイカーがロンドンを標的にしたときのように、事前に軌道を変えることはできない。

ノオ発案の拷問はいつもながら的確だ。地獄のテレビ鑑賞だった。破滅の瞬間をまつしかないのか。

34

C130の機内、巨大な貨物室は、あたかも工場の様相を呈していた。あらゆる機材でいっぱいになっている。両舷《りょうげん》の主翼下から、二基ずつのエンジンポッドが奏でる轟音《ごうおん》とは別に、機材が唸《うな》りつづける。発電機からはガソリンのにおいがする。独自の燃料タンクを有するらしい。

アンテナ、マグネトロン、高周波結合器、冷却器。詳しい仕組みは不明だが、鹵獲《ろかく》電波発信装置の図面どおりだとわかる。すべてが安定し機能していた。

田中虎雄はM39を構え、機材の谷間にゆっくりと歩を進めていった。装置に銃撃を浴びせてやりたいが、不用意に発砲できない。そもそも拳銃《けんじゅう》の八発だけでは、故障に至らしめられるかどうかも怪しい。なによりコックピットにいる敵に銃声をきかれるべきではない。

慎重な足どりで機首方面へと向かう。突き当たりに上へ伸びる階段があった。建物の二階の高さにバルコニーがあり、コックピットのドアが見えている。

拳銃のグリップを握るてのひらに汗が滲《にじ》む。田中がCH47チヌークの機内に隠れ、伊江島に潜入を果たしてから、もう数時間が経過していた。ボンドやライター、斗蘭が連行されたのは承知済みだった。田中はひとり機体から抜けだした。格納庫内をのぞいたとき、滑走路にでる寸前のC130を見つけ、ひそかに乗りこんだ。田中は迷彩ジャケットを羽織っていたものの、この機体に紛れられるいろ合いかどうかは怪しかった。

格納庫で機体を整備していたのはYRRTの連中だった。いまコックピットに誰がいるのかはわからない。だが敵なのはあきらかだ。伊江島米軍施設のC130は、沖縄と日本の領空のみを飛ぶはずが、窓から見える太陽の位置から察するに、延々と中国大陸方面へと向かっている。

当初、日本の領空を確実に外れたといいきれるまで、田中は行動を起こせなかった。その後は南京もしくは上海《シャンハイ》上空と推測できたため、機体が墜落する危険を考慮し、都市部を外れるのをまった。中国の市街地は延々とひろがっている。旋回なしに飛びつづけた以上、この機体は武漢《ウーハン》を越え、西安《シーアン》と成都《チョントー》のあいだを抜けたはずだ。

小さな窓から眼下を一瞥《いちべつ》する。雲の切れ間から茶褐色の大地がのぞいていた。いつしか砂漠に達したらしい。米軍機の領空侵犯がここまで見過ごされるとは驚きだ。中国軍機の識別信号を発しているのだろう。鹵獲電波の標的は日本国内にはなかったのか。敵はなにを狙っているのか。

田中は右手に拳銃を握り、左手を手すりに這《は》わせ、急角度の階段を上っていった。靴音を殺すのにさほど神経を磨《す》り減らす必要はない。飛行音と装置の稼働音は騒々しかった。コックピットまで靴音が届くとは思えない。

機体が激しく揺れた。高度が下がっている。着陸するのだろうか。ぐずぐずしてはいられない。

階段を上りきった。バルコニーの狭い足場に立った。背後には機材がひしめくキャビンを見下ろせる。正面に鉄製のドアがある。

レバーに手をかけた。施錠はされていない。田中はドアをわずかに開けた。

機体のサイズにくらべれば、コックピットは非常に狭かった。操縦士席と副操縦士席が目の前に並んでいる。米軍のフライトスーツを着たふたりが、こちらに背を向けた状態で着席していた。ふたりの前方、プレキシグラス越しに砂漠がひろがっている。超低空飛行だった。無数の計器やスイッチ類、ランプがパネルを埋め尽くす。C130の操縦訓練を受けた田中にとっては目に馴染《なじ》んだ光景だった。

操縦士と副操縦士はいずれもマイク付きのヘッドセットを装着している。轟音のなか、相互の会話はヘッドセットを通じてなされる。小声のため田中の耳にはききとりにくかった。田中は大胆にも、そっとコックピットに踏みいった。声が届く範囲にまで接近する。

副操縦士が地図を片手に英語でいった。「北緯四〇度三六分、東経八九度二一分のミサイル発射台まで、残り六五〇マイル」

「よし」操縦士が指示した。「誘導電波自動発信装置オン」

「自動発信装置オン」副操縦士が操縦士を見た。「ミサイル発射は予定時刻どおり。三〇〇マイル圏内に達し、誘導電波がつながりしだい旋回」

「このまま飛べば時間きっかりに着く。重い荷物を積んでるわりには飛行計画に狂いはなかったな」

「多少遅れたところで、打ち上がったミサイルに電波が届けば問題ない」

ふたりがくぐもった笑い声を響かせた。田中は血管が凍りつくほどの寒気をおぼえていた。

ミサイル発射台。座標からするとロプノールの〝さまよえる湖〟、塩湖の真んなかだ。鹵獲電波ではなく誘導電波を発信するのが目的だったか。

操縦士がきいた。「パラシュートの用意は？」

「キャビンにある」

「結構。ランデブー地点は？」

副操縦士が地図を差しだした。「ここだ。トラックが迎えにきてる」

地図を受けとるべく操縦士が横を向いた。田中は肝を冷やした。操縦士が視界の端に、田中の姿をとらえたのはあきらかだった。ぎょっとした顔の操縦士がこちらを振りかえる。副操縦士も田中に目を向けてきた。

田中は操縦士に拳銃を突きつけた。「動くな。妙な真似をすると撃つ。大きく旋回しろ。来た空路を引きかえせ」

ふたりが視線を交錯させた。副操縦士が黙って顎《あご》をしゃくる。操縦桿《ヨーク》は漢字の〝山〟の形状をしている。正面に向き直った操縦士が、両手で操縦桿をつかんだ。

だが操縦桿はいきなり手前に引かれた。機首が一気に上がり、床が急激に傾斜した。田中の身体は後方へ滑り、階段からキャビンへと投げだされた。

落下の滞空中も拳銃は手放さなかった。そのせいで受け身の姿勢をとりきれず、背中が強く床に叩《たた》きつけられた。激痛に思わずのけぞる。田中は歯を食いしばり痛みに耐えた。

仰向《あおむ》けに横たわってばかりはいられない。コックピットのドアから副操縦士が飛びだしてきた。拳銃を手にしている。田中は必死に跳ね起きた。

銃火がキャビン内を矢継ぎ早に閃《ひらめ》かせる。銃声がこだまするなか、田中は左肩と右脚に、さらなる激痛をおぼえた。弾に肉を抉《えぐ》られた。尋常でない痛みをおぼえつつも、田中は床を這っていき、機材の陰に退避した。

なおも銃撃がつづいたが、ほどなく途絶えた。副操縦士の拳銃はコルトガバメントだった。七発を撃ち尽くしたようだ。

迷彩服が出血に湿ってくるのがわかる。息が荒くなり、目もかすみつつあった。狙いがさだめられるのはいまのうちだ。田中は身を乗りだすや、トリガーをすばやく繰りかえし引いた。反動に暴れるM39を両手でしっかりと保持し、仰角にバルコニーを狙撃しつづけた。

　跳弾の火花が散るなか、副操縦士が身を翻し、コックピットに逃げこもうとする。だがその背中に一発が命中した。呻《うめ》き声とともに海老反りになった副操縦士が、後ろ向きに手すりを越え、キャビンに落下してきた。全身を床に衝突させた。それっきり副操縦士は動かなくなった。

　田中は起きあがった。腕と脚がちぎれそうなほどの鋭い痛みが走る。思わず呻き声が漏れる。だが右脚をひきずり、田中は階段へと前進していった。

　M39のスライドが後退したまま固まっていることに気づく。残弾はゼロだった。拳銃を放りだし、なんとか階段にすがりついた。手すりに寄りかかり、ほぼ左膝《ひだりひざ》の伸縮のみで、重い身体をひっぱりあげていく。止血の措置など講じている暇はなかった。田中はただがむしゃらに階段を上りつづけた。奴らの思いどおりにはさせない。

　ふたたびバルコニーに達した。ドアは半開きになっている。田中はコックピット内に踏みいろうとした。

だしぬけに操縦士が飛びだしてきて、田中の胸倉をつかんだ。鬼の形相の操縦士が、田中を乱暴に投げ飛ばす。バルコニーからの転落は免れたが、田中はその場に倒れこんだ。

六十二歳の田中に対し、操縦士はあきらかに三十代だった。ふたたび田中を軽々とつかみあげると、操縦士が怒声を浴びせてきた。「ジャップの害虫が。思い知れ！」

手すりから放りだそうとしているのは明白だった。だが田中はそうなる瞬間をまっていた。田中を投げ落とさんと操縦士は両手で持ちあげようとする。すなわち左右いずれの手も塞《ふさ》がったうえ、手すり近くで足を踏ん張らねばならない。いま操縦士の重心は高い位置にあり、前屈姿勢で両足が横並びに揃っている。しかも力をいれるため身体が固まっていた。柔道において投げ技の通じやすい諸条件が整った。

田中は操縦士の右襟と左袖《そで》をつかんだ。力ずくで引き寄せにかかる。操縦士からすれば、ただ田中が必死の抵抗を試みているように思えたのだろう。前のめりに取り押さえにかかってくる。だが田中にとっては、敵の体勢を崩させる目的は果たせた。みずからの腰を深く落とし、敵の両脚のあいだに潜りこませた。

瞬時に巨体が浮きあがった。操縦士があわてながら手足をばたつかせたが、もう大腰の投げ技から逃れることはできない。田中は敵を後方に回転させつつ投げた。日本人なら手すりにぶつかるだけかもしれない。しかし背丈のある操縦士は、鉄棒のように前転し、キャビンへと転落していった。

落下の衝撃に機体が揺れた。田中はキャビンの床を見下ろした。大の字になった操縦士の周りに血の池がひろがっていく。絶命はあきらかだった。

激痛によろめきかける。左肩と右脚は麻痺《まひ》状態で、感覚はすっかり失われていた。田中はふらつきながらコックピットに入った。自動操縦に切り替わっているのだろうが、超低空飛行においては危険きわまりない。現に高度は少しずつ下がりつつあった。

田中は操縦席におさまった。腕を操縦桿に伸ばす。たったそれだけでも身を引き裂かれるような苦痛がともなう。ただし足を投げだせるのはありがたかった。ラダーペダルは左足で踏めばいい。

ヘッドセットを装着し、霞《かす》みがちな視界に目を凝らした。姿勢指示器の針を注視しつつ、操縦桿を少しずつ手前に引いていき、機体を水平に戻す。あまり上昇できない。中国軍のレーダーに捕捉《ほそく》されてしまう。昇降計の数値を一定に保ち、超低空飛行を維持した。

四基のターボプロップエンジンの状態は、それぞれ専用の計器がしめしている。エンジン出力や燃料消費、油圧のバランスは、四つのスロットルレバーで常に調整せねばならない。

だが現状、燃料はもう残りわずかだった。時速六〇〇キロで、もう三〇〇〇キロメートル以上を飛んできている。C130の航続距離は三八〇〇キロ、それも巡航速度の場合だ。このスピードでは燃料の消費も著しい。

前方視界に目を向ける。見渡すかぎりの砂漠だった。大地の起伏が激しく、不時着させても墜落に等しい。たとえ死ななかったとしても、東西千キロの広大な範囲が砂ばかりだ。生き延びられはしない。

田中の手はスロットルレバーに伸びた。ためらいは一瞬よぎる。しかし迷いなど即座に振りきった。四つのレバーをフルスロットルにし、機体を猛然と加速させる。

朦朧《もうろう》としつつある意識を必死につなぎとめる。田中はまっすぐ行く手だけを見つめていた。この瞬間を待ち望んでいたような気がしてくる。人生は二度しかない。生まれたときと、死に直面したときと。

35

斗蘭の内耳には心拍の亢進《こうしん》が反響していた。時間が異様に伸び縮みする。壁に磔《はりつけ》にされたまま、もう何日もこの地獄を過ごしている気がした。

だがモニター画面のひとつ、C130の前方視界映像に、飛行時間の表示が重なっている。六時間近くしか経っていない。まだ日中だ。それでも体力はもう限界だった。C130はすでに砂漠の低空飛行に入っている。やがてミサイル発射地点の五〇〇キロ圏内に達するだろう。誘導電波が届くようになったら終わりだ。ミサイルが東京に向け発射されてしまう。

何度か息苦しくなり、意識が遠のいたように思う。数日が経過したように感じるのはそのせいかもしれない。我にかえるたび悪夢のような現実を突きつけられる。いまも刻一刻と破滅のときが近づいている。

ライターはときおり悪態をつくものの、CIA日本支局のふたりの嘆きにくらべれば、ずっともの静かだった。エイムズとハリントンにしても騒々しいばかりではない。ときおり沈黙はする。磔の体勢が苦痛極まりないらしく、何度か失神したようだ。無声の状態がつづくあいだは、それなりにありがたかった。だがハリントンは正気にかえるたび泣きわめく。耳障りな声のせいで斗蘭にとっても、全身を締めつける枷《かせ》の痛みが倍増する。

ボンドはなんの声も発しない。それを希望と信じるべきなのだろうか。問いかけるのも怖い。そもそも極端に喉《のど》が渇いているため、声を発することもかなわなかった。視覚と聴覚のとらえるすべてが幻想のようだ。この場を逃れるための、あらゆるすべを模索した。答はひとつとして見つからない。

向かい合わせに控える処刑部隊の五人は、二時間おきに交替するが、現在の要員はいまだ微動だにしない。AK47を携えるのみで、水平に構えようとはしなかった。

いつまでこの地獄がつづくのだろう。けれども撃たれて楽になりたいとはけっして思わない。死による解放が救いであるはずがない。大量虐殺が果たされようとしている現実を知りながら、ただみずからの命が絶たれることで、なにもかも終わりにはできない。

ふいに電話のベルが鳴った。CIA日本支局のふたりがびくっとする。YRRTメンバーのうちひとりが壁の受話器をとった。ぼそぼそと会話を交わしたのち、厳かに受話器を置いた。

五人の処刑部隊が等間隔に整列した。たぶんミサイル発射の瞬間か、その直後に一斉射撃をおこなうつもりだ。揃ってアサルトライフルを水平に構えた。それぞれが礫にされた状態の五人を狙い澄ます。五つの銃口のうちひとつが斗蘭にまっすぐ向けられていた。

ハリントンが涙声で聖書の一節を唱えだした。エイムズは声もでないらしく沈黙している。斗蘭は目を閉じた。骨の髄まで凍りつくようだ。

唐突に響く、弾《はじ》けるような音にびくつく。まだ銃声ではないとわかった。ドアが開け放たれたようだ。目を開けるより早く、銃火の閃光《せんこう》とともに銃撃音が轟《とどろ》く。矢継ぎ早の発砲に、ハリントンとエイムズの絶叫が重なった。

ところが叫んでいるのはふたりだけではなかった。YRRTメンバーの呻《うめ》きや唸《うな》りが交ざっている。斗蘭は目を開いた。信じがたい光景がその場にあった。

処刑部隊の五人が脱力し、いっせいに倒れこんだ。床に血の海がひろがりだす。AK47は一丁も発砲していないようだ。だが処刑部隊は斗蘭ら五人を狙っていたため、ドアに向き直る余裕さえなかったらしい。

戸口に立つスーツは、両手で拳銃《けんじゅう》を構えていた。M39の銃口からひとすじの煙が立ち上る。

斗蘭は思わず声を発した。「宮澤さん⁉」

汗だくの宮澤は、みずから銃撃しておきながら、状況に驚くように目を丸くしていた。震えながら硬直していたものの、はっと我にかえったようすで、あわただしく室内に駆けこんできた。真っ先にボンドの枷を外しにかかる。

ボンドが安堵《あんど》のため息をついたのは、ほんの一瞬にすぎなかった。ただちに斗蘭のもとに駆け寄ってくると、手枷と腕枷を解除してくれた。

両腕が異常に重かった。麻痺状態で感覚を失っている。それでも斗蘭は無理やり指を動かし、みずから足枷を外した。

自由になったライターが、ボンドとともにCIA日本支局のふたりを救出する。さっき絶叫を発したふたりだったが、いずれも撃たれてはいなかった。ハリントンは床にへたりこんだ。エイムズは感極まったようすでライターに抱きついている。

斗蘭は信じられない思いで宮澤を見つめた。CIAの要請という名の強制により、代々木競技場の警備を義務づけられていたはずだ。斗蘭はきいた。「どうしてここに……？」

「CH47のキャビンに潜んでたんだよ。本来ならゴムボートがおさまってる箱に」

キャビン内の両脇に、ベンチがわりにもなる棺桶《かんおけ》サイズの鉄箱がふたつ、たしかに横たえてあった。あのなかにいたのか。するともうひとり兵力が隠れられたはずだ。斗蘭は宮澤に問いかけた。「ほかに誰が……？」

「田中局長だよ」

なんと父がみずから乗りこんできていたのか。斗蘭は開いた口がふさがらない思いだった。「無謀すぎる」

「どうしても行くとおっしゃったから……。機体からこっそり抜けだしたあとは二手に分かれた。あとで合流する約束だった」通路から靴音がきこえた。宮澤が戸口を振りかえった。「来たかな？」

だが靴音は妙に騒々しく、しかも複数に思えた。ライターが左手のみでAK47を拾いあげた。「局長はムカデみたいにいっぱい足があったっけ？　奴らだ！」

戸口にYRRTの作業服らが、AK47を構えながら殺到した。敵の銃口が向くより早く、ライターのAK47が火を噴いた。掃射で先頭集団を薙《な》ぎ倒すや、ライターは戸口に駆け寄った。通路からはまだ銃撃音がきこえる。わずかに身を乗りだし、ライターが敵勢に応戦した。

ボンドがテレビモニター群に駆け寄った。「ゴリシェクはC130のコックピットと無線通信してた。呼びかけられるはずだ」

エイムズがおろおろといった。「以後の無線通信を禁じるとも伝えたぞ。応答するはずがない」

だが突然、前方視界映像が切り替わった。コックピットの操縦士が映しだされた。斗蘭は言葉を失った。

操縦席におさまっているのは父だった。血の気の引いた顔の虎雄が、虚《うつ》ろなまなざしでぼんやりとこちらを見ている。

斗蘭はあわてて画面の前に駆け寄り、テレビのわきのスイッチをいれた。「お父さん！」

虎雄の反応は鈍かった。向こうにはこちらのようすは見えていないようだ。だが音声は届いたとわかる。父は瞬《まばた》きをしたのち、喉に絡む声で応答した。「斗蘭か」

胸の奥が果てしなく疼《うず》く。父の迷彩服が広範囲にわたり黒ずんでいた。胸もとが血に染まっている。容体は思わしくない。

「お父さん」斗蘭は呼びかけた。「いったいなにを……」

「この機体を奪った」虎雄が苦しげなささやきを漏らした。「伊江島についてすぐ、ここに潜んだ」

ボンドが身を乗りだした。「タイガー、旋回しろ。その場から遠ざかれ」

「だめだ。ミサイル発射後、この機体からは自動的に誘導電波が発信される仕組みだ。五〇〇キロ圏内を外れることはできん」

ハリントンが駆け寄ってきた。「装置の電源を落とせないんですか」

「どういじったらいいか私にはわからん。もう三七〇〇キロも飛んできとる。じきに燃料が尽きる。どのみち助からん」

C130の航続距離にさほど余裕があるとは思えない。斗蘭は悲痛な自分の叫びをきいた。「お父さん、不時着して。きっと救出する」

「無理だ。砂漠のど真んなかだぞ」虎雄の目が遠くに転じた。「ミサイル発射台はまだ見えんが、じきに到達する」

いっこうに操縦桿《そうじゅうかん》を左右に回す気配がない。砂漠すれすれの低空飛行を継続している。虎雄は行く手のみを見据えていた。

ボンドがいった。「タイガー、よせ」

そのひとことで父の意思に気づかされる。斗蘭は叫びに近い声をあげた。「お父さん！　なにをする気なの。やめて」

虎雄の目がまたこちらを向いた。曖昧《あいまい》な表情のまま父がつぶやいた。「これでやっと宿命を果たせる」

「そんな」胸を強く締めつけられた気がした。斗蘭は画面に手を這《は》わせた。「だめ。お父さんは出撃しなかった。神風特攻隊は終戦とともに解散したんだってば」

「死ぬときを逃した。いまふたたび運命がめぐってきた」

いつしか銃声がやんでいる。通路のYRRTをひとまず片付けたらしい、ライターが息を弾ませつつ駆け戻ってきた。「タイガー。馬鹿な真似はよしてください」

「これ以外にないんだ。ミサイルが間もなく発射される」

エイムズが怒鳴った。「装置の破壊だ！　アンテナか高周波結合器を撃て」

虎雄が力なく首を横に振った。「あいにく銃に弾は残ってない。この機体を墜落させるのなら、ミサイルという元を絶つのも悪くない」

プルトニウム型原子爆弾なら、体当たりによりミサイルが爆発しようとも、核は起爆しないかもしれない。だがウラン型原子爆弾は別だ。もともとふたつの塊に分かれているウラン235が、TNT火薬の爆発により一体化し、臨界点に達する仕組みだ。ミサイルの爆発はTNT火薬にも確実に引火する。タクラマカン砂漠で核爆発が起きる。父が助かる見込みは皆無だった。

さまざまな感情が混ざりあいながら、胸のうちをこみあげてくる。斗蘭の視界は涙に波打ちだした。「お父さんはまちがってる」

画面のなかに皺《しわ》だらけの父の顔があった。「そうだな。まちがってた。取りかえしのつかない過ちばかりだった。だからこうするしかないんだ」

「生きてなきゃ償いはできない！」

「これが償いなんだ。わかってくれないか、斗蘭。おまえのお母さんを救えなかったことを、心から悔いてきた。おまえには、本当のことをいえなかった」

「本当のことって……？」

「任務には命を投げだす覚悟で臨めといったな。おまえに関するかぎり、それはお父さんの本心ではなかった。おまえにはいつまでも生きてほしかった」

「わたしだってお父さんに……」斗蘭は声を詰まらせた。「お父さん。任務に命を懸ける意味が、いまようやくわかった気がする」

「それはお父さんにまかせとけばいい。もう過ぎ去りし時代の遺物にすぎないからな。これからはおまえの世代が担っていけ」父の目は潤みだしていた。しばし言葉を切ったのち、ため息とともに告げた。「花嫁姿が見たかった」

斗蘭は唇を噛《か》みしめた。涙を堪《こら》えきれない。いまこの瞬間が別離のときだと悟った。だがそれゆえ、哀感に押し流されるばかりでは、なんら存在の意味を持てない。そう思い直した。斗蘭は震える声を絞りだした。「これからも自由世界の防波堤は決壊させない」

父が微笑とともにうなずいた。「ボンドさん。ライターさんも……。斗蘭を頼む」

宮澤がすがりつくように問いかけた。「局長。僕にはひとこともなしですか」

意外にも屈託のない笑顔で父が応じた。「宮澤、よくやった。きみのような男にこそ、安心して将来を託せる」

「……局長もご立派でした」

斗蘭は慄然《りつぜん》とした。隣のモニター、ミサイル発射台に据えられた定点カメラの映像に、もうC130が映りこんでいた。みるみるうちに機体が大きくなってきた。ヒューバートの説明どおり、C130の被膜が剝《は》げ、アントノフAn12そっくりの塗装があらわになっている。失速することなく俯角《ふかく》に突っこんでくる。

コックピットの映像のほうは、いつしか途切れていた。砂嵐だけが画面を覆っている。斗蘭はあわててダイヤルを調整した。やがてふたたび映ったものの、不鮮明でノイズだらけだった。機体がひどく揺れている。操縦桿を握る父が、まっすぐ行く手を見つめながらいった。「頼んだぞ」

ノイズが増加していき、それっきり映像は失われた。発射台が炎に包まれたのがわかる。スピーカーから割れぎみの轟音《ごうおん》も響き渡った。しかし数秒も持続せず、やはり画面は砂嵐と化した。

静寂が訪れた。斗蘭は膝《ひざ》の力を失い、立っているのもままならなくなった。床に座りこむや斗蘭は項垂《うなだ》れた。

ひどく息が乱れている。声にならない嗚咽《おえつ》が喉《のど》の奥から漏れだす。だが絶望ではない。どこかに救いを感じる。この涙は心の叫びだ。未来へつづく時間を父がつないだ。みずからの父への想いにも気づかされた。一九四四年の九月八日、母の死とともに失われた時間が、いま戻ってきた気がする。

銃声が斗蘭を我にかえらせた。通路の先からきこえてくる。斗蘭は顔をあげた。ボンドが左右の手でAK47を二丁拾い、うち一丁をライターに投げ渡した。

斗蘭も床に落ちたアサルトライフルをつかみあげた。跳ね起きるや戸口に突進する。通路に銃撃を加えると、敵勢がいったん物陰に身を隠したらしく、発砲が途絶えた。その隙に斗蘭は通路へ躍りでた。突進しながら行く手を掃射する。作業服の群れが血《ち》飛沫《しぶき》とともに倒れた。

ボンドの声が追いかけてくる。「斗蘭、ひとりで行くな。危険だ」

危険は百も承知だった。斗蘭は妙に冷静な自分を悟った。感覚が研ぎ澄まされている。繰りだしてくる敵勢のなか、こちらに狙いをさだめんとする動きを的確にとらえ、トリガーを引く寸前に仕留めていく。ひとりでも多く殺す。斗蘭のなかにあるのはそれだけだった。

硝煙のにおいが濃厚に立ちこめる。折り重なった死体の山を踏み越え、斗蘭は射撃練習場に駆けこんだ。ライターが射殺した敵も含め、通路に倒れていたYRRTの死体は九つ。この軍施設内で、まだあと五、六人ほどの敵が生きている。

射撃練習場内にもうひとつ死体が横たわっていた。そのひとりだけ米空軍の制服姿だった。流れ弾が当たったのだろうか。妙に思いながら注視する。

いきなり死体が動いた。息絶えたふりをしていたヒューバートが、上半身を起こすや拳銃《けんじゅう》を向けてきた。だが斗蘭のほうが先に狙いをさだめていた。トリガーを引いたものの、標的から逸《そ》れた一発を撃ったのみで、コッキングレバーが固まった。弾が切れた。心臓が恐怖に萎縮《いしゅく》する。

銃声が轟《とどろ》いた。ヒューバートの拳銃ではなく、AK47の掃射音だった。紺いろの制服を血に染め、天井を仰いだヒューバートが、背中から床に叩《たた》きつけられた。

通路からボンドが姿を現した。ボンドの手にあるAK47の銃口から煙が立ち上っている。通路の死体から奪ったのだろう、予備のマガジンを斗蘭に手渡してくる。落ち着いた声でボンドがささやいた。「冷静になれ。頭の片隅で残弾を意識しろ」

斗蘭はうなずいた。手もとのAK47のマガジンを交換する。ライターと宮澤が通路を抜けてきた。いずれもアサルトライフルを構えている。エイムズとハリントンは丸腰のまま、怯《おび》えたようすでつづいてきた。

ライターがいった。「ノオはミサイル発射失敗に気づいてる。たぶん脱出を図るぞ」

ボンドは奥のドアへと駆けていった。「阻止する。階段を上ろう」

ドアを蹴破《けやぶ》ると、ボンドの姿はその向こうに消えた。銃声が鳴り響く。斗蘭はただちにあとを追った。行く手は上り階段だった。ボンドが銃撃しながら駆け上っていく。一階の廊下にでた。窓のブラインドから陽光が射しこんでいる。ライターがボンドに提言した。「散開してノオを捜すべき……」

いきなり銃撃を受けた。エイムズがぎゃっという叫びとともにのけぞった。宮澤とハリントンがエイムズを支える。斗蘭は近くのドアを蹴破った。エイムズをなかへ運びこむあいだ、ボンドが廊下の先を掃射し援護する。

地図室らしき部屋だった。エイムズは脇腹を手で押さえているが、大量の血が滲《にじ》みでていた。ハリントンが窓のカーテンを引きちぎり、縦に裂くことで包帯を作った。エイムズのわきに片膝《かたひざ》をつき、傷口の手当てを始める。エイムズが激痛に歯を食いしばった。

ハリントンが宮澤を振りかえった。「止血はできるかもしれないが動かせない」

宮澤が早口にまくしたてた。「この軍施設から敵を追いだせば医務室が使えます」

エイムズが顔をしかめ、息も絶えだえにきいた。「ここのか？　冗談じゃないぞ」

鼻を鳴らしたのはライターだった。「ジョンズ・ホプキンズ病院並みに設備が充実してるよ。宮澤、この部屋を守れ。どうせ奴らは撤退しつつある。米兵が来たら協力を求めろ」

「あなたは？」宮澤がきいた。

「手分けしてノオを捜すまでだ」ライターはＡＫ47を乱射しつつ、勢いよく廊下に飛びだしていった。ボンドと相互に援護しつつ、ふたりともそれぞれ異なる方向へ走った。

斗蘭はボンドにつづいた。ボンドはいつしか敵の追跡を開始していた。行く手を作業服三人が逃げていく。ＹＲＲＴメンバーはいずれも武装していた。ときおり振り向きざま銃撃してくる。足をとめた敵を、ボンドがすかさず撃った。ひとりがもんどりうって倒れた。先行するふたりが動揺をしめしつつも逃走しつづける。

食堂に入った。敵ふたりはテーブルのあいだを縫うように走り、米兵らを盾にした。どよめきがひろがったものの、酒の入った兵士らは伏せようともしない。ここの兵士たちは誰ひとり銃を携帯していなかった。あきれたことに、ＣＨ47チヌークの操縦士と副操縦士が同席し、酒を酌み交している。騒動には気づいてもいなかったらしく、兵士たちと同じように狼狽《ろうばい》をしめしていた。

ボンドがＡＫ47を構えて怒鳴った。「どけ！」

兵士らは動揺し、両手をあげつつ総立ちになった。かえって人垣が築かれてしまった。ボンドが苦い顔になった。

斗蘭も敵の行方を目で追いつつ、邪魔になる兵士たちに呼びかけた。「伏せてください！」

だが銃口を向けられた兵士らは凍りつき、みな身動きひとつできずにいる。敵ふたりが向こう側の廊下へと逃げこんだ。ボンドが猛然と追走していく。斗蘭もそれに倣った。

廊下でボンドと横並びになった。行く手で作業服がふたりとも待ち構えていた。敵の銃火が閃《ひらめ》くと同時に、斗蘭はトリガーを引き絞った。ボンドも銃撃していた。敵の跳弾が斗蘭のわきの壁面を抉《えぐ》った。しかし斗蘭とボンドの弾は、敵ふたりの胸部を撃ち抜いた。

ボンドが先に駆けだした。角を折れた先、出入口を抜けるや、ボンドの後ろ姿が滑走路へと飛びだしていく。滑走路上に待機するＣＨ47チヌークは、なぜかタンデムローターを回転させていた。操縦士と副操縦士が食堂にいたというのに、誰がエンジンを始動させたのか。

斗蘭は出入口から外にでようとしたが、その寸前、いきなりわきのドアが開いた。

飛びだしてきたのはヤネス・ゴリシェクだった。配線用コードを斗蘭の首にすばやく巻きつけ、ドアのなかへ力ずくでひっぱりこむ。斗蘭はアサルトライフルを手放してしまい、ゴリシェクとともに室内に倒れこんだ。

物置然とした狭い部屋だった。斗蘭は起きあがろうとしたが、ゴリシェクが背後からコードを絞めあげてくる。気管が潰《つぶ》れそうになり、斗蘭は息苦しさに喘《あえ》いだ。

ゴリシェクのうわずった声が耳もとでささやいた。「暴れ馬もこうやって手綱を引き絞ってやるとな、四つん這《ば》いのままおとなしく尻《しり》を突きだすものさ」

憤怒の激情が全身の筋肉を突き動かす。斗蘭は腰を強く捻《ねじ》り、ゴリシェクの脇腹に肘鉄《ひじてつ》を食らわせた。苦痛の呻《うめ》きとともにゴリシェクが前のめりになると、その頭髪をわしづかみにし、斗蘭は背負い投げを放った。ゴリシェクが仰向《あおむ》けに床に倒れた。斗蘭は跳ね起きるように立ちあがった。なおもゴリシェクが斗蘭の足首をつかむべく手を伸ばしてくる。

棚の上段にあったハサミをすばやくつかんだ。斗蘭は刃を握り、ナイフ投げのごとく振りかぶった。ゴリシェクの胸もとめがけ、叩きつけるがごとく俯角《ふかく》に投げつけた。

ハサミは胸部に深々と突き刺さった。ゴリシェクは半ば跳ね起き、目を剝《む》きながら呻いたものの、すぐに大の字に倒れこんだ。鮮血が噴水のごとく舞いあがった。

斗蘭は荒い呼吸を整えようと躍起になった。絞められた喉《のど》もとがひりつく。戸口に落ちたＡＫ47を足で引き寄せ、ただちに拾いあげた。

ゴリシェクの死体を一瞥《いちべつ》する。瞳孔《どうこう》が開いたまま焦点もさだまらず、ただ虚空を眺めている。

電波工学の世界的権威が、惨劇を宇宙中継できずに生涯を閉じた。斗蘭は心のなかで『オデュッセイア』の一節を吐き捨てた。悪行など長く持続しない。

36

爆音と強烈な向かい風のなか、ボンドはＣＨ47チヌークの機体へと駆けていった。まだ離陸できずにいるのはプリフライトチェックに手間取っているからだろう。エンジンやローター、電子機器、燃料システム、油圧システムの点検抜きには飛び立てない。

ＡＫ47を掃射したが、装甲板に跳弾の火花を散らすだけに終わった。弾を撃ち尽くした。銃を投げ捨て、ボンドは猛然と機体に急接近した。乗りこめばなかに武器がある。

エンジン音のピッチが高くなり、ローターの回転速度があがりだした。後方のハッチが閉じていく。巨大な機体が浮きあがろうとしている。

このCH47チヌークは側面にスライド式のドアを有していた。まだドアは大きく開け放たれている。機体下部のタイヤが路面から浮きあがった。みるみるうちに上昇していく。ボンドは跳躍し、開口部分の下辺に両手をかけ、懸垂の要領で身体を引きあげた。腕に満身の力をこめ、キャビン内に転がりこむ。

機首方面はコックピットにつながっている。操縦席と副操縦席が見えていた。どちらも作業服の後ろ姿だった。YRRTのメンバーだ。あわてて離陸したせいか、垂直上昇しながら機体がぐらぐらと揺れている。

ボンドはキャビン内を見まわした。内壁に取り付けられた救急箱へ向かいかけたが、思わずその場に立ちすくんだ。ボンドは息を吞《の》んだ。

キャビンの壁際で、長身の人影がロープにつかまり、足を踏ん張っている。髪一本ない禿《は》げ頭に、鋭く怪しい光を放つ一重瞼《まぶた》の目、口髭《くちひげ》に尖《とが》った顎《あご》。着物風の衮服もまとったままだった。ドクター・ノオがボンドを睨《にら》みつけていた。

副操縦士が振りかえった。あわてたようすでヘッドセットとシートベルトを外すと、立ちあがるやキャビンに駆けこんでくる。腰のホルスターから拳銃《けんじゅう》を抜こうとしていた。ボンドは突進したが、間に合わないのは明白だった。だが機体は機首方面を下に傾斜している。ボンドは床に滑りこんだ。下り勾配《こうばい》を加速しつつ瞬時に距離を詰めた。両脚で副操縦士の足首を挟み、身体ごとひねって転倒させる。銃声が轟《とどろ》いたが、弾は側面開口部の外へ飛んだ。

両者がふたたび起きあがり揉《も》みあううち、副操縦士はベンチ型の箱の上に横たわった。ボンドは馬乗りになり、拳銃を持つ手を力ずくで逸《そ》らした。もう一方の手で副操縦士の喉もとを絞めあげる。副操縦士は手足をばたつかせたが、ボンドは全体重をてのひらに載せ、頸椎《けいつい》ごと潰さんばかりに圧迫した。

ぜいぜいと呼吸する副操縦士が、いちど痙攣《けいれん》を生じたのち、ぐったりと脱力しきった。投げだされた手から、ボンドは拳銃をもぎとろうとした。

ところが頭上から鉄製の物体に強打された。ボンドは床に叩《たた》き伏せられた。袞服の裾《すそ》から初めてのぞいた靴が、投げだされた拳銃を蹴《け》る。床面を滑った拳銃が、開口部から機外へと飛んでいった。

ボンドは斜面を転がったのち、急ぎ身体を起こした。

ドクター・ノオは異様に高い背丈のせいで、天井に禿げ頭をぶつけそうになっている。左右の鉤爪《かぎづめ》の義手を、それぞれ斜め下方にまっすぐ伸ばし、悠然と立っていた。

起きあがったボンドはノオを見つめた。「ロプノールからの宇宙中継を楽しんだか、ノオ博士？　試合観戦ってやつは最後までわからないもんだよな」

ノオの眉間《みけん》には深い縦皺《たてじわ》が刻まれていた。「ボンド君。私は歓喜しとるよ。きみという歴史上稀《まれ》に見る紛擾《ふんじょう》の申し子を、みずから葬り去る機会に恵まれたのだからな」

一対一の勝負でボンドを倒す気でいるらしい。ボンドはノオをねじ伏せるべく距離を詰めていった。「老いぼれ犬を機体から放りだしたところで、俺の功績にはさほど影響しないが……」

皮肉を口にできたのはそこまでだった。袞服の裾が舞いあがり、だぶついたズボンに包まれた長い片脚が、すさまじい速度でボンドの顔面を襲った。突進の勢いを殺せず、ボンドは強烈な蹴りをもろに浴びた。のみならずノオはその片脚を下ろすことなく、もう一方の脚を軸に立ったまま、縦横の蹴撃を繰りだしてきた。まさに速射砲のような勢いと威力だった。ボンドはほとんど避けきれなかった。上半身のあらゆる箇所に爪先や踵《かかと》がめりこんだ。麻痺《まひ》状態も同然にボンドは床に突っ伏した。

ノオはなおも片脚を高くあげたままだったが、まるで腕を引き戻す容易さで、あっさりと直立姿勢に戻った。いましがた驚異的なキックを浴びせてきた脚は、また袞服のなかに隠れた。

例によって薄気味悪い声をノオは響かせた。「ボンド君。相まみえるのは初めてだったな。クラブ島できみは私を大量のグアノに埋もれさせたにすぎん。一命を取り留めたのはかならずしもヒューバートとフォーガスのおかげではない。日々鍛錬により培われたこの肉体あってこそだ」

「鍛錬ってあれか。素焼きの瓶を飛び蹴りで割ったりする……」

「党《トン》の抗争で左胸を刺されただけだと思うか。向こうの殺し屋も相当な使い手だった。私の若き日々のすべてが鍛錬だ」

「そりゃ面白い。あいにくその手じゃ瓦《かわら》を割るデモンストレーションは無理そうだな」

「試してみるがいい」ノオは右の義手を突きだすと、まっすぐ前進してきた。例によって足の動きはまったく見えない、床を滑るような移動だった。

後退しようにもキャビン内は狭い。内壁の救急箱をボンドは一瞥した。ここからは離れている。あの箱に手が伸びれば形勢を逆転しうる。だがいまはかなわなかった。ノオが間合いに入ってくる。ボンドは頭を低くしながら距離を詰め、ノオの両膝《りょうひざ》を抱えこんで引き倒そうとした。ところがまたもノオが片脚を跳ねあげた。恐るべきリーチの長さで靴底が迫る。ボンドは身を伏せることで回避しようとした。しかし水平方向に繰りだされたはずの蹴りが瞬時に向きを変え、すばやく打ち下ろしてきた。棍棒《こんぼう》による強打を後頭部に食らったも同然に、一瞬目の前が真っ暗になった。気づけば全身が床に叩き伏せられていた。

激痛による麻痺がひろがる前に、ボンドはあわてて起きあがろうとした。ところがノオの長身はごく間近にあった。両腕を鞭《むち》のように振るい、左右の義手が唸《うな》りながらボンドを襲った。鉤爪の尖端《せんたん》が容赦なく身体に突き刺さる。刃《やいば》で滅多刺しにされるどころではない、かつて経験したことがないほどの深手を次々と負わされる。肩から背中、脇腹にかけ、あちこちが熱くなっていた。好ましくない事態だとボンドは思った。痛みではなく熱さを感じる、すなわち致命傷に近い。

ふらついたボンドはまたも床に突っ伏した。迷彩服から流出する血が、赤い血だまりを広げていく。機体が傾斜するたび血だまりは形状を変えた。

ノオが歩み寄ってきた。「これは双鉤《シュアンゴウ》という技の応用でな。八卦掌《はっけしょう》では両手に鉤形の武器を持ち攻撃する。素手で防げる者はおらん。私は幼少のころから達人だったのだよ」

「コーラを飲むのに栓抜きは要らなかったんだろうな」

「教えよう。いま半身になって心臓を守るきみに対し、これから三手で筋を絶ち、胸もとをがら空きにする。その後、心臓そのものを抉《えぐ》りだしてやる」

ボンドは俯せのまま不意を突き、ノオの足首をつかもうとしたが、すかさず顎を蹴りあげられた。仰向《あおむ》けに転がったボンドに鉤爪が振り下ろされる。ただちに横に転がり、半身になったものの、鉤の尖端が肩を深く抉った。痺《しび》れがひろがり、ボンドは思わずのけぞった。次いで背中と腰にも鉤爪の一撃をそれぞれ食らう。ノオの宣言どおり、麻痺しきった全身は仰向けになった状態で固まり、身動きできなくなった。神経が機能していないのか、背中が落雷に打たれたかのごとく感覚を喪失している。

無防備になったボンドの左胸を見下ろすノオの目は冷ややかだった。鉤爪を高々と振りあげる。

ボンドは視界の端にまた内壁の救急箱をとらえた。手の届く範囲からははるかに遠い。鋭く光る鉤爪の尖端が風を切りつつ、心臓めがけ振り下ろされた。

目の前に火花が散った。けたたましい金属音が耳をつんざく。フェンシングの剣が打ちつけ合う音に似ていた。

ノオの鉤爪は空中にとどめられていた。遮ったのもやはり鉤爪だった。ライターが近くで姿勢を低くし、アッパーを食らわす寸前のような姿勢で、右の義手を突きだしていた。

仰向けになったボンドの上で、ふたつの鉤爪はつばぜり合いのように力を拮抗《きっこう》させ、なおも摩擦の火花を散らしつづける。ノオが歯軋《はぎし》りしていた。ライターの袖《そで》もまくれあがり、前腕に青筋が浮かびあがっている。

ライターが唸るように震える声を絞りだした。「素手で防げる者はいないって？　おまえと同じ義手ならどうだ」

前屈姿勢のノオの腹ががら空きになっていることに、ボンドは気づいた。背中は麻痺状態だが下半身は動く。ボンドは両膝を曲げ、左右の靴底でノオを蹴りあげた。ノオは苦痛の呻《うめ》きとともに、前のめりのまま後ずさった。その背後は機体側面の開口部だった。

背中の感覚が戻ってきた。ボンドは跳ね起きると内壁の救急箱に駆け寄った。このへりに積んでおいた武器がそこにあった。救急箱の蓋《ふた》を開け、長い銃身のリボルバー、黄金銃をつかみだした。親指で撃鉄を起こしつつノオに向かい合った。ノオの足はもうぎりぎりの縁にあった。揺れる機内に踏みとどまろうと、必死に上半身を前後させている。

ボンドはノオを睨《にら》みつけた。「手合わせ感謝するよ、ノオ。グアノがなくてもおまえの負けだ」

ノオはわずかに視線をあげたが、表情になんらかのいろが浮かぶより早く、ボンドは黄金銃のトリガーを引き絞った。斗蘭がくれた純金製の弾頭がノオの胸部に命中する。

濃縮フッ化水素酸をこめた弾丸の威力を、ボンドは初めてまのあたりにした。衮服の下で肉体が破裂したのがわかる。衮服に大穴が開き、その下で血も肉も蒸発したかのように、肋骨《ろっこつ》と内臓だけが見えていた。ノオの心臓はたしかに右にあった。首から下は剝《む》きだしの骨ばかりと化したようだが、頭部だけは皮膚がそのまま残っていた。ぽっかり開いた口で「ノオオオオ!」と叫んでいる。たちまち直立姿勢を保てなくなり、ドクター・ノオは機外へと転落していった。

禿《は》げ頭と衮服の裾《すそ》がひろがったさまは、まさしくバドミントンの羽根だった。縦横に頼りなく回転しながら落下していくようだ。辺り一面に海原がひろがっていた。見るかぎり機体の高度は五千フィートに達しているようだ。バドミントンの羽根はみるみるうちに小さくなり、やがて白い波が円形にひろがった。この高さから落下すればコンクリートに叩《たた》きつけられたのと同じ衝撃を受ける。骨もばらばらだろう。

轟《とどろ》く爆音と吹きこむ潮風のなか、ボンドはライターを見つめた。顔じゅう痣《あざ》だらけのライターもボンドを見かえす。ライターの肩越しに、棺桶《かんおけ》サイズの箱の蓋が開いているのが、ボンドの目にとまった。そのわきに副操縦士の死体が転がっている。

ノオの搭乗前にライターは機体に潜んだにちがいない。だが副操縦士が蓋の上で息絶えたため、箱からでるのに難儀したようだ。それでも間に合った。ライターの助けなしにはボンドは死んでいた。

まだいつものように冗談を交わしあえる気がしない。そんな心境には至らなかった。ふたりは同時にコックピットを振りかえった。足ばやに機首方面へと突き進む。

コックピットに唯一残る操縦士が、こちらを振りかえった。はっと息を呑《の》みつつ腰の拳銃《けんじゅう》を抜いた。だがライターが鉤爪《かぎづめ》の尖端を操縦士の首筋に這《は》わせた。操縦士は拳銃を宙にとどめたまま固まった。

ボンドはその手から拳銃をひったくると、隣の副操縦士席におさまった。操縦士に拳銃を突きつけボンドはいった。「那覇へ向かえ」

後ろに立つライターが妙な顔になった。「那覇だって？　米国民政府に捕まりに行く気か？」

「濡《ぬ》れ衣《ぎぬ》を晴らすにはいい機会さ」ボンドは背筋の痛みを堪えんがため、半ば虚勢を張っていた。「南ベトナムへ向かうための足も要るしな」

37

オリンピックの閉会式から、一夜が明けた十月二十五日、都心の空は晴れ渡っていた。

文京区本郷《ほんごう》七丁目の市街地は、教育機関や研究施設のほかは閑静な住宅街で、日曜は平日より人通りが少なかった。東京大学医学部附属病院の周辺にも、平穏で落ち着いた雰囲気がひろがっている。

斗蘭はレディススーツに身を包み、正面玄関へと歩を進めていた。

そこかしこに立つスーツがこちらに視線を向けてくる。公安査閲局もいれば警視庁警備部もいた。人目を引くのは顔じゅうの切り傷と痣のせいだろう。化粧でごまかすのもあきらめた。特に腫《は》れはどうにもならない。どうせそのうち引いてくる。それより早く新たな任務に駆りだされるかもしれないが。

正面玄関から中年のスーツがふたり、言葉を交わしながら歩みでてきた。ひとりはアメリカ人だった。斗蘭とも顔馴染《かおなじ》みのCIA日本支局分析官、コンラッド・エイムズは脇腹以外も負傷していた。三角巾《さんかくきん》で左腕を吊《つ》り、右脚には松葉杖《まつばづえ》をつく。もうひとりは日本人で、四十六歳の国会議員、丸顔で生え際が後退している。

エイムズが足をとめ斗蘭を見た。特に挨拶《あいさつ》は口にしないものの、穏やかなまなざしを向けてくる。顔いろは悪くなさそうだった。斗蘭は頭をさげた。

するとエイムズの連れの国会議員も向き直った。田中角栄《かくえい》大蔵大臣はいつものように、本心のまったくわからない微笑を浮かべた。「おお、斗蘭さん。またずいぶん……。そのう、話はエイムズ氏からきいたよ。大変だったな」

顔の痣についで言及しかけたのだろう。斗蘭は視線を落とした。頭を低く保つのが国家公務員の常だった。「いくらかましです」

「お父さんのことはお悔やみ申しあげる。彼は本当の意味で英雄だった」

「ありがとうございます。でも……」

角榮が片手をあげ、斗蘭の言葉を制した。「いいたいことはわかる。中国がロプノールの核爆発を、初の核実験だったと主張するとはなぁ」

エイムズもうなずいた。「毛沢東もこれでかえって核開発に踏みだす障壁がなくなった」

「ああ」角榮がつづけた。「フルシチョフもいなくなったし、ベトナムをめぐって中ソの歩み寄りが顕著になっとる」

斗蘭は頭《こうべ》を垂れたままだった。「申しわけありません」

「きみが謝ることじゃなかろう。お父さんの決意と行動は素晴らしかった」

「そうでしょうか……」

するとエイムズが見つめてきた。「斗蘭。タイガー……田中虎雄局長のおこないは、カミカゼじゃなかったんだ。特攻を正当化するものでもない。彼の魂が悲劇を防いだんだよ」

曖昧《あいまい》な解釈だと斗蘭は思った。現実に父は命と引き替えにミサイル攻撃を食いとめた。先の戦争とは異なり、善なる行為だった、エイムズはそう主張しているのだろうか。だとすればアメリカ人らしいものの見方だった。斗蘭にしてみれば父を失ったことに変わりはない。

角榮が斗蘭に忠告してきた。「働きづめだろう。しばらく休暇をとったらどうだね？　局長代理には私のほうからひとことといっておいてあげよう」

「ありがたいのですが、休暇をいただいても特にやることがなくて……。タクラマカン砂漠を訪ねることもできませんし」

「ああ」角榮がため息をついた。「まだ難しいな。日本が台湾を真の中国とみなす以上は」

どうせ骨を拾うこともできない。核爆発ではなにも残らない。日本という国に生まれ育てば嫌というほど知っている。

角榮はエイムズに微笑を向けた。「ミサイルが飛んできとったら、男子体操の個人総合決勝の結果を知らんままお陀仏《だぶつ》だったわけだ。特に最終種目の鉄棒の最中だろ？死んでも死にきれんかったよ」

エイムズはつきあいで笑いかけたものの、斗蘭の目を気にするように表情を凍りつかせた。斗蘭はただ視線を逸《そ》らし、気にしていないふりをした。角榮は英語でいうブラックユーモアのつもりだったのかもしれない。政治家として大物になりそうな存在だが、失言には気をつけるべきではないだろうか。

実のところ角榮に悪気はなさそうだった。好ましくない発言だったことも自覚したようだ。気遣うように角榮がいった。「同じ田中だ、他人という気がしないな。きみさえよければ養子に迎えたいところだ」

斗蘭はぎこちなさを承知で微笑してみせた。「眞紀子《まきこ》さんがアメリカ留学からお帰りになって、早稲田《わせだ》に入られたばかりでしょう」

「きみならいい姉になってくれると思うんだがなぁ」角榮が病棟を見上げた。「池田さんに挨拶に来たんだな？」

池田勇人総理はオリンピックの閉会を見届け、きょう退陣を表明した。入院先が国立がんセンターから東大病院へ移ったことは、けさ初めて知らされた。斗蘭は静かに答えた。「本来なら父がお見舞いにうかがうところでしたが、私が行くようにと」

「いい判断だ。きみこそお父さんの代理にふさわしい」角榮がうなずいた。「引き留めてしまって悪かったね」

「いえ。お気遣いいただき、心より感謝申し上げます。父も喜ぶと思います」

エイムズも右手を差し伸べてきた。「これからもよろしく頼む」

斗蘭は握手に応じた。大きなてのひらに温《ぬく》もりを感じる。CIA日本支局のアメリカ人でも、血の通った人間だとあらためて気づかされる。屈託のない笑顔を見たとき、感傷もわずかながら癒《い》やされるように思えた。

ふたりにもういちどおじぎをし、斗蘭は正面玄関へと向かった。建物のなかにも警備がいた。斗蘭は階段を上った。病室がどこなのかはあらかじめ知らされている。見舞いの花束や贈り物も不要だと通達を受けていた。

中国の核開発が進む。非核三原則をさだめる日本は、単独で太刀打ちできない。いっそうアメリカに頼らざるをえなくなる。台湾との国交を見直し、中国を正式に国家として承認する日も近いのだろう。田中角榮はその線で考えているようだ。

公安外事査閲局に休みはない。けれども父亡きいま、どうすればいいか途方に暮れる。新たな時代の危機を乗り越えていくにはどうすればいい。

ドアのわきに最後の警備が立っていた。斗蘭を見るとドアをノックした。返事はないものの、警備は失礼しますと告げ、ゆっくりとドアを開けた。斗蘭は頭をさげつつ病室のなかへ入っていった。

すでに退陣を宣言したからか、総理の個室のわりに狭かった。内装も質素に見える。ベッドはひとつだけだった。斗蘭は深々とおじぎをした。「失礼します。田中斗蘭です」

咳《せき》ばらいがきこえた。斗蘭は顔をあげた。妙な気配が漂う。池田総理は内科の治療を受けているはずではなかったか。シーツからのぞく頭部には、縦横に包帯が巻かれている。全身もギプスに固められているらしく、身じろぎひとつしない。

入院患者がしわがれた声で呼びかけてきた。「斗蘭」

斗蘭は歩み寄った。意識せずとも自然に歩が進んだのは、これが初めてかもしれない。信じられない光景をまのあたりにした。斗蘭は叫びに似た自分の声をきいた。

「お父さん!?」

ベッドに駆け寄るや、ほとんど突っ伏すように抱きついた。田中虎雄は苦痛をおぼえたのか、顔をしかめながらもがいた。

「こら」虎雄が喉《のど》に絡む声を絞りだした。「上に乗るな。傷口が開く」

大げさだと斗蘭は思った。ちゃんと配慮はしている。のしかかったりはしていない。

斗蘭は身体を起こすと、あらためて父の顔を間近に眺めた。

包帯に縁取られた皺《しわ》だらけの顔は、前よりいっそう老けこんだように思える。しかし黒ずんだ肌は血色の悪さゆえではない、日焼けしているようだ。そのことに気づいてから、入院中にもかかわらず、父がたくましく思えてきた。

なぜ父が東大病院にいるのだろう。池田総理の入院先はここではなかったのか。きっとそうだ。田中角榮大臣もエイムズも真実を知っていたにちがいない。あの軽口や冗談はほのめかしだった。カミカゼでも特攻でもない、そんなエイムズの発言こそ、父の生存を示唆していた。

あるていど事情は呑《の》みこめる。公安査閲局なる部署は存在しないことになっている。よって局長の入院も極秘のあつかいを受ける。事実を伏せたうえで警備だけは厳重に敷かれる。政治家やCIA日本支局の職員による見舞いもあって当然だった。

理由はどうでもいい。こうなった経緯は想像もつかないが、いまは知りたいとも思わない。斗蘭の視界は涙に波打ちだしていた。さまざまな光や色彩がぼやけて仕方がない。その向こうに父の顔がある。

「おかえりなさい」斗蘭はそのひとことを、きょうは自分から口にした。「おかえりなさい、お父さん」

父の右腕はギプスに固められていたが、肩は動かせるらしい。てのひらがそっと斗蘭の頭を撫《な》でた。ごく自然な物言いで父が告げた。「ただいま、斗蘭」

あきらめていた少女期の日常が、いまようやく現実になった気がする。喜びや嬉《うれ》しさという言葉では表現しきれない、それほど強烈な感情が瞬く間に膨張し、ほかのあらゆる思いを駆逐していく。斗蘭は心から泣き、心から笑っていた。きっとこの時間を、母も温かく見守ってくれているにちがいない。

38

東京大学医学部附属病院の裏、無縁《むえん》坂という一方通行の道路に、街路樹の枯れ葉が舞い落ちる。晩秋の脆《もろ》い陽射しが降り注いでいた。風はいくらか冷たい。だがロンドンの肌を刺すような寒さにくらべれば、まだずいぶんやさしいと感じる。

ツードアの小ぶりなトヨタ・パブリカを路肩に停め、ボンドは車外に降り立っていた。全身の傷に貼ったガーゼは、スーツを着ていても不格好に浮かびあがってしまう。冴《さ》えないナリはまっぴらだった。羽織ったコートのポケットに両手を突っこみ、そびえ立つ病棟を仰ぎ見る。

遠目にも病室の窓の奥、斗蘭がベッドに駆け寄ったのは見てとれた。おそらくベッドのわきにひざまずいたのだろう、それっきりなにも目視できない。けれどもすべてを見届けたも同じだった。

ライターはクルマに寄りかかり、ぼんやりと煙草を吹かしていた。彼は窓のようすをたしかめようともしていない。たぶんボンドの横顔を見て、なにが起きたかを悟ったのだろう。いたって満足そうに煙をくゆらせている。

ボンドは話しかけた。「フェリックス」

「なんだ」

「一本くれないか」

「チェスターフィールドだぜ?」ライターが煙草の箱をクルマの屋根に載せた。「Mからの贈り物は?」

「ぜんぶ吸っちまった」ボンドは箱から一本を引き抜いた。

他人に火をつけてもらうのを嫌うボンドの性格を、ライターはむろん承知済みのようだった。ほかになにも差しださずライターがきいた。「〝しんせい〟は？」

「ありゃ苦い思い出ばかりだ」ボンドは新しいロンソンで煙草に火をつけた。

チェスターフィールドの味わいも爽快《そうかい》というわけではない。マスターソン姉妹の悲劇や、ゴールドフィンガーの得意げな丸顔ばかり思い浮かぶ。それでも〝しんせい〟を吸っていた前後にくらべれば、記憶はずっと薄らいでいる。心の傷も肉体に刻まれた怪我と同じか。時間とともに癒えていくものらしい。

ライターの声は控えめながら感慨の響きを帯びていた。「タイガー、よかったな」

「ああ」ボンドは肺の底まで落とした煙を、ゆっくりと吐きだした。「よかった」

アルバート・ワトソン中将を説き伏せ、南ベトナムの米軍基地へ飛ぶダグラスDC8に便乗したのが、あの日の夕方だった。夜のうちにインド最北端へと移動できた。初代首相ネルーが他界しても、まだケネディ政権時代の軍事協力と経済援助に、インド軍は感謝していた。中国領であるタクラマカン砂漠への超低空飛行にも手を貸してくれた。航続距離の長い、グライダー性能を併せ持つプロペラ偵察機に、ボンドも乗りこんだ。

夜明けのロプノール、赤く染まる砂丘に、パラシュートを見つけたときの昂揚《こうよう》した気分は忘れられない。タイガーは核爆発圏外ぎりぎりに脱出していた。ゴリシェクの通信にあったとおり、コックピットからの中継はいちど中断したのち、遅滞が発生していた。ロケット発射台の定点カメラこそリアルタイムの映像だった。衝突直前まで操縦席にいるように見えたが、タイガーは一分前に機体を離れ、あとは自動操縦にまかせていた。

土壇場での心変わりは、斗蘭の叫びが心に通じたからか。タイガーはカミカゼのパイロット失格だった。だがその代わりに価値あるものを得た。おそらく彼がずっと得たくても得られなかったものだ。

ライターが助手席のドアに左手をかけた。「そろそろ羽田へ行かねえと間に合わねえぜ?」

「そうだな」ボンドは病棟を眺めたまま応じた。

ここは西側陣営にとっての最前線、対共産圏の防波堤か。貴重な経験の数々があった。ヨーロッパでは知りえなかったことばかりだ。キッシーを失い、わが子がこの世に生を受けることもなかった。それでも多くのことにけじめがついた。タイガーとも出会えた。あの父娘にもいままでとはちがう未来がまつのだろう。

かつて心の通いあった味方どうしが、あっさり敵対の関係になる、それが諜報《ちょうほう》の世界だった。その逆はありうるのか、ボンドはずっと疑問に思ってきた。いまなら答ははっきりしている。十九年という歳月は短いようで長い。

ボンドはトヨタ・パブリカの運転席に向かった。狭い助手席にライターが身体を押しこんでいる。いつものように悪態を口にしていた。ボンドも苦笑しながらライターに倣った。たしかに子供用のような運転席のコンパクトさだ。

とはいえキーのひとひねりでエンジンがかかる。水平対向二気筒のエンジンが奏でる音は、静かだがいたって安定していた。性能には信頼が置ける。日本人は西洋の発明をすぐ自分たちのものにしてしまう。

ライターが小さな紙を差しだした。「けさ届いた。煙草の代わりにはならねえが、旦那《だんな》からだ」

ボンドはそれを受けとった。英文電報だった。簡素な文面が並んでいる。

Mより007へ　読後焼却すべし
帰国しだいただちに本部へ出頭せよ

「あの古狸」ボンドは紙を握り潰《つぶ》した。

「めでたい話じゃねえか。本部への呼びだしだぜ？」

「あらためてジャマイカへの左遷を命じられるだけさ。それとも功績を評価するとの名目で日本か」

さも愉快そうにライターが笑った。「ならいちいちロンドンに呼び戻さないだろう。007とも呼んでる。完全復帰だよ」

ボンドはハンドルに手を置いた。骨組のように細いステアリングだった。ため息まじりにボンドはいった。「いつまで殺されずにつづけられるんだか」

「ジェームズ。俺たちはまだ若いぜ？　中年を男の墓場みたいにいう奴の気が知れないね。これからもずっとやれるさ。俺たちならな」

ライターの細めた目尻《めじり》の皺《しわ》を、ボンドは横目に眺めた。ロワイヤル・レゾーでの出会いから十三年、歳とともに変化してきた親友の顔がある。気づけば自分の人生もそれだけの時間を経ていた。いまだこの命が持続していることを思えば、たぶんあらゆる選択はまちがっていなかったのだろう。悪夢と安堵《あんど》の果てしない繰りかえし。この世の仕事の多くは、大なり小なりそんな側面を持っている。なかでも諜報員は極端な例だ。極端だからこそ、すべてを投げ打って挑むだけの価値がある。

「行くか」ボンドはきいた。

「ああ」ライターがちっぽけなシートの背に身をあずけた。「行こうぜ」

ボンドはくわえた煙草の先に、握り潰した紙を近づけた。燃える紙屑《かみくず》を窓の外に放りだす。ギアをローにいれ、軽くアクセルを踏みこみ、クラッチを徐々に戻す。

クルマが走りだした。黄金いろに染まりつつある空の下、枯れ葉の舞う無縁坂を駆け上っていく。この道はどこまでもつづく、ボンドにはそんな気がしていた。あの世に思いを馳《は》せずとも、この世だけでも充分にふしぎだ。生きているかぎり万物は永遠にちがいない。どこまでも争う。いつでも死にうる。愛する者との思い出は果てしない。

追記

イアン・フレミング著『ドクター・ノオ』で、以前の〝海賊の事件〟でボンドとストラングウェイズが一緒に仕事したのは、五年前だとMが明言している。その事件が描かれた同著者『死ぬのは奴らだ』には、「広告にあるフロリダ、一九五四年ミス・オレンジの国のフロリダだ」とある。これらから『ドクター・ノオ』の事件の発生年は一九五九年とみなせる。

『ドクター・ノオ』でノオがクラブ島を買い取ったのは一九四三年だったと、Mのオフィスに同席した主任が告げている。ノオも一九四二年に労働者を集めた旨を語っている。

『ドクター・ノオ』終盤で、ボンドがジャマイカ総督府で事件を報告する際、ノオについて「ロシアのスパイらが掘りだし、息があるかどうかをたしかめたうえで、死体をどこかに片付けてしまっただろう」と想像している。つまりノオの死体は未発見であり、ソ連のスパイが掘り起こした点まで推測済みだったが、死亡した可能性が高いとボンドは考えていた。

同著者『黄金の銃を持つ男』の終盤で、Mがボンドに叙勲の話を送って寄越す。秘書のメアリー・グッドナイトは喜ぶが、ボンドはこれを断る。同書でスカラマンガの死亡は明確に描かれるが、黄金銃のその後については描写がない。

中国が高濃縮ウランを使用した初の核実験は、一九六四年十月十六日午後三時。日本時間で午後四時にあたり、東京オリンピックにおける男子体操の個人総合決勝、最終種目の鉄棒の演技中だった。新疆《しんきょう》ウイグル自治区ロプノールの実験場で核爆発に成功、中国は米ソ英仏につづき世界で五番目、アジア初の核保有国になった。以降、ロプノール地域は核実験場として使用され、一九九六年までに四十五回の核実験が実施された。

一九六四年九月八日、厚木基地周辺でふたつの重大な軍用機事故が相次いで発生。九月十日には自衛隊機の事故が二件連続し、うち一件の関係者が移動中のヘリが、十五日にまたも墜落した。これらに先立つ五月十九日にも、岩手で自衛隊F86戦闘機が墜落。同年中には神奈川県内だけで八件の米軍機事故が相次いだ。

一九六三年二月、アメリカの人工衛星シンコム一号が電気系統の故障により、通信が途絶えた。二号は静止衛星として軌道に乗ることに失敗。一九六四年八月、三号は無事軌道に乗ったものの、電話通信用のため映像通信は困難だった。三基は本来、東京オリンピックの全世界中継を担う立場にあった。しかしNHK技術スタッフらの工夫により、三号のみでの中継が実現できた。

ケネディ暗殺後、米ジョンソン政権でのインドへの経済援助縮小、一九六五年の第二次印パ戦争での軍事援助がなかったことなどが引き金となり、インドはソ連との関係を強化していった。本書の物語は一九六四年であり、インド軍にはまだCIAへの協力体制が残っていた。

伊江島は現在、米軍用地が全体の三五・三パーセントまで減少。しかも用地内の一部道路は米軍の活動を妨げないことを条件に通行が認められている。実際に約三〇〇戸の島民の住宅が用地内にある。産業はおもに農業と漁業。沖縄本島からフェリーで三十分、日帰り観光できる離島として集客している。

前巻に引きつづき、現代の視点ではあきらかに差別的であったり、倫理観に問題があったりする表現が含まれるが、パスティーシュという性質上、原著の記述方針や登場人物の設定、時代背景を重視し、あえて当時の習慣や常識に合わせている点、平にご容赦願いたい。なおあまりにわかりにくい表現については、一部現代語訳も交えている。

解説

杉江《すぎえ》松恋《まつこい》

松岡圭祐《まつおかけいすけ》の正・続『タイガー田中』は007パスティーシュの最高傑作ではないか。殺人許可証を持つ男、英国秘密情報部MI6に属するスパイ、ジェームズ・ボンドは、意外にも名手によって極東の地に蘇《よみがえ》ったのだ。

パスティーシュ、贋作《がんさく》は正典の設定をすべて引き継いだ上で新たな物語を生み出す文学上の遊びだ。ミステリーの世界では、サー・アーサー・コナン・ドイルのシャーロック・ホームズ・シリーズについてのものが有名で、それだけで一ジャンルを成すほどの作品が書かれている。本書の作者である松岡にも正・続『シャーロック・ホームズ対伊藤博文』(正は二〇一七年。同改訂完全版と続は二〇二四年。角川文庫)という作品がある。これは秀作なので、未読の方は手に取ってみることをお薦めする。

ミステリーに限定された遊びではなく、たとえば我が国の内田百閒《うちだひやっけん》には師である夏目漱石《なつめそうせき》の名作に材を採った『贋作　吾輩は猫である』(一九五〇年。ちくま文庫他)という作品がある。辰野隆《たつのゆたか》との対談で漱石の『猫』はいい、と盛り上がったのを見た河盛好蔵《かわもりよしぞう》に執筆を勧められたもので、根底には正典への深い愛情がある。贋作が盗作と異なるのは、本家があることを明示し、尊崇の念を表して書かれることだろう。正典の命脈を永らえるためにパスティーシュは存在すると言ってもいい。『タイガー田中』もそういう作品なのだ。

『タイガー田中』が007パスティーシュの最高傑作だと言う理由はその徹底したクロノジー、つまり年代学にある。文脈の中に埋もれてつながりが見えなくなっている情報を時間軸に沿って並べ直すのがクロノジーで、松岡はイアン・フレミング原作から、その中で起きている事件がいつのものかを特定、そこに隙間を見出《みいだ》して新たな物語を構想したのである。その周到さについて語りたいところだが、各巻末の作者追記で手の内は明かされているので割愛する。恐るべき熱意の産物だ、とだけ書いておく。

このパスティーシュには元になる正典が二作ずつある。『タイガー田中』は第十長篇『女王陛下の007』(一九六三年。ハヤカワ・ミステリ文庫)と第十一長篇『007は二度死ぬ』(一九六四年。同)、『続タイガー田中』は第六長篇『007ドクター・ノオ』(一九五八年。同)と第十二長篇『007号/黄金の銃をもつ男』(一九六五年。同。文庫化時に『007 黄金の銃をもつ男』と改題)だ。最後の『黄金の銃をもつ男』は校正中にフレミングが急逝したため、遺作となった。それゆえ他の作品よりも少し短い。この作品はアメリカの「プレイボーイ」誌に連載中に翻訳が出たことで、英語版に先駆けて日本語版が出るという珍しい例を残した。

『女王陛下の００７』はボンドが最愛の女性であるテレサと出会い、喪《うしな》うという物語である。続く『００７は二度死ぬ』で失意のボンドは任務を受けて日本に渡り、キッシー鈴木《すずき》という日本女性に癒される。彼女との間に一児まで授かるのである。余談になるが、小林信彦《こばやしのぶひこ》『大統領の密使』（一九七一年。角川文庫）には、ボンドの落とし子である鈴木ボンドという少年が登場する。軍記物に登場する鈴木主水《もんど》のもじりである。『世界ミステリ全集13』（一九七二年。早川書房）収録の座談会によれば、フレミング作品の主たる翻訳者である井上一夫《いのうえかずお》は、ある週刊誌に『００７は二度死ぬ』の続篇を依頼されて四回分まで書いたが、編集部内に異動があったのと、フレミング未亡人から贋作は困るという手紙をもらったため、中止している。その幻の作品で主人公を務めるはずだったのも、忘れ形見である鈴木ボンドだったという。実現していれば『タイガー田中』に先駆けて、日本で『００７は二度死ぬ』に連なるパスティーシュが書かれていたことになる。

タイガー田中《たなか》こと田中虎雄《とらお》は、『００７は二度死ぬ』で日本の公安調査庁長官として登場する人物だ。パスティーシュ二篇でボンド・ガールとなる田中斗蘭《とらん》は彼の娘で、同じく公安調査庁勤務である。亡くなった母に対する態度から父に愛憎半ばする感情を抱いており、それがサブプロットとして物語に起伏を作り出している。

この正典二作は、犯罪組織スペクターの主《あるじ》であるブロフェルドとボンドの最終対決にもなっていた。テレサの仇《かたき》であるブロフェルドをボンドは見事に討ち果たすが、対決の代償として記憶を喪失し一年間行方不明となる。MI6にはボンド死すという情報まで流れるのだ。松岡はこの空白の一年に物語の隙間を見出した。『タイガー田中』は日本で消息を絶っている間にボンドが何をしていたか、という物語なのである。

私は『タイガー田中』を読み、あまりの出来映えに感嘆させられた。考証が行き届いているし、細部には作者による遊びが感じられる。たとえばボンドと対面したとき斗蘭は顔に怪我をしていて、それがボンドにどう思われるかを気にしている。これは杞憂《きゆう》で、言葉は悪いがボンドは、そうしたアクセントになる傷がある女性が逆に好みなのである。『ドクター・ノオ』のヒロインであるハニーチャイル・ライダーは、初登場時男からの暴力を受けて鼻が折れている、と紹介される。それを受けての斗蘭の怪我なのだろう。

大変に素晴らしい出来ゆえ、心配にもなった。こんな完成された作品に続篇は必要なのだろうか。恐る恐る『続タイガー田中』を読み、またもや驚倒した。その手があったか。

今度の隙間は前作よりもさらに考え抜かれたものだ。連続した二作の正典を扱った前作と異なり、今回の材料となる『ドクター・ノオ』と『黄金の銃をもつ男』は刊行が七年も離れている。ただし共にジャマイカを舞台にしているという共通点がある。ジャマイカへの左遷人事を命じられたボンドが、進行しつつある異常事態の手がかりを求めて日本にやってくる、というのが序盤の展開だ。ジャマイカは発端の話題を作るだけではなく、ある意外な展開をもたらすための鍵《かぎ》としても使われる。

『ドクター・ノオ』は007の映画化権を取得したハリー・サルツマンが最初に製作した「007は殺しの番号」（一九六二年。後に、「007／ドクター・ノオ」に改題。テレンス・ヤング監督）の原作である。ショーン・コネリー主演の第一作だ。そして『黄金の銃をもつ男』は彼がアルバート・R・ブロッコリと共同で設立したイーオン・プロを離れたため最後に手がけた007映画となった「007／黄金銃を持つ男」（一九七四年。ガイ・ハミルトン監督）の原作なのである。こちらはボンド役がロジャー・ムーアに交代後の二作目で、おもちゃ箱のようななんでもありの路線が決定づけられた作品だ。次の「007／私を愛したスパイ」（一九七七年。ルイス・ギルバート監督）からは原作が欠乏したこともあって脚本の独自路線化が進んでいくので、「黄金銃を持つ男」でシリーズは一区切りがついたのである。そういう意味では『続タイガー田中』は、サルツマンに捧《ささ》げられた作品と言っていいかもしれない。

『続タイガー田中』は、ボンドがアイデンティティ喪失に立ち向かう話である。

これには伏線があり、正典の『007は二度死ぬ』でボンドは、テレサ喪失の哀しみから立ち直れず、殺人許可証を意味する007の番号を取り上げられて一介の外交官として日本に派遣される。タイガー田中は彼に殺人を依頼するのだが、それは越権であるだけではなくボンドにとっての職務違反でもあるのだ。ボンドは前述したとおり一年間の失踪《しっそう》後MI6に戻るが、中途でソ連の諜報《ちょうほう》機関に洗脳され、上司であるMを殺害しようとする。これは未遂に終わり、ボンドは再洗脳の後に殺し屋スカラマンガ駆除のためにジャマイカに派遣される、というのが正典『黄金の銃をもつ男』の始まりだ。結末で彼は女王陛下からナイトの称号を授与されるが「ホテルやレストランで余計なチップを取られたくないから」という理由で辞退する。つまり正典では、『女王陛下の007』から『黄金の銃をもつ男』までがつながっていて、ボンドが失地回復の上栄誉に輝くまでが描かれているのである。

松岡はこの点に目をつけた。フレミングが急逝したせいもあり、『黄金の銃をもつ男』ではボンドが信用回復するまでの過程が薄い。上司であるMが、洗脳されたとはいえ、自分の命を狙った男をそうやすやす許すはずがないと思わされるのだ。松岡は考えたのではないだろうか。それ以降のボンドは、Mの中では007の番号を剝奪《はくだつ》されたままの存在だったのではないだろうか、と。『続タイガー田中』は、自らの活躍によってボンドがそれを取り戻すまでの物語なのである。本作においては心理描写の隙間に着想の余地があった。

正・続『タイガー田中』の作中で、Mは頑《かたく》なにボンドを007と呼ばない。再びそう呼ばせることができるか否かというのが物語の隠された目的なのである。『黄金の銃をもつ男』で授与された爵位よりもボンドが必要としたものは、ライセンスナンバーである007だった。

冒頭に書いたとおり、パスティーシュが成立するためには、書き手が正典に対して深い愛情を持っていることが不可欠の条件である。松岡は本作で、フレミングが書き落としたことを補ってみせたのだと私は考える。そうした姿勢が本作に眩《まばゆ》いばかりの光輝を与えた。

もちろん主題以外の要素も見逃せない。冒頭では、軍用機が次々に操縦不能となり墜落するという事件が描かれ、これがボンドを日本へ引き寄せることになる。その背景に一九六四年に開催された東京オリンピックが描かれているのは物語の布石だ。前作もそうだったが『続タイガー田中』では、敵の目的がわからないことが不安材料となり、サスペンスが持続していく。ボンドと斗蘭が行動することによって次第に陰謀が暴かれていき、最後に真相が判明するという展開なのだ。東京オリンピックで始まった物語は歴史上の大きな事件と結びつくことで完成形になる。その着想がちゃんと『ドクター・ノオ』とも有機的な連関を持っているのが流石だ。007シリーズの映画では、敵の陰謀が原作から改変され、壮大なものとして描かれる。そのスペクタクル志向も本作では継承されており、まさかそんな話になるなんて、という驚きがある。原作だけではなく映画版の魂も受け継いだ作品なのである。

現在の日本は国際政治の中で大国アメリカに翻弄《ほんろう》される立場にあるが、その脆弱《ぜいじゃく》さが『続タイガー田中』の物語に織り込まれていることにも注目したい。特攻隊の生き残りとして登場するタイガー田中は戦争の清算をせずにいる旧世代の代表であり、娘である斗蘭は親の世代が残した負の遺産を疑問視している。こうした現代にも通じる戦争責任への眼差《まなざ》しが、本作に強い社会性を与えているのである。ここまで太い幹を備えた007パスティーシュはかつて存在しなかった。最高傑作の称号は決して過褒ではない。松岡は名優の物語を介して、現代にスパイ・冒険小説の精神もまた蘇らせてくれた。

本書は書き下ろしです。

続《ぞく》タイガー田《た》中《なか》

松岡《まつおか》圭祐《けいすけ》

令和6年 12月25日　初版発行

発行者●山下直久

発行●株式会社KADOKAWA
〒102-8177　東京都千代田区富士見2-13-3
電話　0570-002-301（ナビダイヤル）

角川文庫 24461

印刷所●株式会社暁印刷
製本所●本間製本株式会社

表紙画●和田三造

ISBN 978-4-04-115838-8　C0193

◇◇◇

角川文庫発刊に際して

角川源義

第二次世界大戦の敗北は、軍事力の敗北であった以上に、私たちの若い文化力の敗退であった。私たちの文化が戦争に対して如何に無力であり、単なるあだ花に過ぎなかったかを、私たちは身を以て体験し痛感した。西洋近代文化の摂取にとって、明治以後八十年の歳月は決して短かすぎたとは言えない。にもかかわらず、近代文化の伝統を確立し、自由な批判と柔軟な良識に富む文化層として自らを形成することに私たちは失敗して来た。そしてこれは、各層への文化の普及滲透を任務とする出版人の責任でもあった。

一九四五年以来、私たちは再び振出しに戻り、第一歩から踏み出すことを余儀なくされた。これは大きな不幸ではあるが、反面、これまでの混沌・未熟・歪曲の中にあった我が国の文化に秩序と確たる基礎を齎らすためには絶好の機会でもある。角川書店は、このような祖国の文化的危機にあたり、微力をも顧みず再建の礎石たるべき抱負と決意とをもって出発したが、ここに創立以来の念願を果すべく角川文庫を発刊する。これまで刊行されたあらゆる全集叢書文庫類の長所と短所とを検討し、古今東西の不朽の典籍を、良心的編集のもとに、廉価に、そして書架にふさわしい美本として、多くのひとびとに提供しようとする。しかし私たちは徒らに百科全書的な知識のジレッタントを作ることを目的とせず、あくまで祖国の文化に秩序と再建への道を示し、この文庫を角川書店の栄ある事業として、今後永久に継続発展せしめ、学芸と教養との殿堂として大成せんことを期したい。多くの読書子の愛情ある忠言と支持とによって、この希望と抱負とを完遂せしめられんことを願う。

一九四九年五月三日

新刊予告

『優莉匡太 高校事変 劃篇』

松岡圭祐

2025年1月24日発売予定

発売日は予告なく変更されることがあります。

角川文庫

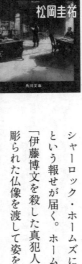

日本の「闇」を暴くバイオレンス青春文学シリーズ

角川文庫

好評既刊

高校事変 1〜22／松岡圭祐

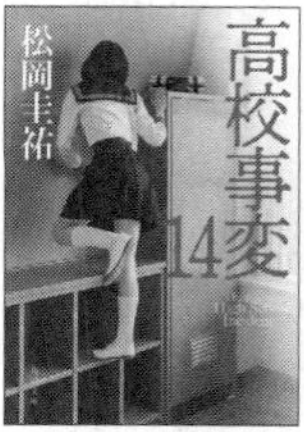

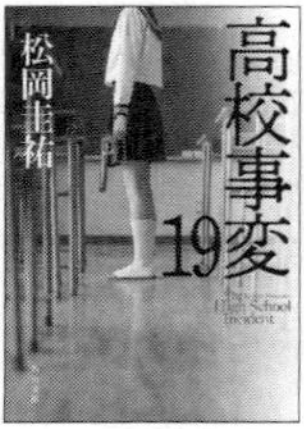